에디션 F
11

메리
울스턴크래프트

길 위의 편지

에디션 **F**
11

**메리
울스턴크래프트**

길 위의 편지

Letters Written during a Short Residence in Sweden, Norway, and Denmark

메리 울스턴크래프트 | 곽영미 옮김

궁리
KungRee

여행기에 부쳐

.

여행기, 그러니까 회고록을 쓰는 일은 언제나 즐거운 작업입니다. 허영심이나 감수성이 여행기에 흥미를 더해주기 때문이지요. 이 두서없는 편지들을 쓰는 동안 제 자신이 일인칭 화자—"각 이야기의 작은 주인공"—가 되는 것을 피할 수 없었습니다. 출판을 목적으로 한 편지들이어서 이런 과실이 있으면 바로잡으려 애썼습니다. 그러나 생각을 정돈하면 할수록 글이 딱딱해지고 가식적으로 변하더군요. 그래서 저의 소견이나 감상을 구속하지 않고 풀어놓기로 했습니다. 그러지 않으면 인상이 선명히 남아 있는데도 여러 대상이 제 머리와 가슴에 불러일으킨 영향만을 말할 뿐 제가 본 것을 있는 그대로 전하지 못한다는 걸 깨닫게 되었거든요.

재치나 재미가 있는 자기중심주의자를 만나 유쾌해지면 종종 이런 생각이 들었습니다. 사람이란 타인의 환심을 사서 관심을 끌 수 있으면 자기 얘기를 하고 싶기 마련이라고요. 제 자신이 이런 특권을 누릴 만한 자격이 있는지 없는지는 독자 여러분만이 판단할 수 있습니다. 여러분이 저에 대해 별로 알고 싶지 않다면, 만약 그렇다면, 책장을 덮어버려도 괜찮습니다.

제 계획은 제가 거쳐가는 나라들의 현주소를 있는 그대로 보여주기만 하자는 것이었어요. 머물러 있는 짧은 기간 동안 최대한의 정보를 구하되, 같은 루트를 이용하게 될 여행자들에게는 하등 쓸모없고, 의자에 앉아 여행 경로를 따라가려는 사람들에게는 지루하기 짝이 없을 지엽적인 정보는 피했습니다.

차례

**Letters written during a Short Residence
in Sweden, Norway, and Denmark**

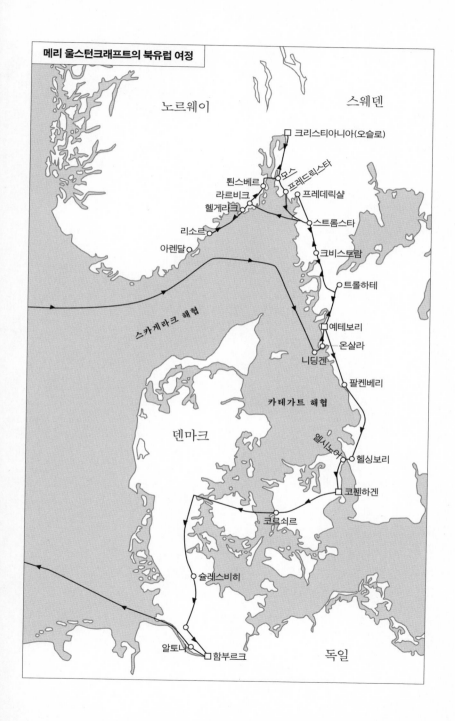

메리 울스턴크래프트의 북유럽 여정

노르웨이

스웨덴

□ 크리스티아니아(오슬로)

모스
튄스베르
라르비크
프레데릭스타
헬게라크
프레데릭샬
스트롬스타
리소르
아렌달
크비스토람
트롤하테
□ 예테보리
온살라
니딩겐
스카게라크 해협
팔켄베리
카테가트 해협
덴마크
엘시노어
헬싱보리
□ 코펜하겐
코르쇠르
슐레스비히
알토나
□ 함부르크
독일

신중함은 때로
나약함의 다른 이름

승객용 숙박 설비가 제대로 갖춰지지 않은 선박에서 열하루를 보냈다고 하면 독자 여러분이 익히 알 만한 다른 이유들과 더불어 제 영혼이 얼마나 피폐해졌을지 짐작할 만하지요. 그런 까닭에 새로운 풍경을 지나오는 동안 보고 느낀 점을 여러분에게 전해주리라던 결심을 지키기가 쉽지 않습니다. 다행히 풍경들은 인상 깊어 제 마음은 따뜻해졌습니다.

여러분에게 말했듯이 선장은 엘시노어*로 가는 길에 아렌달**이나 예테보리*** 해안에 저를 내려주겠다고 약속했습니다. 그러나 밤사이 역풍이 불어 두 도시를 그냥 지나치고 말았지요. 다음날 아침에는 예테보

---

* 오늘날의 헬싱외르. 덴마크 동북부에 있는 항구 도시로 셰익스피어의 『햄릿』의 무대가 된 소도시.
** 노르웨이 남부에 있는 항구도시.
*** 스웨덴에서 스톡홀름 다음으로 큰 도시.

리만의 입구를 놓친 것도 모자라 바람이 불지 않아 선박이 움직이지도 않았습니다. 선장은 저와의 약속을 지키기 위해 조타수에게 신호를 보내 배를 예테보리만 기슭으로 접근시켰어요.

제 관심은 무엇보다 등대에 쏠렸어요. 나룻배가 저를 구해주러 오기만을 기다리는 두 시간 동안 얼마나 마음을 졸였는지, 여러분은 상상하기 힘들 거예요. 그러나 아무도 나타나지 않았어요. 수평선 위로 구름이 지나갈 때면 구세주인 양 환호했지만, 그 구세주는 희망으로 그려지는 대개의 전망이 그러하듯 수평선에 가까워지는 순간 눈앞에서 실망으로 녹아 없어졌지요.

기대에 지친 저는 이 문제를 선장과 의논하기 시작했어요. 저의 질문으로 끌어낸 정보를 종합해보니 보트를 기다려봤자 제가 이 장소에서 육지에 오를 가능성은 희박하다는 결론에 이르렀습니다. 전제주의라는 것이 대개 그렇듯, 여기서도 인간의 근면성을 방해하고 있더군요. 쥐꼬리만 한 나랏돈을 받고 일하는 조타수들은 옹졸하게도 피할 수만 있다면 어떤 위험도 무릅쓰려 하지 않거나 자기네 소굴에서 나오지조차 않았고, 의무라고 규정된 것만 수행했어요. 폭풍우 몰아치는 날씨에도 보기 드문 수확에 대한 기대로 배들이 회항해 서로를 소리쳐 부르는 영국의 해안과는 얼마나 다른 풍경이던지요.

저는 엘시노어로 가는 것도 싫고, 며칠 동안 정박해 있거나 해안을 빙빙 도는 것도 싫어, 온갖 미사여구를 동원해 선박의 보트를 내려달라고 선장을 설득했습니다. 그러나 아무리 강력한 논거를 들이대고 오랜 시간 붙잡고 얘기해도 먹히지 않더군요.

항해 중에는 보트를 내리지 않는 것이 관례입니다. 선장이 마음씨야 좋은 사람이었지요. 그러나 상식에 매여 있는 사람들은 여간해선 규칙을 깨뜨리지 않습니다. 신중함은 나약함의 방편이기도 합니다. 어떤 경우에도 선을 넘지 않겠다고 결심한 사람들은 맡은 임무 외에는 좀처럼 나아가지 않습니다. 그러나 선장과는 입씨름을 좀 했지만 선원들과는 허비한 시간이 길지 않았어요. 선장의 허락이 떨어지자마자 선원들은 신속하게 갑판에서 보트를 내려 저를 등대까지 태워다 주겠노라 약속했거든요.

그때부터는 배를 타고 암초들을 피해 예테보리까지 갈 수 있겠다는 걸 한 번도 의심하지 않았습니다. 감금은 정말이지 유쾌하지 않아요.

날씨가 좋아 그 작은 섬까지 가는 동안 저는 항해를 즐겼습니다. 모험심보다 소심증이 먼저 작동하는 불쌍한 마르그리트*가 섬에 주민들이 보이지 않는다며 의아해하기 전까지만요. 저는 보모의 말을 흘려들었어요. 그러나 섬에 내렸는데도 바다처럼 침묵만이 흘렀습니다. 덜컥 겁이 나더군요. 노인 두 명이 우리 때문에 초라한 오두막에서 모습을 내보였을 때도 겁이 가시지 않았습니다. 인간의 면모를 찾아보기 힘든 두 노인에게서** 어렵사리 알아들을 수 있는 대답을 얻어냈지요. 결론은 그

---

* 울스턴크래프트의 딸 패니를 돌본 프랑스인 보모.
** 석탄을 땔 때는 등대에서 일을 해 얼굴에 석탄가루가 덕지덕지 묻어 있었던 것으로 추정된다.

들에겐 배가 없으며, 하늘이 두 쪽 나도 근무지를 이탈할 수 없다는 것이었어요. 그러나 반대편으로 8마일이나 10마일쯤 가면 수로 안내인이 살고 있다고 알려주더군요. 선원들은 2기니에 매수돼 선장의 노여움을 감수하고 다시 한 번 저를 보트에 태우고 가주었습니다.

날씨는 쾌청했어요. 해안이 얼마나 광대한지, 해안에 도착하기까지 걸린 두 시간을 마냥 즐기고 싶었지만 선원들 얼굴에 역력한 피로 때문에 티를 낼 수가 없었지요. 그러나 선원들은 불평을 늘어놓기보다 그들 특유의 무심한 유쾌함으로 자신들이 없으니 지금 시작되고 있는 약한 서풍을 선장이 과연 항해에 이용할 것인지를 놓고 우스갯소리를 해댔어요. 하지만 선원들의 익살과 상관없이, 저는 배가 전진할수록 해안이 말 그대로 점점 멀어져 선원들의 고생이 끝이 없을 듯한 불안감이 커지기만 했지요. 제가 본 해안들 중 그야말로 그림같이 아름다운 만으로 들어서면서 이 불안감은 더욱 커졌습니다. 인간의 거주 흔적이 눈을 씻고 찾아도 보이지 않았거든요. 선박으로 돌아가는 건 생각도 하기 싫어 어찌해야 할지 모를 궁지에 빠지려는 순간 바지선이 보여 얼마나 안도했는지 모릅니다. 우리는 뭐라도 듣기 위해 서둘러 바지선으로 다가갔어요. 그들 말이 물 밖으로 보이는 바위들을 피해 곧장 가면 수로 안내인의 오두막이 보일 거라더군요.

이 현장에는 엄숙한 침묵이 흘렀고, 그 침묵은 고스란히 느껴졌습니다. 가벼운 산들바람에도 별 일렁임 없이 바다 위에서 노니는 햇빛은, 조잡하게 대충 만들어져 가공하지 않은 공간의 장벽을 이룬 듯한 거대하고 시커먼 바위들과 대조를 이뤄 무척 인상적이었지요. 그러나 수로 안내인의 오두막 또한 고요하기만 해서 저는 좀 아쉬웠습니다. 이방인들, 더군다나 여자들은 더욱 찾지 않는 은신처로 낯선 이가 다가오건만, 그곳에 사는 사람들은 창가나 문가로 나오고 싶은 호기심이 왜 발동하지 않는지 의아하더군요. 거의 짐승처럼 목숨 부지에 필요한 식량을 구하는 데만 힘쓰는 사람들한테는 인간에게 만물의 영장이라는 지위를 부여하는 지성, 그 지성의 희미한 빛을 밝히는 데 필요한 호기심을 불러 낼 만한 상상력이 거의 없거나 전혀 없다는 생각을 그때는 하지 못했답니다. 호기심이든 상상력이든 한 가지만 있었어도 그들은 자신들이 엉성하게 일군 그 땅에 기꺼이 뿌리내리고 살지 못했을 거예요.

선원들이 태평한 주민들을 찾으러 간 사이 제게는 이런 추정이 들더군요. 파리 사람들이 새로운 것을 찾아 증명하길 좋아하는 마음, 바로 그 호기심이 그들을 품위 있게 만든 진보의 증거이겠다고요. 그래요, 처세술이요—사교의 기쁨을 달성하는 첫걸음을 방해하는 근심들에서 벗어나게 해주는 기술이요.

수로 안내인들이 선원들에게 전한 말로는, 자신들은 영어를 쓰는 퇴역 중위의 지시를 받기 때문에 그자의 지시 없이는 아무것도 할 수 없다고 했대요. 돈으로도 그들의 나태함을 이길 수 없었고, 중위의 거처까지 안내를 부탁해도 소용 없었어요. 제가 원한다고 안내인들이 저만 데리고 가지는 않을 거였어요. 사실 전 한시라도 빨리 선원들을 떼어놓고 싶었답니다. 우리가 다시 노를 저어 가자 수로 안내인들도 느릿느릿 따라

17

오더군요. 바위들이 돌출해 있는 쪽으로 방향을 틀었을 때 우리 쪽으로 다가오는 보트가 보였습니다. 그자가 바로 중위였는데, 다소 진지한 표정으로 다가와 우리의 신원을 확인했습니다.

저는 선원들의 수고를 덜어주고 싶어 중위에게 제 짐을 보트로 옮겨 달라고 했습니다. 그자가 영어를 할 줄 알아 사전 통역이 필요하지 않았거든요. 그러나 마르그리트의 얼굴에는 저에 대한 존경심과는 별개로 공포의 표정이 역력했습니다. 우리 세 사람을 낯선 남자의 손에 맡긴다는 사실에 흥분했던 거지요. 중위는 자신의 오두막을 가리켰습니다. 오두막까지 가는 동안 아쉽게도 여성은 한 명도 보지 못했지만, 저는 마르그리트처럼 강도, 살인, 아니면 선원들이 말했을, 여성들의 상상력에 저촉되는 다른 악행에 대해서는 조금도 생각하지 않았어요.

오두막으로 들어가 보니 시골의 단정함을 제법 갖춘 깨끗한 집이어서 정말 기뻤습니다. 모슬린 시트를 깐 침대는 거칠기는 해도 눈이 부시게 하얗더군요. 바닥에는 노간주나무의 잔가지들이 흩어져 있었는데 (이 나라의 관습인 걸 나중에야 알았어요.), 커튼과 대비를 이루며 기분 좋은 신선한 향을 퍼뜨리고 한낮의 열기도 누그러뜨렸지요. 그러나 기꺼운 환대만큼 기분 좋은 것이 뭐가 있을까요. 새하얀 식탁보 위에 갖은 요리가 얼마나 신속하게 차려지던지. 제가 방금 전까지 큰 배를 타고 있었다는 사실을 기억하시나요. 간간하게 굴진 않았지만 줄곧 속이 울렁거렸다는 사실은요. 생선, 우유, 버터, 치즈, 그리고 말하기 좀 곤란한 이 나라의 골칫거리 브랜디까지 식탁에 올라왔습니다. 식사가 끝나자 이들의 환대는 맛있는 커피 대접으로까지 이어졌어요. 사실 좀 불가사의한 일이었지요. 그때는 몰랐는데, 커피가 금지 품목이었거든요.[*]

집주인인 사람 좋은 중위는 계속 끼어들어 미안하다면서도 영어를 쓰는 게 기쁜 나머지 자꾸 관여하게 된다더군요. 그는 사과할 필요가 없었어요. 그가 동석해주어 저도 기뻤거든요. 부인과는 눈인사만 주고받았답니다. 그녀는 줄곧 우리가 입은 옷을 관찰했어요. 제 손을 보고 제가 귀부인이라는 결론에 이른 모양이었어요. 저야 물론 적당한 위엄을 보였지요. 북쪽의 예의 바람에는 기후처럼 냉담한 면과 쇠사슬로 동여맨 바위처럼 딱딱한 면이 있습니다. 그러나 부싯돌 같은 이 땅에도 농민들 사이에 황금시대[**]의 순박함이 얼마나 많은지 모른답니다. 인정과 우애가 흘러넘쳐 그들이 예의에 어긋나게도 제 피로를 고려해주지 않고 저를 놓아주지 않는 동안에도 제 얼굴에 미소를 번지게 한 것은 오직 그들의 인자함과 정직한 연민이었어요.

편의를 위해 선택된 이 집의 환경은 아름다웠습니다. 주인은 해안에서 모든 조타수를 통솔하는 장교이자 난파선을 지키기 위해 임명된 사람이어서 만 전체가 내려다보이는 장소를 선택해야 했지요. 군에 오래 복무해서인지 그는 조국의 감사패를 받아 마땅하다는 의미의 배지를 달고 있었는데, 긍지가 없고서는 달 만한 배지가 아니었습니다. 그런 명

---

[*] 18세기 스웨덴에서는 커피가 고급 수입품에 속해서 스웨덴 정부는 1756년부터 1822년까지 커피 수입과 소비를 통제했다.

[**] 문명의 진보가 절정에 이른 시기로 고대 그리스에서 유래했다.

예 훈장이라도 받아 다행이라는 생각이 들더군요. 그도 그럴 것이 봉급이라고 해야 일 년에 12파운드밖에 되지 않았거든요. 스웨덴 금화로 환산하는 수고는 생략하겠습니다. 그러니 여러분, 부수입을 챙길 수밖에 없지 않겠어요. 이런 편협한 수법은 세상 구석구석에 퍼져 있답니다. 이 문제에 대해서는 비판할 기회가 또 있을 거예요.

집주인이 본인에 관한 얘기로 저를 기쁘게 해주었지만—방문객들에 대한 이곳 사람들의 예의 같았어요—저는 바위 위로 올라가 경치도 구경하고 정직한 선원들이 자신들의 배로 복귀했는지도 보고 싶었습니다. 중위의 망원경으로 보니 선박은 순풍에 돛을 단듯 항해 중이었습니다. 바다는 아주 얕은 개울처럼 너울거리기만 할 뿐 잔잔했고요. 광대한 유역에 이르러 보트는 한 점으로도 보이지 않았습니다. 제 안내인들이 잘 도착했다는 뜻이었죠.

조금 더 어슬렁거리던 중 바위들 사이로 비어져 나온 삼색제비꽃이 제 눈에 띄었습니다. 좋은 예감이 들어 저는 그것을 제 마음에 조금의 위안도 주지 않았던 편지* 속에 끼워두어야겠다 생각했어요. 잔인한 기억이 눈앞을 가득 채웠다가는 여우비처럼 사라졌습니다. 셰익스피어를 깊이 읽는 독자라면, 이 꽃이 사랑의 화살에 물든 작은 서양꽃, "처녀들이 야생팬지라고 부르는"** 꽃임을 기억해낼 겁니다. 제 아이의 쾌활함

---

* 길버트 임레이가 쓴 편지를 말하는 것 같다.
** 셰익스피어 『한여름밤의 꿈』 2막 1장 168절에 등장하는 문구. 오베론은 큐피드가 쏜 화살이 흰색 꽃을 어떻게 보라색으로 물들였는지를 설명한다.

은 순수합니다. 이 아이는 예감이라든가 감정에 구애 받지 않고 꽃들이나 식물보다 얼마 안 되는 산딸기를 더 좋아했답니다.

중위가 알려주길 이곳은 넓은 만이라고 하더군요. 만인지 아닌지는 판단할 수 없었지만 그림같이 아름다운 곳이었습니다. 겹겹이 포개진 바위들이 바다를 견제하는 방어군 노릇을 하고 있었지요. 바위들은 포효 소리가 점점 커지는 파도 쪽으로 어두운 얼굴을 돌린 채 "더는 오지 마"라고 단호히 말하고 있었습니다. 이 풍경은 삭막했어요. 그러나 향기로운 야생화들로 채색된, 더없이 아름다운 신록의 작은 땅들은 염소들과 뒤따라오는 소들에게 호화로운 목초지를 약속하는 듯했어요. 얼마나 고요하고 평화로운 풍경이던지! 환희에 젖어 주위를 둘러보노라니 아주 오래전부터 품어왔던 행복에 대한 기대, 그 기대를 신뢰해도 좋겠다는 기쁨이 자연히 우러나더군요. 프랑스에서 목격했던 공포, 세상 모든 것에 암울한 그림자를 드리웠던 그 공포를 잊게 할 만큼이나요.* 제 기질적 열정이 너무나 자주 좌절된 애정의 눈물바다에 젖어, 맙소사! 다시는 불붙기 힘들 정도였던 그 고통도 잊게 할 만큼이나요. 소박한 우애가 제 가슴을 넓혀주는 동안 근심이 날아갔습니다.

저는 이 즐거움을 연장하고 싶어 누구네 집에 가보지 않겠느냐는 중위의 제안에 흔쾌히 응했습니다. 중위는 그 집의 주인도 영어를 할 줄

---

* 울스턴크래프트는 1792년에서 1795년까지 파리에 체류해 있는 동안 프랑스혁명의 과도하고 끔찍한 행위들에 큰 충격을 받았다.

알고 이 나라 최고의 익살꾼이라며 호탕한 웃음과 함께 그 사람 얘기를 하고 또 했습니다.

저는 이곳의 가공하지 않은 아름다움에 심취해 계속 걸었습니다. 숭고함이 극도로 응축된 감정을 팽창시키며 부지불식간에 아름다움에 자리를 내주곤 했답니다.

그 집—그렇게 큰 집은 난생처음이었어요—에 들어서 얼마나 많은 식구들과 인사를 했는지 모릅니다. 그러나 익살을 기대하게 만든 주인은 출타 중이었습니다. 그래서 중위가 양측의 찬사를 전해주는 통역관 노릇을 할 수밖에 없었지요. 의사 전달이 어색하긴 했지만, 표정과 몸짓으로도 서로의 의사를 알아듣기 쉬우면서 재미나게 전할 수 있었습니다. 딸들은 정말 생기발랄했고, 저를 배려해 자중을 하는데도 중위와 장난치는 걸 어쩌지 못했어요. 중위가 코담배를 피워도 되겠냐며 상자를 내밀었는데, 상자 바닥에 붙어 있던 가짜 쥐가 툭 튀어 올랐어요. 두말할 것 없이 정신 나간 장난이었지만 그 때문에 터져나온 폭소는 적어도 진짜였답니다.

딸들은 과하다 싶을 만큼 공손했습니다. 그런데 친절함으로 제 아이를 홀릴 지경이라 오래 머물면 안 되겠더군요. 딸들 중 두세 명은 우리를 따라다니며 먹을 것을 있는 대로 내와 저녁 식탁을 풍성하게 채웠지요. 식탁이 사실 푸짐하기는 했지만 요리마다 들어 있는 설탕이며 향신료가 입에 맞지 않아 몇몇 요리는 예의만 차렸습니다. 저녁 식탁에서 제집주인은 제가 남자들이나 하는 질문들을 한다며 여자 논객이라고 직

설적으로 말하더군요.

여행 준비는 착착 진행되었습니다. 예테보리까지 사람을 보내 마차를 부르면 시간이 많이 걸려 역마차만 이용할 수 있었습니다. 중위는 제여행(대략 21마일이나 22마일) 경비가 11실링이나 12실링을 넘지 않을 거라며, 싼 편이라 장담했지요. 저는 그에게 1기니 반을 주었습니다.* 그러나 제 숙박비와 운임료로 중위가 그 많은 돈을 받게 하는 데 정말 힘들었습니다. 중위는 길에 뿌려야 하는 돈이 얼마나 많은지 아느냐며 그돈을 받는 건 강도짓이나 다름없다고 강조했죠. 그러나 제가 고집을 피우니 할 수 없이 받더군요. 그러나 받는 조건으로 제가 여행 중에 곤경이나 사기를 당할지 모르니 자신이 동행하겠다고 했습니다.

저는 아쉬움을 뒤로하고 제 방으로 물러갔습니다. 기분 좋은 밤이어서 늦게까지 수다를 떨고 싶었지만 아침 일찍 일어나야 해서 마지못해 잠자리에 들었지요. 그러나 감각이 활짝 열린 데다 꼬리에 꼬리를 무는 상상까지 더해져 아무리 잠을 청해도 허사였어요. 결국 여섯 시도 되기전에 일어나 상쾌한 아침 공기를 들이마셨습니다. 새들이 밝아오는 아침을 맞으러 지저귀는 소리를 얼마 만에 들었는지, 그 소리 때문에 출발시각을 놓칠 뻔했답니다.

사실 북쪽의 여름 저녁과 밤의 아름다움에 견줄 만한 것이 뭐가 있을까요. 밤이라고 하지만 대낮의 눈부심, 강렬한 빛만이 가득해 밤이라 부

---

* 기니는 영국의 구 금화로 21실링에 해당한다.

르는 것이 너무나 부적절해 보인답니다. 한밤중인데도 촛불 없이 편지를 쓸 수 있어요. 저는 움직이지 않는 자연을 응시했습니다. 표면이 더욱 어두워진 바위들은 휴식을 취하듯 바다 쪽으로 비스듬히 누워 있는 형상을 하고 있었어요. 저는 속으로 감탄했지요. '아직도 나를 깨어 있게 하는 이 활성원리는 무엇일까?* 나를 둘러싼 모든 것이 제 집에 편히 있건만 왜 내 생각은 집 밖을 떠도는 걸까?' 제 아이는 시종일관 평온하게 자고 있습니다. 봉오리를 닫는 꽃처럼 천진하게요. 집에 대한 생각으로 시작된 어떤 회상이 이 밤에 제가 숙고하고 있던 사회 상태에 관한 생각과 뒤섞여 방금 입을 맞춘 아이의 장미빛 뺨 위로 눈물 한 방울이 툭 떨어지더군요. 환희와 고통의 순간에 차오르는 감정들이 제 오감을 자극해 살아 있음을 평소보다 더욱 강렬하게 느끼게 해주었어요.

이 주체할 수 없는 연민은 대체 무엇일까요? 세상에 넌더리가 나고 친구들이 무정하게만 보였을 때 우울과 인간 혐오가 얼마나 자주 저를 덮쳤는지 모릅니다. 그때는 제 자신이 인류라는 거대한 덩어리에서 떨어져 나온 티끌 같기만 했습니다. 저는 외로웠어요. 그러던 어느 날 어떤 교감이 물체의 인력처럼 저절로 일어나, 나는 여전히 거대한 전체의 일부이며 나와 전체는 분리할 수 없다고 느껴졌습니다. 네, 분리할 수

---

* 활성원리(active principle)는 생명 현상의 발현은 비물질적인 생명력이라든지, 자연법칙으로는 파악할 수 없는 원리에 지배되고 있다는 '활력론(vitalism)'을 반영하고 있다. 활력론 논쟁은 울스턴크래프트가 죽고 나서 더욱 격렬해져 딸인 메리 셸리가 쓴 『프랑켄슈타인』(1818)에 큰 영향을 끼쳤다.

없다고요. 생각이 여기까지 이를 수 있었던 것은, 인생의 잔혹한 경험이 심장의 고동을 멎게 하거나 해치는 경우가 많을수록 매력을 잃고 마는 존재의 끈을 끊어버린 적이 있기 때문이에요. 행복이라는 것이 있다고 믿는 사람들에게 주지 말아야 할 것이, 미래의 가능성이에요! 제가 말하는 건 철학적인 만족이 아니에요. 그들에게 행복을 철석같이 믿게 하는 것은 고통이랍니다.

식사 때문에 안주인은 우리보다 한참 전에 일어나 커피와 우유를 준비했고, 중위는 제 짐을 먼저 보트에 실었습니다. 마차가 집까지 올라오기에는 길이 안전하지 않았거든요.

도로가 처음에는 바위투성이라 애를 먹었습니다. 그러나 마부는 신중했고 말들은 불쑥불쑥 등장하는 오르막과 내리막에 익숙해졌지요. 그래서 저도 위험을 염려하지 않고 딸과 놀았습니다. 아이가 겁을 먹고 있어 마르그리트에게만 맡겨놓을 수 없었거든요.

말들에게 먹이를 주어야 해서 작은 여관에 묵게 됐는데 스웨덴에 와서 기분 나쁜 인간을 처음 만났습니다. 제가 여행 중에 마주친 사람들 중 옷을 가장 번드르르하게 입은 인간이었죠. 그 남자와 제 안내인 사이에 언쟁이 벌어졌는데, 어쨌거나 원인이 저라는 사실 말고는 요지를 모르겠더군요. 언쟁의 결과 그자는 씩씩거리며 여관을 나갔습니다. 그자의 신분은 세관원이었던 겁니다. 직업이 국민성을 지워버린 사례였지요. 이처럼 솔직하고 친절한 사람들과 함께 살면서도 징수 세무관—제가 영국과 프랑스에서 만났던 인간 부류—의 면모밖에 갖추지 못했다니요. 저는 여권을 준비하지 않아 대도시에는 들어갈 수 없었습니다. 예테보리에서 언제든 여권을 구할 수 있었지만 저는 트렁크를 검문 당하는 번거로움을 겪기 싫었습니다. 그자가 돈을 내놓으라 엄포를 놓았던가 봐요. 하지만 중위는 약속대로 제가 사기를 당하지 않도록 지켜주겠다 작정한 거였지요.

지금은 피로를 푸는 게 먼저였지만, 도시 관문에서 심문을 받고 빗속에서 나라는 사람을 설명해야 하는 상황—형식에 불과하다 해도—을 피하고 싶다면 마차에서 내려 마을로 걸어가는 것이 좋겠다고 중위가 제안했어요. 걸어가자고 한 쪽이 저였을지도 모릅니다.

웬만큼 괜찮은 여관을 기대했건만 우리가 안내 받은 여관은 정말로 별로였어요. 그때가 오찬 시간이 서너 시간 지난 다섯 시 무렵이라 따뜻하게 먹을 만한 것을 청했지만 씨알도 먹히지 않았죠.

숙박 시설이 변변찮아 저는 제 추천서들 중 하나를 보낼 수밖에 없었습니다. 그 추천서를 받은 신사*가 저와 저녁을 먹는 동안 절 위해 숙소를 알아봐주었지요. 이 자리에서는 스웨덴에 관한 별 얘기가 없었으니 여기서 편지를 맺을게요.

그럼 안녕히.

---

* 임레이의 동업자인 일라이어스 백맨을 말한다.

.

환대는 선량함의 증거

예테보리는 바람이 잘 통하는 청정 도시입니다. 네덜란드 사람들이 세운 이 도시는 거리마다 운하가 흐르고, 구간구간 가로수들이 줄지어 있어 볼썽 사나운 포장도로만 아니면 얼마나 쾌적한지 모릅니다.

호화로운 상점들도 있답니다. 스코틀랜드, 프랑스, 스웨덴 상점들이지요. 그러나 장사가 제일 잘되는 곳은 스코틀랜드 상점 같았어요. 전쟁*후 프랑스와 이루어진 교역과 위탁 사업으로 수익이 매우 늘었는데, 생필품 가격을 올림으로써 서민들의 주머니를 털어 상인들 배만 불려주지 않았나 싶어요.

모든 유력 인사, 그러니까 최고 자산가들은 상인들입니다. 그들의 주된 낙은 일을 내려놓고 식탁에서 쉬는 거지요. 술에 경의를 표한 후 서

---

* 프랑스 공화국과 연합국(영국, 오스트리아, 프러시아) 간의 1차 전쟁을 말한다.

류를 작성하고 장부를 정리해야 하는 사람들 사이에 아주 이른 시간(한 시에서 두 시 사이)에 퍼져 있는 문화 같아요. 그러나 다양한 집단이 한데 모여 문학이나 대중 오락을 화제로 삼기 어려울 때에는 만찬만큼 사람들을 집결시키기 좋은 것도 없을 겁니다. 무엇보다 상류층 모임의 활력소인 스캔들을 쑥덕거릴 수 있으니까요. 정치 영역은 세계 어디서나 시골 마을에서는 잘 입에 올리지 않는 주제더군요. 지역의 정치는 규모가 작은 만큼 지적 능력의 크기와 비례합니다. 일반적으로 관찰의 영역이 정신의 범위를 결정짓기 때문이지요.

세상을 알면 알수록 문명의 발달을 추적해보지 않은 사람들은 문명이 축복임을 잘 가늠하지 못한다는 확신이 커집니다. 문명은 우리의 즐거움을 품위 있게도 만들지만, 감각의 원시적 섬세함을 유지시켜주는 다양성도 창출합니다. 상상력이 부재하면 모든 감각적 쾌락은 상스러움으로 전락하고 맙니다. 지속적인 참신함이 상상의 대역을 하지 않는다면요. 물론 불가능한 일이지요. 솔로몬이 태양 아래 새로운 것이 없다!*고 선언했을 때 암시한 것이 이런 권태였을 겁니다. 감각들이 불러일으키는 일반적인 느낌은 전혀 새롭지 않습니다. 그러나 솔로몬 시대 이후 상상과 지성이 많은, 정말로 많은 발견을 이뤄왔다는 걸 누가 부인할 수 있을까요? 그렇기에 앞선 시대의 발견들이 더 고귀하고 유익해 보이는지도 모릅니다. 저는 성찰하는 습성을 가지지 못한 사람들 중에

* 전도서 1장 9절.

상상력이 뛰어난 자를 본 적이 없습니다. 판단력과 심미안이 예술과 과학의 장려로 일어나고 형성되지 않는 사회에서는 정서라는 말로 규정이 되는 느낌과 생각의 섬세함을 찾아보기 힘듭니다. 어쩌면 과학적 활동에 대한 욕구 때문에 작은 마을의 주민들이 이방인들을 진심으로 반기고 후한 대접까지 하는지도 모르지요.

환대는 여행자들에 의해 선량함의 증거로 지나친 찬사를 받아오지 않았나 싶습니다. 제 생각에 무분별한 환대는 여행자가 생각의 나태함이나 공백을 얼마나 견딜 수 있는지를 가늠하는 척도 같습니다. 쉽게 말해, 정신이 운동을 하지 않는 탓에 술병들이 굴러다니는 사교 활동도 좋아할 수 있는지 없는지를요.

이런 얘기가 잘 들어맞는 곳이 더블린입니다. 더블린은 제가 다녀본 곳들 중 손님 접대를 가장 잘하는 도시예요.* 그러나 지금은 스웨덴에 한정해서만 저의 관찰 결과를 얘기할게요.

사실 제가 본 것은 스웨덴의 극히 일부에 지나지 않습니다. 그러나 수도를 방문하지 않고서도 이 나라의 관습과 학식의 현주소를 분명하게 알게 되었다고 생각합니다. 사실 한 나라의 성격은 수도보다 외곽에서 더 잘 드러나는 법이니까요.

스웨덴 사람들은 자신들의 예의 바름을 자랑합니다. 하지만 그들의

---

* 울스턴크래프트는 1786년부터 1787년까지 더블린에서 귀족인 킹스버러 가문의 가정교사로 일했다.

예의 바름은 교양인의 품위와는 거리가 멀고 성가신 형식과 격식으로만 이루어져 있습니다. 가정교육을 잘 받은 프랑스 사람들처럼 상대의 성격을 즉각 파악해 상대를 편안하게 해주는 것이 아니라 과장된 정중함으로 상대의 행동을 지속적으로 구속합니다. 교육의 우위는 없고 재산에 따른 우위만 존재할 때는 무의미한 형식 준수 외에는 의도한 바와는 다른 역효과만 발생하지요. 그래서 저는 스웨덴에서 가장 예의 바른 사람들은 농민들이라고 생각하게 되었어요. 그들은 방문객을 기쁘게만 해주려 할 뿐 자신들의 행동에 대해 찬사를 바라지는 않았으니까요.

스웨덴 사람들의 식탁은 그들의 의례적 칭찬처럼 프랑스 사람들을 모방한 것 같습니다. 요리마다 음식 고유의 맛을 죽여버리는 각종 재료가 뒤범벅돼 풍미라곤 없더군요. 향료와 설탕이 모든 요리에, 심지어 빵에도 들어 있습니다. 이들이 양념을 듬뿍 친 요리를 편애하는 이유를 꼽자면 늘 소금에 절인 음식물을 사용해야 하기 때문일 겁니다. 이들은 겨울에 대비해 말린 생선과 소금에 절인 고기를 비축해두어야 합니다. 여름에도 신선한 고기와 생선이 풍미가 없습니다. 그런 탓에 증류주를 항상 사용하는 듯합니다. 요리들이 식탁에서 식어가는데도 사람들은 저녁 식사 전에 사이드테이블에 모여 식욕을 돋우려고 버터 바른 빵과 치즈, 연어회나 멸치를 먹고 브랜디도 한 잔 마십니다. 그런 다음에야 위를 더 자극하기 위해 소금에 절인 생선이나 고기를 내려보내지요. 이런 얘기로 여러분의 시간을 잡아먹어 미안해요. 하지만 식사가 진행될수록 요리가 쉴 새 없이 바뀌고 격식에 맞춰 손님들에게 돌아가는 그 두세 시간 동안, 아아! 제가 얼마나 긴장을 하고 있었겠어요. 그렇다고 처음 나온 요리들이 마음에 들지 않는다고, 제 경우에는 종종 그랬는데, 순서에 맞지 않는 다른 요리를 청하는 건 정말이지 예의가 아니잖아요. 그러나 인내심만 갖추면 먹을 것은 충분하답니다. 막간극을 건너뛰지 않고 전체극을 간략히만 안내할게요.

오찬의 서곡―두 시간 동안 생선, 육고기, 닭고기가 연이어 나온 뒤 진수성찬의 냄새가 잔뜩 퍼져 있는 식탁 위에 디저트가 놓입니다. 딸기랑 크림은 약간 아쉬웠어요. 커피는 응접실로 곧바로 나오지만 펀치라든가, 에일, 차, 케이크, 연어 등은 그렇지 않았습니다. 마지막을 장식하는 저녁은 오찬이 맛보기에 불가했다는 듯 만찬 다음 요리에 버금가더군요. 이런 하루를 보낸다면 얼마나 흡족할까 생각되겠지요. 그러나 내일 또 내일 계속된다면요. 혹독한 겨울이 으스스한 모습으로 백발의 머리칼을 흔들어대며 얼굴을 찌푸리고 있는 때라면, 늘 처음 같은 연회가 끊이지 않는 것이 견딜 만할 겁니다. 그러나 순식간에 지나가는 달콤한 여름에는, 저도, 저의 친절한 이방인들도 이따금 전나무 숲으로 탈출해 아름다운 호숫가를 거닐거나 바위에 올라 끝없이 펼쳐진 풍경을 내려다보게 됩니다. 거인의 손이 쌓아놓은 것만 같은 바위들은 하늘로 높이 솟아 빛을 가로막거나 머뭇거리는 낮의 스러지는 색조를 받아들입니다. 황혼이 되어도 빛은 그다지 누그러지지 않고, 상쾌한 바람을 깨우고, 달이 눈부시게 아름다운 모습으로 불쑥 나타나 담청색의 광활한 하늘 위로 우아하게 미끄러지듯 흘러가는, 그런 낮이랍니다.

소떼가 휴식을 취하는지 워낭 소리가 멈추었군요. 소들은 황야를 가로질러 왔어요. 지금은 마녀가 횡행하는 시각이 아닌가요? 냇물이 졸졸 흐르며 현세의 음악을 뛰어넘는 소리를 내고, 평화로운 영혼들은 요동치는 가슴을 진정시키기 위해 밖으로 나다닙니다. 영원은 이 순간들 속에 있습니다. 세속적 근심은 꿈들이 만들어지는 공기 같은 물질 속으로 녹아듭니다. 사랑을 기대하게 하고 상실한 기쁨을 소환하는 달콤하고 황홀한 몽상은, 번잡한 삶에서 마음 깊은 곳에 자리한 슬픔을 떨쳐보려 했으나 헛수고만 한 불운한 사람을 미래로 이끕니다. 독자 여러분, 잘 자요! 창공에 걸려 있는 초승달이 잠의 나라로 떠나자 재촉을 하네요. 초승달은 태양처럼 은빛으로 반사하지 않고 황금빛 광채로 빛납니다. 이슬이 내린다고 누가 두려워할까요? 이슬 덕에 잔디는 더욱 향긋해지기만 하는 걸요. 안녕히!

.

여행은 사색의 촉매제

스웨덴의 인구는 250만에서 300만으로 추정됩니다.* 거대한 땅덩이에 비하면 인구가 적은 편이지요. 그중 경작지는, 그것도 가장 간단한 방법으로 경작이 이루어지는 곳은 먹고사는 데 꼭 필요한 만큼만 있습니다. 청어가 쉽게 잡히는 해안가 근처에는 경작의 흔적을 찾아보기 힘들지요. 인정사정없는 비바람에 노출된 채 헐벗은 바위들 위에 듬성듬성 아슬아슬하게 서 있는 집들은 통나무를 대충 잘라 지었더군요. 험준한 바위를 토대로 삼아 집 짓는 수고를 덜었고, 문으로 이어지는 진입로 같은 건 만들어놓지 않았습니다.

추위 때문에 몸을 웅크리고 살을 에는 칼바람에 고개 숙여야 하는데도 가난한 사람들 사이에서 사교의 즐거움을 대신하는 것이 음주라는

---

* 2021년 통계로는 스웨덴 인구는 1천만 명이 조금 넘는다.

상스러운 쾌락인 것이 놀랍지 않나요? 이들의 주식이 양념을 많이 친 저장품과 호밀빵이라는 점을 감안하면 더욱 놀랍답니다. 빵을 굽는 때가 일 년에 한 번뿐이라니, 얼마나 어려운지 상상이 되겠지요. 대부분의 가정에서 하인들의 경우 빵은 같은 걸 먹지만 음식은 주인과 다른 걸 먹습니다. 이런 관습을 옹호하는 주장들이 뭐라고 하건 제게는 야만의 잔재로밖에 보이지 않습니다.

사실, 하인들의 처지, 특히 여자 하인들의 처지를 면밀히 들여다보면 스웨덴 사람들이 합리적 평등이라는 개념과 얼마나 거리가 먼지 알 수 있습니다. 하인을 노예라고 부르지는 않습니다. 그러나 임금을 준다는 이유로 사람이 사람을 때려도 처벌하지 않아요. 게다가 임금이란 것도 코딱지만큼 적어 하인들은 생계 때문에 좀도둑질을 배우는 한편, 노예 근성으로 점점 기만적이 되고 야비해집니다. 남자 하인들은 여자 하인들을 억압하는 방식으로 자신들의 존엄을 지킵니다. 그런 이유로 가장 천하고 고되기까지 한 가사는 이런 불쌍한 여인들에게 돌아가지요. 이런 예를 저는 수도 없이 봤습니다. 겨울에도 하녀들은 빨랫감을 강으로 가져가 차가운 물에 빤다고 합니다. 얼음에 손이 베여 갈라지고 피가 나는데도 남자들, 그러니까 남자 하인들은 자신들의 남성성에 먹칠이라도 당할까봐 여성들의 짐을 덜어주기 위해 빨래통을 들어주지도 않는다네요.

하인들의 일 년치 임금이 20실링이나 30실링을 넘는 경우가 좀처럼 없다는 사실을 듣는다면, 그들이 신발이나 긴 양말을 신고 있지 않다는 이야기도 놀랍지 않을 겁니다. 새해나 어떤 시기에 하인들에게 선물을 주는 관습이 있다고는 하나, 그것이 그들의 노동에 대한 정당한 보상이라고 할 수 있을까요? 대부분의 나라에서 하인들이 받는 대우는 아주 부당합니다. 자유의 땅이라 자랑하는 영국에서도 지나치게 폭압적일 때가 있지요. 하인들의 말대꾸를 절대 용납하지 않겠다고 선언하는 신사들을 볼 때면 저는 분노가 일었어요. 섬세한 감수성을 소유한 숙녀들도 저속한 인간들의 짐승 학대는 줄곧 반대하면서도 자신의 하인들이 신체뿐 아니라 감정을 지닌 존재라는 사실은 제 면전에서 잊곤 했습니다. 하인들을 가족의 일원으로 대하는 것보다 더 기분 좋은 광경이 있을까요. 걱정거리가 뭐냐고 조금만 관심을 보여도 하인들은 주인을 위하겠다는 마음을 먹습니다. 우리는 하인들을 사랑해야 합니다. 사랑하지 않고 어떻게 하인들의 행복에 신경을 쓸 수 있을까요. 자신들의 가정이 누릴 수 있는 기쁨이 제 이웃보다 더 빛나기만을 바라는 마음에 분에 넘치게 사는 주인이라면 하인들의 행복에 무슨 신경을 쓸까요?

사실 가난한 사람들보다 하인들이 정직하기가 훨씬 힘듭니다. 하인들은 자기네가 먹지도 못할 산해진미를 준비하면서 괴로움을 맛봐야 하지만 가난한 사람들은 자기네 집밥을 먹는다고 나쁜 생각을 품지는 않으니까요. 이곳에서는 하인들이 대체로 좀도둑들이고, 주거 침입이나 노상강도 사건은 잘 없습니다. 인구 밀도가 원체 낮아 노상강도라는 말을 쓸 기회도 많지 않을 겁니다. 노상강도는 대개가 대도시의 산물이죠. 불행에서 탈출하기 위해 가난과 필사적으로 싸우는 대신 부를 얻고자 하는 그릇된 욕망의 결과랍니다.

커피가 금지되고 개인의 양조법이 제한되기 전까지 농민들의 낙은 브랜디와 커피를 마시는 것이었습니다.선왕이 치른 전쟁으로 세입을 늘이고 모든 수단을 동원해 나라의 금을 보유할 필요성이 생겼기 때문이었지요.

샤를 12세가 통치하기 전까지는 세금이 많지 않았습니다. 이후로 세금 부담이 계속 커지면서 식량 가격도 올랐지요. 이번 가을에 평화가 찾아오지 않는다면 프랑스와 독일에 옥수수와 호밀을 수출해 이익이 생긴다 해도 스웨덴과 노르웨이에서는 식량난이 발생할 겁니다. 온갖 투기로 물가가 이미 두 배 가까이 올랐으니까요.

전쟁은 중립국들의 자생력마저 약화시키는 결과를 초래합니다. 중립국들은 통치자들의 야망에 희생되는 불운한 국가들을 약탈하는 전쟁에 힘입어 갑작스레 부가 유입되면서 번창하게 되는 것 같습니다. 이런 중립국들이 가장 비열한 야수처럼 보일지 모르나 저는 부의 갑작스런 증가가 낳은 악들을 곱씹을 생각은 없습니다. 왜냐하면 부를 얻는 데 필요한 산업이 뒤따라야 한 나라가 진정한 부의 혜택을 볼 수 있다는 것이 자명한 이치라고 믿으니까요.

커피를 마시면 벌금을 때리고 공공 양조장을 장려하는 분위기는 사치 금지령에 영향을 받지 않는 빈민들을 가난으로 몰고 갑니다. 얼마 전 섭정 군주는 드레스 품목까지 엄격한 규제를 가했습니다. 그 때문에 중산층은 평생 간직했을지도 모를 화려한 옷들을 버리지 않을 수 없어 그

규제가 가혹하다 여겼지요.[*]

이런 규제는 부아가 치미는 일이지요. 그렇기에 왕의 죽음은 축복으로 간주될지도 모릅니다. 왕의 야망이 그들에게 끼치고도 남았을 결과로부터 구제받게 될 테니까요.

게다가 프랑스혁명의 영향으로 왕관을 쓴 자들은 더욱 조심하게 되었고, 귀족에 대한 존경심도 어디서나 현저히 줄어(귀족들 사이에서만 빼고요.) 농민들은 영주들을 더는 맹목적으로 경외하지 않을뿐더러, 자신들이 영주들과는 계급이 다른 종자라고 세뇌당한 탓에 예전 같았으면 말할 엄두조차 내지 못했을 억압에 대해 당당하게 불평을 합니다. 유럽 대부분의 나라들처럼 이 나라 귀족들이 자신들의 지배권을 지키기 위해 벌이는 노력들은 오히려 지배권을 약화시키는 최적의 방식일 거예요. 스웨덴 국왕도 유럽 대부분의 강한 통치자들처럼 귀족들의 특권을 침해하여 자신의 권력을 강화하고 있기 때문입니다.

수도에 사는 스웨덴 상류층은 옛날 프랑스 사람들처럼 입고 다니고 대체로 프랑스어를 씁니다. 그들에겐 언어를 제법 유창하게 습득하는 재주가 있습니다. 어떤 면에서는 이점이지만, 모국어 양성과 자국 문학의 발전을 저해하는 요소이기도 하지요.

어떤 분별력 있는 작가가 최근에 이런 말을 했습니다.(책을 가지고 있지 않아 인용이 정확하지는 않을 거예요.) "미국인들은 아주 현명하게도 유

---

[*] 여인들은 검정과 흰색 실크와 무늬 없는 모슬린만 입을 수 있었다고 한다.

37

럽인들이 자신들에 관한 책과 패션을 만드는 것에 개의치 않는다." 저는 이 의견에 동의하지 않아요. 괜찮은 작품을 생산하는 데 필요한 사색은 작가가 인지하는 이상으로 공동체에 대한 이해를 증대시킵니다. 산만한 독서는 대개가 유희에 불과하지요. 그러나 사색을 할 때는 목적이 있어야 합니다, 그렇지 않으면 사색이 수박 겉핥기에 그치기 십상이지요. 여행을 할 때 일지를 쓰면 평소라면 생각지도 못했을 여러 유익한 질문들이 샘솟습니다. 여행자가 이것저것 따지지 않고 자신이 볼 수 있는 것을 모조리 보겠다고 결심만 한다면요. 게다가 문학은 누구에게도 해를 끼치지 않는 화제 거리를 제공합니다. 그런 주제가 참을 수 없을 만큼 피곤할 때도 있지만 그런 주제가 없으면 작은 마을의 주민들은 서로 염탐하고 트집 잡기 일쑤예요. 심술보다 심심함이 스캔들을 낳는 법이고, 사람을 속 좁게 만드는 작은 사건들에 주목하게 만드니까요. 유용성이라는 보다 넓은 그림과 도덕적 원칙의 기준—관례적인 미덕만이 아닌 미덕들에 대한 존중—과는 맞지 않는 사소한 일에 바보같이 집착하는 것은 남의 입방아에 오르내릴지 모른다는 두려움이 원인일 때가 많습니다.

독자 여러분, 저는 대도시라는 절대적으로 고독한 거주지가 지성만이 아니라 연민을 키우는 데도 최적화된 곳이라고 점점 확신하게 됩니다. 우리가 알고 싶은 것이 인간이든 자연이든 우리 자신이든 말이지요. 인류가 섞여 살려면 우리가 가진 편견들을 검토해보아야 합니다. 편견은 분석을 할수록 자각하지 못하는 사이 사라지기도 합니다. 시골에 있으면 자연과 친숙해져 세속적인 눈에는 보이지 않는 무수히 자잘한 것이 상상력에 소중한 감정들과 영혼을 확장하는 질문들을 불러일으키지요. 문명화로 독창성이 무미건조함으로 순화되지 않을 때 특히 그렇답니다.

저는 시골을 사랑하지만, 집을 짓기로 선택된 그림같이 아름다운 환경을 볼 때면 개발이 두렵습니다. 전체적인 통일성을 갖추면서 주위 풍경에 어울리는 숙소와 외관을 꾸미는 데는 남다른 감각이 필요하지요.

예테보리 인근에서 개간된 토지에 세운 집*을 방문했습니다. 기분이 정말 좋아지는 집이더군요. 집 가까이 호수가 있고, 소나무로 뒤덮인 바위들이 호수를 둘러싸고 있습니다. 눈을 돌리면 초원의 한쪽은 넓게 트여 있고 다른 쪽은 그늘진 곳으로 이어지는데, 바위 조각들과 나무 뿌리들 사이로 세차게 흐르는 강의 형태가 보입니다. 부자연한 것이 없습니다. 우뚝 솟은 절벽들 사이로 유달리 웅장하고 장엄한 한쪽 구석에 거칠거칠한 돌 탁자가 있었습니다. 드루이드**의 유령을 위해 음식을 차렸을 것만 같은 자리였지요. 반면에 절벽 아래로는 잔잔한 개울이 흘러 개울가 꽃들이 더욱 생기 있어 보였고, 발걸음도 가벼운 요정들이 경쾌한

---

* 부유한 스코틀랜드 상인 존 홀의 별장이었던 군네보 성을 말한다. 팔라디오풍 양식으로 지은 별장으로 현재는 많은 사람들이 찾는 관광지다.
** 켈트의 땅에서 신의 의사를 전하는 존재로 정치, 입법, 종교, 의술, 점, 시가, 마술을 행한 자들을 드루이드라고 한다. 신과 요정이 인간과 함께 살았던 고대 유럽에서 유일무이한 최고의 소환술사였다.

춤을 추었을 것만 같더군요.

이곳을 매만진 심미안의 손길은 이채로우나 거슬리지 않았고, 돈을 아낌없이 쏟아부은 이 지역의 또 다른 저택과 대조를 이뤘습니다. 그 저택에는 울퉁불퉁한 바위산의 경이를 불러일으키는 이탈리아식 주랑에다, 목조 주택을 무섭게 위협하는 돌계단이 있었습니다. 일 년 중 세 계절을 눈 속에 갇혀 있으라는 저주를 받은 비너스와 아폴로는 추방이라도 당한 모양새로 일체의 관능적 감각을 불어넣지 않고 주위의 숭고함과 등을 지고 있었지요. 그러나 허영을 뺀 것이 오히려 유용했습니다. 무수한 노동자를 고용할 수 있었고, 감독관은 숙련되지 않아 애를 먹이는 노동자들에게 규율을 따르게 함으로써 그들의 노동력을 끌어올렸거든요. 안녕히!

여러분의 친애하는 벗이.

.

인간의 얼굴에서 신을 보다

스웨덴의 긴 겨울은 혹독해서 사람들을 굼벵이로 만들어요. 겨울만의 즐거움도 있지만 혹한 대비에 들이는 시간이 너무 많답니다. 방한용 옷이 필수라 여자들은 실을 잣고 남자들은 직물을 짭니다. 이런 노력들이 따라야 추위를 막는 울타리가 마련되지요. 오두막을 지나칠 때면 거의 어김없이 표백을 하려고 펼쳐둔 옷감들이 보였고, 오두막에 들어서면 언제나 실을 잣거나 뜨개질을 하고 있는 여자들을 볼 수 있었습니다.

그러나 아이들에 대한 잘못된 애정으로 여름인데도 플란넬 옷을 입혔더군요. 플란넬 천과 양탄자에 밴 유해한 냄새는 말할 것도 없고 차가운 물과 불쌍한 아기들의 불결한 모습에 자연스레 반감이 들어, 제가 종종 가졌던 의문—마을들을 지나는 동안 아이들의 모습이 왜 많이 보이지 않았을까?—이 풀리는 듯했습니다. 실제로 이곳 아이들은 그 나이대의 장점이나 매력이 보이지 않아 피다 만 꽃봉오리들 같답니다. 그렇게 된 데는 우악스런 기후 탓도 있겠지만 엄마들의 무지 탓이 크다고 봅니다. 건강에 좋지 않은 습기가 모공 속으로 스며드는 동안 엄마들의 몸에서 나는 땀 때문에 연약해지고, 모유 수유를 할 때도 브랜디며 소금에 절인 생선이며 온갖 유해 물질이 아이들에게 전해집니다. 엄마들이야 환기와 운동으로 소화시킬 수 있는 물질들이요.

이 나라의 부유한 여성들도 여느 다른 나라들처럼 유모를 두고 아이들에게 모유를 먹입니다. 하층 계급 여성들은 정조 관념이 부족해 신뢰하기가 힘들답니다.

영국과 미국의 시골 처녀들의 태도 차이에 대해 우리가 하는 말이 있지요. 영국 처녀들이 내성적인 것은 기후 탓이라고, 온화한 햇볕을 못 쬐서 그렇다고요. 하지만 이곳의 연약한 아가씨들을 잘못된 길로 이끄는 것은 그들의 감각에 부드럽게 스며드는 미풍이 아니라 별들일 겁니다. 이곳의 바위들을 보고 자연의 관능성이 욕망을 부추겼다고, 그렇게 말할 사람이 누가 있겠습니까? 그러니 관능성 외에 스웨덴과 미국의 시골 처녀들의 행동을 설명할 다른 요인을 찾아야 한다고 생각합니다. 왜냐하면 제가 관찰한 바로는 관능성에는 언제나 감정과 상상이 뒤섞여 있고, 어느 쪽도 관능성을 크게 앞세우지 않는다는 결론에 이르기 때문입니다.

아일랜드와 웨일스의 시골 처녀들은 본능적 충동을 따릅니다. 그렇다는 것은 사회가 한층 진보적이라는 뜻이지요. 잉글랜드에서는 이런 충동을 두려움이나 신중함으로 억제하지요. 게다가 정신이 교화되고 취향이 강화될수록 열정은 점점 강력해지고 순간의 감응보다 안정적인 감정에 의지하게 됩니다. 문란한 정사(情事)는 건강과 나태에서 비롯되기 마련이지요. 인간은 누구에게나 나태한 면이 있지만, 정신 활동이 신체 활동에 꼭 비례하지만은 않습니다.

스웨덴 여자들은 운동도 충분히 하지 않습니다. 당연히 어릴 때부터 뚱뚱해지지요. 짐작하겠지만 추운 기후에서는 피부가 보송보송하지 않아 외형상으로도 볼품이 없습니다. 그러나 혈색만큼은 대체로 좋답니다. 다만 나태함으로 장밋빛이 납빛으로 변해가지요. 커피와 향료와 그 밖의 것들을 절제하지 않고 섭취해 치아도 거의가 엉망인데, 입술은 치아와 대조적으로 앵두같이 붉답니다.

스톡홀름의 예절은 기사도 정신의 도입으로 고상하다 들었습니다. 그러나 시골에서는 떠들썩한 유희와 상스러운 자유, 더 상스러운 풍자가 정신을 깨어 있게 합니다. 청결에 관해서는 계급을 불문하고 여자들도 의식이 없어 보여요. 드레스를 보면 취향보다는 허영에 물들어 있지요.

남자들은 여자들보다 더 품위와는 담을 쌓고 사는 것 같습니다. 남자들은 건장하고 건강하며, 상식에 강하고 기지나 정서보다 유머에 더 의지합니다. 짐작하겠지만, 여행을 다니는 예의 바르고 박식한 귀족들이나 관리들 중에는 이 일반론에 포함되지 않는 이들도 있답니다.

솔직히 말하면 이곳에서는 상류층의 교양과 편견을 흉내 내는 중산층보다 하층민들이 훨씬 재미있고 흥미롭습니다. 소작농에게 두드러진 동정심과 솔직함은 소박한 기품마저 풍겨 종종 그림같이 아름답다는 생각이 들 정도였습니다. 제가 원하는 것을 설명하지 못할 때 저를 돕고 싶어 안달하는 모습도, 그런 마음을 표현하는 진심 어린 태도도 감동적이었지요. 상냥함에는 그런 매력이 있답니다! 우리와 같은 인간을 사랑하고 그들이 표출하는 정직한 호의에 응하는 건 아주 기쁜 일이에요. 그렇다고는 해도, 친애하는 벗들이여, 이렇게나 좁은 정신 세계를 가진 사람들과 시골에서 계속 살고 싶다는 생각은 들지 않네요. 제 가슴이야 자주 끌리겠지만 제 머리는 더 넓은 사교 무대를 동경할 거예요.

　자연의 아름다움은 젊을 때보다 지금이 훨씬 더 매혹적으로 다가옵니다. 제 취향을 망가뜨리지 않고도 그 세계와 소통할 수 있게 되었거든요. 그러나 사람들의 경우에는, 가식적인 태도가 역겨우면 제 상상이 문명의 이점과 흥미로운 순수성을 결부시켜 무지가 일으킬 수 있는 권태를 달래왔던 것 같아요. 저는 동물들이 뛰어노는 모습을 보고, 동물들의 아픔과 기쁨에도 공감하고 싶습니다. 그러나 이따금은 인간의 얼굴에서 신을 발견하고 수시로 바뀌는 그 표정에서 마음뿐 아니라 영혼까지 추적하고 싶답니다.

　곧 길을 나서야 하니 할 이야기는 더욱 많아지겠군요. 안녕히!

다섯 번째 편지

·

사색하는 작가의 눈에 보이는 것들

구경 삼아 스웨덴을 여행할 생각이었다면 모르긴 해도 스톡홀름으로 가는 길을 택했을 거예요. 그러나 지속적인 관찰 결과 한 민족의 관습은 시골 지역에서 가장 잘 드러나더군요. 수도에 사는 주민들은 거기서 거기에요. 그러니 종의 다양성을 보고 싶다면 거주지들이 멀리 떨어져 있어 기후의 차이가 바로 영향을 미치는 곳을 찾아야 합니다. 이 차이가 첫눈에 강력한 인상을 남기는 것 같아요. 마치 첫인상이 한 인물의 주된 특성을 추정하게 만드는 것처럼요. 물론 친해지면 첫인상도 거의 흐려지고 말지만요.

노르웨이로 가는 길에 사적인 볼일로 스트룀스타(스웨덴의 최전방 도시예요.)에 들러야 해서 스웨덴에서 자연 그대로의 모습을 간직한 곳을 그냥 지나쳐야 한다더군요. 그렇지만 저는 스웨덴의 웅장한 특징은 어디나 똑같고, 스웨덴을 설명할 수 있는 특징은 웅장함이라고 믿습니다.

풍경마다 개성이 뚜렷해 우리의 주의를 사로잡는 독특한 특징으로 뇌리에 강력하게 남습니다. 그러나 우리 같은 이방인은 이것은 지면이고 저것은 풍경이다라는 식의 말로 표현할 만큼 개성을 구별하지는 못합니다. 우리는 상상력을 가동해 즐길 수는 있지만, 그 기억을 사실로 저장해둘 수는 없습니다.

독자 여러분에게 이 나라를 대강이나마 전해주고 싶은 만큼, 환경이 인도하는 관찰과 사색에 입각해 비록 두서없지만 시간 낭비 없이 최대한 정리를 해보겠습니다.

스웨덴에서는 준비만 잘하면 아주 저렴하게, 게다가 편하게 여행을 할 수 있습니다. 유럽은 어디나 마찬가지겠지만 전용 마차가 있어야 하고, 현지어를 잘 모른다면 현지어를 잘 아는 사람을 고용하는 것이 좋습니다. 말을 부릴 줄 아는 일꾼이 있으면 정말 유용한데, 제 경우가 그랬지요. 일행인 두 신사 중 한 명에게 말을 잘 부리는 독일인 하인이 있었거든요. 우리 일행은 이게 전부였어요. 오래 머물 생각이 아니어서 어린 딸은 두고 갔답니다.

도로는 말들이 자주 다니지 않아 우리는 서너 시간씩 대기하는 불상사를 피하기 위해 관례대로 전날 밤 선발대를 보내 모든 역참에 말을 대기시켰고, 말들은 언제나 준비돼 있었습니다. 처음 대기해 있던 말들을 보고는 저는 농담 삼아 징발 말이라고 불렀어요. 하지만 이후로는 빠르게 움직이는 팔팔한 말들이 거의 매번 대기해 있었지요.

오르막과 내리막을 감안하여 세워진 도로는 대단히 훌륭하고 쾌적합니다. 마부며 다른 부수적인 것들을 포함한 비용이 스웨덴 마일*로 1실링도 되지 않습니다.

여관들은 그럭저럭 괜찮습니다. 그러나 호밀빵은 입에 맞지가 않아 출발 전 밀로 만든 빵을 챙겨오지 않은 것이 아쉬웠답니다. 가장 불쾌했던 것은 침대였네요. 침대에 누우면 무덤 속으로 내려가는 기분이 들었어요. 궤짝 같은 것에 담겨 파묻혀서 아침이 오기 전에 질식해 죽을 것만 같았지요. 새털 침대와 이불 사이에서 잠을 자는 건 계절을 막론하고 건강에 해로울 텐데, 여기 사람들은 여름에도 그렇게 자더군요. 더군다나 여름이 정말 따뜻한데 사람들이 이런 침대를 어떻게 견디는지 모르겠어요. 더운 줄을 모르는 걸까요. 창문을 항시 닫아두는 걸 보면 바람이 드나드는 걸 무서워하나 싶습니다. 여기 사람들처럼 난로를 켜둔 채 창문을 닫아놓고 살면 저는 질식해 죽을 겁니다. 장작은 하루에 두 번만 넣습니다. 난로가 완전히 가열되면 찬바람이 쉽게 들어가지 못하게 연통을 닫습니다. 방이 사람들로 드글거릴 때도 그렇게 합니다. 여기 난로들은 흙으로 빚어 구웠는데, 대개가 방의 장신구들처럼 보여 제가 다른 곳에서 보았던 무거운 철제 난로들과는 딴판이었습니다. 난로가 경제성은 있겠더군요. 하지만 저는 그냥 불이, 장작불이 더 좋습니다. 장작을 태워 공기를 데우는 것이 방을 훈훈하게 하는 최고의 방법이라고 생각한답니다.

---

* 1스웨덴 마일은 영국 마일로 6마일이다.

둘째 날 저녁 나절에는 크비스트람이라는 작은 마을에 도착했습니다. 이 마을 이후로는 스트롬스타에나 가야 괜찮은 여관을 찾을 수 있다는 말을 들은지라 이곳에서 하룻밤을 묵을 계획이었지요.

크비스트람으로 향할 때 해가 지고 있었는데 주변 환경이 아름다워 무척 인상적이었습니다. 도로는 이끼로 뒤덮인 목초와 무성한 전나무들에 살짝 가려진 채 바위산 아래로 이어졌지요. 맨 아래 돌덩이들 틈새로 굽이굽이 흐르는 강은 바다와 잿빛 바위들을 향해 바삐 움직였는데, 이것이 왼쪽으로 보이는 풍경이었어요. 오른쪽을 보니 강은 초원으로 조용히 흐르다 나무가 우거진 둔덕에서 자취를 감추었어요. 강에 가까워질수록 들꽃들이 피어 있는 강기슭 풍경은 다채로워졌고, 달콤한 꽃향기에 악취를 내뿜을 준비를 하고 있었지요. 청정한 공기가 눈에 보일 듯했건만, 아아! 냄새만 아니었어도. 여기 사람들은 부패하기 시작하는 청어를 거름으로 사용하는데, 추출한 기름을 경작하기 좋은 땅에 뿌려 모든 걸 망쳐놓았더군요.

악취를 참을 수가 없어 우리는 여관으로 들어갔습니다. 달리 보면 매력적인 퇴각이었지요.

저녁이 준비되는 동안 저는 다리를 건너 강가를 어슬렁거리며 강물 소리에 귀를 기울였어요. 마차를 타고 올 때 눈길을 끌었던 아름다운 강기슭에 이르자 오래전부터 알고 있던 사실들이 샘솟기 시작했습니다.

강기슭에 자리잡고 있으니 눈에 보이는 것에 주목하지 않을 수 없었어요. 제 눈에는 스웨덴이 식물학자이자 박물학자[*]를 배출할 최적의 나라로 보였습니다. 온갖 것에서 천지창조를, 장난치기 좋아하는 조물주의 최초의 노력이 연상되더군요. 한 나라가 완벽의 경지에 도달해 있으면 처음부터 그렇게 만들어진 것처럼 보입니다. 그럴 때는 호기심이 발동하지 않지요. 게다가 사회에서는 얼마나 많은 것이 생겨나는지 대부분의 인간은 일일이 관찰할 수가 없습니다. 그러나 시골—도시에 인접한 시골 말고요—에 사는 사색하는 인간, 즉 시인은 세속의 눈에는 보이지 않는 것을 보고 느끼면서 적절한 추론을 끌어내지요. 사색이라는 말에 어울리게 저 역시 꼬리에 꼬리를 무는 사색을 이어갈 수 있었을 거예요. 그러나 역겨운 청어 냄새를 피할 길이 없어 제 모든 기쁨마저 달아나고 말았지요.

그런대로 괜찮은 저녁—여행 중에는 신선한 재료를 구하기가 쉽지 않거든요—을 먹고 나서 저는 방으로 들어가 개울 소리를 자장가 삼아 잠을 청했습니다. 개울이 있어 어렵게나마 저의 일상인 목욕재계는 할 수 있었어요.

이곳은 1788년 덴마크와 스웨덴의 마지막 전투가 벌어진 곳이랍니다.** 두 나라 간의 해묵은 원한에 새로운 불씨를 지핀 전투였지요. 전사자는 열일곱인가 열여덟 명뿐이었습니다. 덴마크와 노르웨이의 병력이 월등히 우세해 스웨덴은 항복을 할 수밖에 없었어요. 그러나 질병과 식

---

* 오늘날 사용하는 생물 분류법인 이명법의 기초를 마련한 생물학자 칼 폰 린네를 말한다.
** 1788에 발생해 1790년에 끝난 러시아-스웨덴 전쟁을 말한다. 덴마크와 노르웨이는 러시아와 맺은 조약 때문에 이 전쟁에 참여했다.

량 부족으로 상대편도 귀환길에 치명상을 입었지요.

이 전투와 관련해서는 시중에 나와 있는 출판물에서 상세한 정보를 쉽게 찾을 수 있습니다. 이런 식으로 페이지를 채우는 건 계획에 없던 일이라 이곳에서 전투가 벌어진 사실을 언급하지 않았을 텐데, 믿을 만한 소식통으로부터 들은 일화가 있어 소개하겠습니다.

여러분에게 이 장소를 처음 언급했을 때 가파른 비탈을 내려가야 여관에 당도하게 된다고 말했을 겁니다. 비탈의 한쪽에는 거대한 바위 능선이 뻗어 있었습니다. 그 능선 아래 여관이 숨어 있었지요. 여관에서 100여 미터 떨어진 곳에, 제가 물소리가 듣기 좋다고 찬미했던 그 강 위로 다리가 놓여 있습니다. 걸어서 건널 수 있는 강이 아니었어요. 스웨덴 장군은 다리를 막고 적의 진군을 저지하라는 명령을 받았습니다. 병력이 열세인 군대에 가장 유리한 위치였기 때문이었어요. 그러나 미인의 영향력이 어디 왕실에만 국한되던가요. 여관의 안주인은 미모가 수려했습니다. 제가 보았을 때도 미인의 흔적이 남아 있을 정도로요. 스웨덴 장군은 그녀의 집을 지켜주기 위해 유일한 방어 기지를 포기했습니다. 결국 명령 위반으로 파면을 당하게 되지요.

접경 지대, 그러니까 바다에 가까워질수록 자연은 점점 더 거친 면모를 보였는데, 더 정확히 말하면 생기와 아름다움을 더하는 데 필요한 것이면 뭐든 걸칠 태세가 되어 있는 세상의 뼈대 같았습니다. 그럼에도 여전히 숭고하더군요.

구름들은 자신들을 위협하는 바위들에 걸려 있었어요. 태양은 반짝거릴까 두려워하는 듯했고, 새들은 노래를 멈췄고, 꽃들은 꽃을 피우지 않았습니다. 그러나 독수리는 바위틈 높은 곳에 둥지를 틀었고, 콘도르는 이 황량한 거주지 상공을 맴돌았어요. 가난만이 깃들어 있는 농가들은 추위와 흩날리는 눈만 겨우 막아주는 통나무로 지었더군요. 주민들이 집 밖을 내다보는 경우는 거의 없었고, 아이들이 장난을 치거나 재잘거리는 모습도 보이지 않았습니다. 생명의 흐름이 원천에서 얼어붙은 듯하더군요. 여름이었으니 얼어붙기야 했을까요. 그러나 모든 것이 얼마나 음울해 보이는지, 얼음이라도 보면 쾌활함의 부재를 달게 받아들일 수 있겠더군요.

어제, 자주 제 눈길을 끌었던 것은 우리가 지나온 시골의 야생의 아름다움이었습니다.

기이한 머리를 높이 쳐들고 있는 바위들은 소나무와 전나무에 덮여 있을 때가 많았고, 모양도 그림같이 다양했습니다. 숲이 풍경을 가리지 않으면 후미진 곳마다 작은 숲이 들어서 있었어요. 나무가 없는 계곡과 협곡은 빛을 가리는 소나무들의 음울함과 대비되게 눈부신 신록을 드러냈습니다. 제 두 눈은 고요가 살고 있었을 것만 같은 덤불에 머물곤 했지요. 이 평화롭고 평온한 풍경에 작은 호수들이 연이어 등장했어요. 소규모 경작지가 등장해도 야생의 매력은 흐트러지지 않았습니다. 성들 또한 오두막들을 내리누르기 위해 탑을 높이 올려 인간이 숲의 토박이들보다 야만적이라고 입증하지 않았습니다. 곰들의 경우에는 내려온다는 말만 들었을 뿐 보지는 못했는데, 그 점이 아쉽더군요. 야생에서

51

사는 곰을 한 번은 보고 싶었거든요. 겨울에는 곰들이 길 잃은 소를 잡 아먹기도 한다니까, 소 주인에게는 큰 손실일 겁니다.

농장들은 규모가 작습니다. 마차에서 본 집들은 대부분 가난해 보였 고 사람이 살 수 있을까 의심마저 들었어요. 국경에 가까워질수록 집들 은 더욱 누추해졌습니다. 마치 불모지가 무안해라도 할까봐 같이 누추 해지는 모양새였지요. 거주지 주위에는 감자나 양배추를 키우는 밭이 없었고, 문 가까이 한 나무토막에는 생선이 건조되고 있었습니다. 여기 저기 곡식의 낟알이며, 낟알이 붙은 긴 줄기 같은 것이 보였어요. 이렇 게나 버려진 곳을 지나가는 동안 날씨는 음울했고 바람은 음산했습니 다. 겨울이 계절을 바꾸고 싶어 소심하게나마 자연과 다투고 있는 듯했 지요. 이곳은 종일 해가 비쳐도 돌들이 따뜻해지지 않겠더군요. 단단한 성질을 띤 돌들마다 이끼가 붙어 있었거든요. 희망으로 용기를 북돋워 줄 식물 같은 것은 보이지 않습니다.

저는 이제까지 원시인들이 살았던 곳은 에덴 동산이 탄생한 남쪽 기 후일 거라 생각했습니다. 그러나 다양한 환경을 접해보니 인류 최초의 거주지는 태양을 보기 힘들어 자연히 태양을 숭배하게 되는 이런 장소 가 아닐까 하는 추론으로 이어졌습니다. 악마나 반인반신 숭배를 앞설 지 모를 태양 숭배가 태양이 항시 떠 있어 그 존재를 길조로 여기지 않 았을 것 같은 남쪽 기후에서는 시작되지 않았을 겁니다. 결핍이 느껴지 기는커녕 이 영광스러운 발광체는 은혜로운 존재로 환호 받지도 못한 채 자신의 은총을 무심히 발산했을 거예요. 그러니 인간이 북쪽에 배치된 것은 지구 반대편에도 사람을 살게 하려고 인간이 태양을 쫓아다니도록 유혹하기 위해서였을 겁니다. 미개인들이 무리를 지어 온화한 기후를 찾아 이 지역들을 빠져나간 것도 놀랍지 않아요. 경작만큼 사람을 땅에 붙어 있도록 해주는 것도 없으니까요. 인간에게 공통적으로 있는 모험심이 사회 유년기에는 더 강하고 더 일반적이라는 점을 감안하면 더욱 그렇겠지요. 마호메트의 추종자들과 십자군들의 행동을 보면 제 주장이 충분히 입증될 겁니다.

스트롬스타에 가까워질수록 마을의 모습은 우리가 방금 지나왔던 시골과 흡사했습니다. 시골이란 말을 쓰는 것이 내키지 않지만 대체어를 찾을 수가 없군요. 그렇다고 바위 벌판이라고 하는 것도 우습지 않나요.

스트롬스타는 바위 위와 바위 아래 세워진 마을입니다. 비바람에 노출된 서너 그루의 나무들은 바람 때문에 움츠러들고 있었지요. 풀들은 가뭄에 콩 나듯 돋아 있어 존슨 박사*의 과장된 주장이 이렇게 잘 들어맞는 곳이 없겠다는 생각이 들었습니다. "풀 한 포기 자라지 않던 땅에 몇 포기의 풀이라도 자라게 만드는 사람은 조국의 상을 받을 만하다."** 첨탑은 여느 곳과 비슷하게 높이 솟아 있었어요. 루터교도들조차 첨탑 없

---

* 처음으로 영어 사전을 만들어 영문학 발전에 크게 기여한 영국 시인 겸 평론가인 새뮤얼 존슨을 말한다.

** 실제로는 영국 풍자 작가 조너선 스위프트의 『걸리버 여행기』 2부에서 거인국의 왕이 걸리버에게 한 말이다. "이삭 하나, 풀 한 포기밖에 자라지 않던 곳에 이삭 두 개, 풀 두 포기를 자랄 수 있게 하는 사람이 있다면, 그자는 정치인 모두를 합한 것보다 인류를 위한 공을 세우고, 조국에 크게 이바지한 사람이다."

는 교회가 무슨 교회인가라고 하잖아요. 그러나 여기 교회는 비바람에 노출된 환경에서 피해를 막기 위해 교회의 지붕이 내려앉지 않도록 좀 떨어진 바위 위에 첨탑을 세워 두었더군요.

산책을 하는 동안 교회 문이 열려 있어 들어가 보았습니다. 놀랍게도 목사가 교회 서기와 단 둘이서 기도문을 읽고 있더군요. 스위프트의 "진심으로 사랑하는 로저"가 생각나는 장면이었습니다.* 그러나 물어보니 그날 아침 누가 죽었고 스웨덴에서는 죽은 사람을 위해 기도하는 것이 관례라고 하더군요.

결코 빛나지 않을 것만 같던 태양이 이제부터 저를 괴롭혀보겠다는 심산으로 나타났다는 생각이 들기 시작했습니다. 바람은 여전히 살을 에듯 매서웠지만 발 아래 바위들은 견디기 힘들 만큼 뜨거워졌지요. 게다가 불쾌하기 짝이 없던 청어 악취까지 다시 엄습했습니다. 저는 발길을 얼른 한 상인의 집으로 돌렸습니다. 시장은 아니지만 최고 부자라는 이유로 그 지역의 작은 군주 노릇을 하는 상인이었지요.

우리는 극진한 환대를 받았고 식구가 많은 멋진 가족을 소개 받았습니다. 지난 편지에서 제가 북쪽의 백합들이란 표현을 쓴 적이 있었지요, 수련이라고 했을지도 모르겠네요. 많은 여성들, 심지어 젊은 여성들의 안색조차 눈밭에 표백을 한 것 같다는 이유로요. 그러나 이 집의 젊은이

---

* 조너선 스위프트가 아일랜드의 작은 마을 라라코르에서 교구 목사로 일할 때 한 명뿐인 신자 로저를 보며 한 말이다.

들은 장미꽃이 만발한 듯 혈색이 좋았습니다. 그들의 맑고 푸른 눈에서 반짝이는 불을 어디서 훔쳐왔을까 궁금할 정도로요.

이 집에서 하룻밤을 잤습니다. 다음날은 노르웨이로 가는 여행 준비로 아침 일찍 일어났습니다. 배를 타고 갈 생각이어서 길동무들은 두고 가기로 했지요. 그러나 배를 바로 타지는 못했습니다. 바람이 거칠고 불길해 이런 사나운 날씨에는 배를 타지 않는 것이 안전하다고 들었거든요. 다음 날까지 속수무책으로 기다려야 해 시간이 남아 돌았습니다. 저는 짜증이 솟구치기 시작했어요. 그도 그럴 것이 아는 프랑스어라곤 고작 열두 단어, 영어는 한 자도 모르는 가족이 저를 즐겁게 해주고 싶어 방에 혼자 있게 두질 않는 거예요. 마을은 이미 여러 번 돌았고, 해안까지 더 멀리 나가본들 황량한 풍경에 둘러싸인 어제와 똑같은 광대한 호수만 보게 될 텐데도 말이지요.

신사들이 노르웨이를 보고 싶다며 첫 번째 마을인 프레데릭샬*에 가보자고 했습니다. 거리가 스웨덴 마일로 3마일**밖에 되지 않았죠. 다녀오는데 하루밖에 걸리지 않아 다음날 여행에는 지장이 없겠더군요. 그래서 제안을 받아들였고 딸들 중 가장 아름다운 맏이에게 같이 가자고 했습니다. 제가 그녀를 초대한 것은 기뻐서 흥분하는 아름다운 얼굴도 보고 싶고, 신사들이 그녀와 희희낙락거리는 동안 그 나라를 감상하는

---

* 오늘날의 할렌. 노르웨이 외스트폴주에 있는 항구 도시로 노르웨이와 스웨덴 국경의 이데 협만(峽灣)에 위치해 있다.

** 약 30킬로미터.

저만의 시간을 갖고 싶었기 때문이에요.

생각지 못한 일정이었던 만큼 두 국가를 가르는 선착장으로 가는 길에 스웨덴 최고의 산지 절벽을 올라야 한다는 사실은 미처 몰랐답니다.

절벽들 한가운데로 들어서니 바람이 들이치지 않았습니다. 따뜻한 햇살이 일렁이고, 개울이 흐르고, 소나무숲들이 암벽의 단조로움을 깨주었습니다. 이따금 절벽들은 불쑥불쑥 장엄함을 드러냈습니다. 한번은 아주 근사한 절벽을 오른 후 거대한 골짜기를 통과해야 했지요. 그곳에서 마지막 협곡이 우리를 잡아먹을 듯이 위협하는가 싶더니 방향을 틀자마자 푸른 초원과 아름다운 호수가 눈의 피로를 씻겨주고 우리의 눈을 매혹했습니다.

저는 스위스를 여행한 적이 없습니다. 그런데 일행 중 한 명이 장담하길, 스위스에 가더라도 이 야생의 장엄함에 버금갈 수는 있어도 이것을 능가하는 풍경은 찾기 힘들거라더군요.

계획된 여정이 아니어서 역마를 사전에 주문해놓지 못해 우리는 첫 번째 역참에서 두 시간을 기다려야 했습니다. 날이 저물어가고 있었어요. 도로 사정이 좋지 않아 절벽을 이용한 것이 알게 모르게 시간을 잡아먹었더군요. 그러나 역마다 특정 시간에 말을 대기시켜달라고 해둔 터라 돌아가는 길은 시간이 단축될 것으로 예상됐습니다.

우리는 저녁 식사를 하려고 괜찮은 농장에 묵었습니다. 사람들이 햄이며 버터, 치즈, 우유를 가져다 주었어요. 요금도 적절해서 저는 우리를 훔쳐보고 있는 아이들에게 수고비 조로 얼마씩 쥐어주었습니다.

선착장에 도착해서도 여전히 기다려야 했습니다. 선착장에서 일하는 사람들은 우둔하다 싶을 만큼 행동이 느려 성질 급한 사람이 보면 짜증이 솟구칩니다. 제 경우에는 짜증은 일지 않았어요. 절벽을 기어오르는 동안 거대한 바위 비탈들 사이로 굽이굽이 흐르는 강을 눈으로 좇은 덕분이었지요. 풍경을 완성하듯 전나무와 소나무가 강기슭을 뒤덮었고, 바람이 저물어가는 해와 손을 잡고 잠을 청하러 가는지 나무들을 스치고 지나가며 바스락 소리를 냈습니다.

드디어 노르웨이에 왔습니다. 강을 사이에 둔 두 나라 국민들의 태도가 달라 놀라지 않을 수 없었네요. 모든 면에서 노르웨이인들이 더 부지런하고 더 부유해 보입니다. 스웨덴인들은 노르웨이인들이 이웃끼리 친하게 지내지 않는다는 이유로 사기꾼들 같다고 비난하고, 노르웨이인들은 스웨덴인들이 위선적이라고 응수합니다. 이성보다 감정에 입각해 말하면 현지 상황은 양국 모두에게 불리합니다. 대부분의 여행 작가들이 이성보다는 느낌을 따른다고 볼 때 이들의 작품이 만국사 편찬자들의 자료로 쓰인다는 점이 놀랍지 않은가요? 작가들은 국민성이라는 걸 부여하고 싶어합니다. 그러나 작가들은 선천적 차이와 후천적 차이를 구별하지 않는 만큼 공정하기가 힘들지요. 잘 생각해보면, 선천적차이는 기후의 영향을 받는 쾌활함, 사려 깊음, 기쁨이나 고통에서 찾을 수 있는 반면, 종교를 비롯한 정부 형태들이 만들어내는 차이는 그 수가 훨씬 많고 들쑥날쑥합니다.

국민은 본래 어리석은 법이라고들 합니다. 얼마나 모순적인가요! 부지런할 이유가 없는 노예들은 사람을 움직이게 하는 유일한 동력, 즉 사욕을 가질 수 없어 능력도 키울 수 없다는 사실을 고려하지 않았으니까요. 예술과 과학에 소질이 없는 사람들은 짐승 취급을 당해왔습니다. 단지 그들의 실력이 예술과 과학을 생산해내는 단계에 이르지 못했다는 이유로 말이지요.

인간의 역사, 다시 말해 인간 정신의 역사를 더 폭넓게 고찰해온 작가들 또한 생필품을 구하기 힘들거나 너무 쉽게 구할 수 있는 곳에서는 열정이 약해진다는 점을 고려하지 않기에 비슷한 오류에 빠집니다.

모든 나라가 자기네 나라를 닮아야 한다고 주장하는 여행자들은 집구석에 있는 편이 낫습니다. 예를 들어 사회가 어느 정도 윤택해졌을 때라야 취향의 연마로 만들어지고 만들어지게 되는 개인의 청결과 기품의 수준을 갖추지 못했다고 해서 국민성을 비난하는 것은 터무니없습니다. 작가들이 사회를 위해 할 수 있는 가장 중요한 일은, 인간 정신을 인간이 살고 있는 세계를 나타내는 종이 지구본처럼 가상의 구(球) 안에 가둬놓기 위해 계산된 듯한 독단적 주장을 펼치기보다는 탐구와 토론을 장려하는 것이라고 저는 생각합니다.

이런 탐구 정신이 현 세기의 특징이고, 이 정신으로 후세대가 많은 지식을 축적하게 될 거라고, 저는 믿습니다. 탐구 정신의 확산은 불변한다—무지가 영속되었을 때나 가능한 일—고 여겨져왔던 조작된 국민성을 상당히 깨뜨려줄 겁니다.

샤를 12세가 포위 작전을 펼치다 목숨을 잃은 프레데릭샬에 도착했을 때 우리에겐 그곳을 둘러볼 시간이 조금밖에 없었습니다. 그 동안 사람들은 우리에게 줄 다과를 준비했어요.

가엾은 샤를!* 저는 존경하는 마음으로 그를 생각했습니다. 알렉산더 왕에게도 언제나 같은 마음이지요. 샤를 12세는 알렉산더와 함께 피상적으로만 판단하는 몇몇 작가들에 의해 당대의 도덕과 불변의 도덕률을 받쳐주는 원대한 원칙을 혼동하는 미치광이로 취급되어 왔습니다. 시대의 무지와 편견을 고려하지 않는 작가들은 자신들이 지식의 발전, 심지어 미덕의 발전에 얼마만큼 큰 빚을 지고 있는지 인지하지 못합니다. 그 작가들이 발달이 뒤처진 사회에 살았다면 개인의 노력으로 그 만한 발전에 이르는 정신력을 발휘하지 못했을 겁니다.

이 계절이 으레 그렇듯 저녁 공기가 좋았습니다. 소나무숲에서 실려 오는 상쾌한 냄새가 한층 진해졌더군요. 우리는 아홉 시에 프레데릭샬을 떠났습니다. 선착장에서 스웨덴 여권과 관련해 문제가 생겨 출발이 지연됐지요. 노르웨이에 왔으면 여권 승인을 다시 받아야 했는데, 그 생각을 못했더군요. 자정이 다가오고 있었지만, 밤의 정오가 더 어울리는 표현 같습니다. 영**이 이곳 북쪽 땅을 여행했다면 달에 매료되고도 남았을 테니까요. 그러나 이곳에서 광채의 위세를 떨치는 존재가 밤의 여

---

* 샤를 11세의 아들로 일생 독신으로 지낸 스웨덴의 왕이다1697~1718. 스웨덴을 분할시키려는 열강에 대항하여 북방 전쟁을 일으켜 한때 덴마크·러시아·폴란드를 눌렀다.
** 『밤의 상념』을 노래한 영국 시인 에드워드 영(Edward Young)을 말한다. 『밤의 상념』은 무운시(無韻詩)로 구성된 교훈시이다.

왕만은 아니군요. 태양이 지평선 바로 아래서 서성거리며 자신의 전차에서 나오는 황금빛으로 달을 치장해주고 자신을 숨겨주는 절벽들까지 환하게 비춥니다. 맑고 부드러워진 푸른 하늘도 달을 앞으로 밀고, 육안으로는 금성이 작은 달처럼 보입니다. 전나무들에 둘러싸인 바위들의 거대한 그림자는 풍경을 어둠으로 물들이는 대신 시야를 한데 모으며 부드러운 우울을 불러일으킵니다. 상상력을 승화시켜 마음을 억누르기보다 고양시키는 우울을요.

저의 길동무들은 잠이 들었습니다. 코를 골지 않아 얼마나 다행이던지요. 저는 감각들은 깨우고 가슴은 진정시키기 위해 부질없는 문제들에 연연하지 않고 한 번도 본 적 없는 밤을 응시했습니다. 공기는 훈훈했고, 아침이 가까워질수록 상쾌해지며 관능적인 느낌을 불러냈습니다. 자연의 품에 가슴을 열자 어렴풋하나마 기분 좋은 감정에 빠져들기 시작하더군요. 제 영혼은 고독한 새들의 노래 소리를 들으며 창조주를 맞아들였습니다. 새들은 밝아오는 아침을 눈보다 몸으로 먼저 느끼기 시작했지요. 저는 느긋하게 하늘의 변화를 관찰했습니다. 은빛 줄무늬를 그리던 회색빛 아침이 찬란한 빛줄기에 자리를 내주었습니다—보라빛으로 변해가는 하늘빛이 얼마나 아름답던지요! 그러나 행여 제가 이 마법을 깨뜨리기라도 할까 숨죽인 기대로 기다렸던 보드랍고 촉촉한 구름들은 놓치고 말았지요. 저는 해를 보며 한숨을 쉬었습니다.

일행 중 한 명이 잠에서 깨서 기수가 길을 잘못 든 사실을 인지하고 그에게 욕을 퍼붓고 다른 두 사람을 깨웠습니다. 그들은 마지못해 잠을 떨쳐냈지요.

즉각 방향을 돌려 달렸지만 스트롬스타에는 새벽 다섯 시가 넘어서야 도착했습니다.

밤사이 바람이 순해졌고 제가 타고 갈 보트가 준비되어 있었습니다.

커피와 새로 간 식탁보가 기운을 북돋워주더군요. 저는 다시 노르웨이로 출발했습니다. 내릴 곳은 여기 해안보다 훨씬 위쪽이었어요.

커다란 외투로 몸을 감싼 채 배 바닥에 있는 돛 위에 누웠는데, 넘실거리는 파도에 눈이 스르르 감겼습니다. 그러나 무례한 파도가 수면을 방해하는 바람에 저는 억지로 일어나 간밤의 고독만큼은 아니어도 마음을 위로해주는 고독에 젖어들었답니다.

안녕히!

짧지만 달콤한 여름을 만끽하기

바다가 사나웠지만 노련한 조타수가 있어 위험을 걱정하진 않았습니다. 배들을 너무 멀리까지 몰아 길을 잃기도 한다는 얘기는 간혹 들었지요. 그러나 저는 좀처럼 모험을 하지 않는 사람이고, 오늘의 모험은 이것으로 충분하답니다!

우리는 섬들과 거대한 암초들 사이로 배를 조종해야 했습니다. 이따금 해안이 수평선에 걸린 안개처럼 보였지만 우리의 시야를 벗어난 적은 거의 없었습니다. 조타수 말이 노르웨이 연안의 항구들은 매우 안전하고, 수로 안내선들은 경계를 늦추지 않는다며 저를 안심시켰습니다. 스웨덴 쪽 연안이 매우 위험하다는 건 저도 들어 알고 있었습니다. 아무리 경험이 있어도 이국의 배들이 해안 가까이 물속에 숨어 있는 암초들을 피하기란 쉽지 않지요.

이곳에도 카테가트 해협*에도 조수가 없습니다. 그제야 모래사장이 없다는 사실이 눈에 들어오더군요. 이런 관찰을 전에도 했을 겁니다. 그러나 파도가 수면 위로 드러난 바위들을 지속적으로 때리고 물러날 때 침전물을 남기지 않는 것을 보고서야 그 사실을 인지하게 된 것이지요.

바람이 잠잠해져 우리는 마침내 라비크**로 들어가려고 침로를 바꾸었고 오후 세 시경에 도착했습니다. 라비크는 철 세공이 발달해 마을에 활기가 도는 깨끗하고 쾌적한 마을입니다.

노르웨이 사람들은 여행자들을 볼 기회가 많지 않아 여행자들이 무슨 일을 하고, 어떤 사람인지 몹시 궁금해합니다. 얼마나 궁금해하던지 프랭클린 박사***의 플래너를 만들어볼까 하는 마음이 살짝 들었습니다. 프랭클린 박사는 미국을 여행할 때 어디를 가든 사람들이 꼬치꼬치 묻는 부분이 같아 그러니까 이름이 뭐고, 어디서 왔고, 어디로 가고, 하는 일은 무엇인지 등등의 공통 질문에 답하기 위해 종이에 써가지고 다녔습니다. 노르웨이 사람들의 호기심은 성가셨지만 친절한 태도는 고마웠습니다. 그들은 여자 혼자 여행하는 것을 신기해했지요. 여행에 지친 제 몰골이 얼마나 안돼 보였던지, 그들은 제게 필요한 것을 물으면서도 행여 제 마음을 다치게 할까 염려하고 저를 보호해주려 했습니다. 구름 위에서 낯선 땅으로 떨어진 제가 불러일으킨 동정은 그 어느 때보다 저를 감동시켰습니다. 제 마음이 이런저런 이유와 여러 생각—광기에

---

* 스웨덴과 덴마크 사이의 해협으로 북해로 통하는 스카게라크 해협과 만난다.
** 노르웨이 남부 베스트폴주에 있는 항구도시로 17세기부터 철 생산으로 유명했다.
*** 미국의 정치가이자 외교관이자 과학자인 벤저민 프랭클린을 말한다.

가까운 사색—과 어린 딸과 처음으로 헤어져 명치 끝에 걸린 일종의 나약한 우울에 시달리고 있었던 탓에 그 감동이 훨씬 컸을 거예요.

여자로서 제가 딸에게 애착을 느끼는 건 당연한 일이지요. 그러나 제 아이의 성이 예속적이고 억압적인 상태에 놓여 있다고 생각하면 어미로서의 애정과 불안을 넘어선 감정이 올라옵니다. 저는 딸의 마음이 원칙에 희생되거나, 반대로 원칙이 딸의 마음에 희생되는 일이 생기지나 않을까 두렵습니다. 저는 떨리는 손으로 감성을 길러주고 섬세한 감정을 아껴줄 거예요. 제가 이 장미를 더욱 붉게 만드는 동안 지키고 싶은 그 가슴에 상처 입힐지 모를 가시들이 뾰족해지지 않도록 말이에요. 저는 아이가 자기 생각을 펼치게 해주고 싶습니다. 하지만 그렇게 하는 것이 이 아이를 앞으로 살아갈 세상의 부적격자로 만들지나 않을까 두렵기도 합니다. 기구한 여인이여! 그대의 운명이어라!

그런데 이야기가 어디로 새버린 거죠? 저는 그저 소박한 사람들의 친절에 제 얼굴이 감격적인 표정을 짓는 데 그치지 않고 감성마저 고통스러울 만큼 커졌다는 얘기만 하려 했는데요. 저는 방으로 물러나고만 싶었습니다. 그들의 관심, 더 정확히 말해 집요한 관찰이 정말로 당혹스러웠거든요. 그러나 저를 위해 달걀을 내오고 커피를 끓여주는 사람들을 두고 자리를 뜨면 그들의 마음에 상처를 줄 것 같았어요.

노르웨이에서는 집주인이 손님들을 그 집의 주인님으로 환대하는 것이 관례랍니다.

이번에는 제 옷이 여자들의 주목을 끌었습니다. 많은 여성이 이방인들의 시선을 느끼면 그만 우쭐해져 놀라움을 자기 멋대로 감탄으로 받아들이는 어리석은 허영이 생각나더군요. 여자들은 이런 착각에 쉽게 빠집니다. 다른 나라에 갔을 때 현지인들이 자신들을 뚫어지게 볼 때 그렇습니다. 하지만 그런 관심의 요인은 모자의 만듦새나 드레스의 색다름 탓일 경우가 많은데, 그런 관심이 나중에 자만심이라는 환상부를 떠맡치게 된답니다.

저는 도착하면 마차를 불러줄 사람을 쉽게 만날 수 있을 줄 알고 마차를 준비해두지 않았어요. 하여 여관의 마음 착한 사람들이 지인들을 동원해 마차를 구하러 다녔고, 저는 기다리기만 했습니다. 마침내 한 필의 말이 끄는 조잡한 이륜 유개마차를 구했는데, 마부라는 작자가 술에 반쯤 취하고도 요금 흥정만큼은 잊지 않더군요. 일행으로는 덴마크인 선장과 그의 항해사가 있었습니다. 잘 타지는 못하지만 선장이 말을 타고 항해사는 제 옆자리에 앉기로 했습니다. 마부는 말들을 지휘하고 우리 어깨 위로 채찍을 휘두르기 위해 뒤쪽에 탔습니다. 고삐를 손에서 놓지 않을 사람이었지요. 우리 모습이 좀 기괴해 보였는지 우리를 보기 위해 문 주위에 모여든 사람들 가운데 신사같이 생긴 남자가 있어 저는 주눅이 들었습니다. 제가 마부의 채찍을 딱 소리 나게 부러뜨렸다면 여자들과 아이들까지 나와 봤을지 모릅니다. 그러나 마부의 얼굴에 의미심장한 미소가 떠오르는 것을 보자마자 웃음보가 터졌고 마부도 덩달아 웃었지요. 우리는 날아갔습니다. 이건 빈말이 아니랍니다. 실제로 오랜 시간을 전속력으로 달렸거든요. 말들은 훌륭했습니다. 훌륭한 역마를 더러 보았지만 노르웨이 말들만큼 훌륭한 말들은 보지 못했습니다. 노르웨이의 말들은 영국의 말들보다 몸이 탄탄하고, 잘 먹어서 그런지 쉽게 지치지 않습니다.

마부 얘기가 노르웨이 최고의 비옥한 경작지를 그냥 지나쳐야 한다더군요. 거리가 노르웨이 마일로 3마일인데, 노르웨이 마일은 스웨덴 마일보다 길답니다.* 도로는 훌륭했어요. 도로 보수는 농부들이 책임지고 있습니다. 영국을 떠난 후로 가장 정비가 잘 된 드넓은 땅을 질주하듯 달렸습니다. 언덕과 골짜기와 바위가 많아 이곳이 평원이라는 생각도, 영국과 프랑스에서 본 경치와 닮았다는 생각도 들지 않았습니다. 주변 풍경도 하천과 강과 호수만 보이더니 마침내 바다가 당당하게 제 관심을 끌었습니다. 도로는 종종 나무들이 우뚝 솟은 숲들 사이를 통과하며 아름다운 풍경을 보여 주었지만, 얼마 전 눈 호강을 실컷 했던 숲들만큼 낭만적이지는 않았습니다.

저녁 늦게야 퇸스베르에 도착했습니다. 저는 괜찮은 여관에 묵게 돼서 기뻤어요. 다음 날인 7월 17일 아침에는 사업상 용무가 있는 신사를 만났습니다. 그와의 대화를 통해 퇸스베르에 3주나 묶여 있어야 한다는 걸 알게 되었지요. 아이를 데려오지 않은 걸 얼마나 후회했는지 모릅니다.

여관은 조용했습니다. 제 방은 바다가 내다보이고 숲이 커튼처럼 둘

---

* 노르웨이와 스웨덴의 옛 법정 마일은 36,000(약 609킬로미터) 피트이다. 노르웨이에서는 1피트가 11.295킬로미터이고 스웨덴은 10.688킬로미터이다.

러져 있어 어찌나 쾌적한지, 이 집에 영어나 프랑스어를 할 줄 아는 사람이 없는데도 계속 머물고 싶더군요. 그러나 저의 벗인 치안판사가 영어를 조금 할 줄 아는 젊은 여성을 보내주었지요. 그 여성은 하루에 두 번 들러 제 요구사항을 듣고 안주인에게 통역을 해주기로 했답니다.

노르웨이어를 모른다는 사실은 혼자 식사를 할 수 있는 좋은 빌미가 되어주었어요. 저는 늦은 시각에 저녁을 먹게 해달라고 부탁했지요. 스웨덴에 있을 때 저녁 식사를 일찍 했더니 일과가 흐트러졌거든요. 식사 시간을 변경하는 건 제가 방문한 가정에 민폐를 끼치는 일이었습니다. 형편상 초대를 거절할 수 없어 일반 가정에 묵을 때면 여간 불편한 게 아니었습니다.

노르웨이 사람들 속에서 저는 제 나름의 시간을 조정했습니다. 이 나라의 달콤한 여름을 최대한 만끽할 수 있는 방식으로 시간을 조정하기로요. 짧지만 "잠깐의 달콤한" 여름을 말이죠.

저는 이런 무례한 기후에서 겨울을 나본 적이 없습니다. 그렇다 보니 이 여름이 제 인생 최고의 여름으로 보인 것은 그런 무례함 때문이 아니라 이 계절의 아름다움 때문이었어요. 북풍과 동풍이 들이치지 않을 때 서쪽에서 불어오는 산들바람만큼 건강에 좋고, 부드러우면서 상쾌한 바람도 없답니다. 저녁이 되면 서풍도 잦아듭니다. 바르르 떨던 사시나무들은 얌전해지고, 휴식을 취하는 자연은 달빛으로 몸을 데우는 것 같습니다. 이 나라에선 달이 온화해 보입니다. 해가 떠 있을 때 소나기라도 뿌려지는 날엔 숲의 관목인 노간주나무는 이름 모를 수천 가지 달콤함과 뒤섞인 야생의 향기를 내뿜습니다. 마음을 달래주면서 상상력이 좋아할 법한 이미지를 기억 속에 새겨주는 향기를요.

자연은 정서의 보모이자 취향의 원천입니다. 그러나 고통도 환희와 마찬가지로 아름다움과 숭고함을 인지할 때 생겨납니다. 이런 인지는 생동하는 자연을 관찰할 때 작동합니다. 온갖 아름다운 느낌과 감정이 공감을 불러일으키고, 조화로운 영혼이 우울에 잠기거나 환희에 차오르는 때입니다. 바람결에 에올리언 하프*의 현들이 떨리듯 제 심금도 울립니다. 그러나 이처럼 불완전한 존재 상태에서 이런 정서를 키우는 건 얼마나 위태로울까요. 인류에 대한 애정, 개인을 향한 열정이 위대하고 아름다운 모든 것을 포용하는 사랑의 표명일 때 이런 정서를 뿌리뽑기란 또 얼마나 어려울까요.

따뜻한 가슴이 강렬한 인상을 경험할 때 그 인상은 지워지지 않습니다. 감정은 정서가 됩니다. 상상은 순간의 감각들조차 기분좋게 추적해 영구화합니다. 제가 보았던, 지금까지도 잊히지 않는 장면을 회상할 때면 기쁨의 전율이 흐릅니다. 두 번 다시 만나지 못하겠다고 느꼈던 얼굴이 떠오를 때도 그렇습니다. 그래요. 무덤이 제 어릴 적 친구, 소중한 친구**를 뒤덮고 있습니다. 그 친구는 지금도 저와 함께 있습니다. 황야

---

* 그리스의 바람의 신 아이올로스(Aiolos)에서 유래한 명칭으로 바람이 부는 곳에 놓아두면 자연히 울린다. 에올리언 하프는 낭만주의 시인들 사이에서 시적인 영감을 주는 이미지로 자주 쓰였다.

** 패니 스키니 블러드를 말한다. 어렸을 때 친구 사이였던 패니 블러드는 1785년 포르투갈

를 거닐 때도 그 친구가 부드러운 목소리로 부르던 노랫소리가 들린답니다. 운명은 저와 또 하나의 저를 갈라놓았지요. 어린아이 같은 부드러움으로 달구어진 두 눈의 불꽃은 지금도 제 가슴을 데웁니다. 이 거대한 절벽을 응시하는 동안에도 숭고한 감정이 제 영혼에 스며들고 있습니다. 다음 얘기에도 웃지 말아주세요. 아침의 장밋빛 노을은 충만감을 상기시킵니다. 그러나 제 아이의 두 볼에 장밋빛이 돌지 않는다면 그런 충만감도 제 감각들을 깨우지 못할 거예요. 그 아이의 사랑스러운 홍조는 제 가슴에 숨어 있을지 모릅니다. 아직도 어리기만 한 그 아이는 기쁨이면서 아픔이기도 한 눈물이 왜 흐르는지 묻지도 못할 테지만요.

이제 더는 글을 못 쓰겠네요. 내일은 퇸스베르에 대해 이야기할게요.

에서 세상을 떠났다.

70

.

낯선 땅에서 인간의 삶을 생각하다

덴마크왕은 절대군주지만 노르웨이인들은 자유의 축복을 모두 누리고 사는 것 같습니다. 노르웨이는 덴마크의 자매 왕국이라 할 수 있어요. 그러나 이 나라를 호령하는 총독이 없어 사람들은 자신들의 노동의 결실로 식솔들을 살찌웁니다.

이 나라에는 백작이 두 명밖에 없습니다. 사유지를 가지고 있고, 소작인들에게 봉건적인 복종을 강요하지요. 나머지 땅은 작은 농장들로 나눠져 있고, 소유권은 경작자들에게 있습니다. 교회 관계자들도 더러 소작을 하지만, 평생 임대차 계약에 일반적으로 장남에게 유리하게 계약이 연장됩니다. 장남은 이런 이점에다 재산의 절반을 차지할 권리도 가집니다. 그러나 농장의 가치가 산정되면 장남은 자기 몫을 받은 후 나머지 식구들에게 돌아갈 몫도 책임져야 합니다.

농부는 10년간 매년 약 12일 동안 군사 훈련에 참가해야 합니다. 그러나 훈련지는 거주지에서 멀지 않고, 훈련으로 일상이 바뀌거나 하지는 않습니다.

크리스티아니아*와 프레데릭샬의 수비대에도 대략 6천 명의 정규군이 있는데, 민병대와 더불어 자국 방어를 위한 예비군입니다. 그래서 왕세자**가 1788년에 스웨덴으로 쳐들어갈 때 여기 정규군에게 원정에 동참해 달라고 명령이 아닌 요청을 해야 했습니다.

이 군단의 구성원은 주로 소작농의 아들들입니다. 가족이 먹고 살 만한 농지를 받아 농장에서 일하는 노동자들이지요. 입대는 자발적으로 할 수 있지만 복무 기간이 정해져 있고(6년이에요.), 기한이 끝나면 언제든 제대할 수 있습니다. 급료는 하루 2펜스에 빵이 전부입니다. 그러나 이 나라의 싼 물가를 고려하면 영국 돈으로는 6펜스가 넘는 액수예요.

토지를 작은 농장들로 분배함으로써 이 나라는 다른 곳에선 보기 힘든 어느 정도의 평등이 이루어지고 있습니다. 부자들은 모두 상인들입니다. 그들은 자식들에게 재산을 나누어주는데, 아들이 딸보다 두 배를 더 받지요. 그리하여 넘쳐나는 부로 자유의 균형이 깨지기 전까지는 재산 축적이 이루어지기 힘듭니다.

제가 자유를 들먹이다니 놀랍지 않나요. 하지만 노르웨이는 제가 지금껏 본 나라들 중 가장 자유로운 공동체로 보인답니다.

---

* 노르웨이 수도 오슬로의 옛이름. 1624년부터 1925년까지 이 이름을 썼다.
** 덴마크 왕세자 프레데릭을 말한다. 프레데릭 왕세자는 정신질환을 앓은 아버지를 대신해 1784년부터 1808년까지 덴마크를 섭정하였다.

각 도시나 각 지역의 시장과 이 나라의 판사들은 가부장제에 가까운 권한을 행사합니다. 좋은 일은 많이 하고 해로운 일은 삼가지요. 누구나 판사들의 판결에 항소할 수 있습니다. 판사들은 자신들의 결정에 근거를 제시해야 하기 때문에 대체로 신중하게 판결합니다. 이 주제를 놓고 이야기를 나눈 신사가 이런 말을 해주던군요. "여기 판사들은 폭군이 되는 법을 배울 시간이 없습니다."

이곳 농민들은 권력자를 기분 상하게 했다고 일하는 농장에서 쫓겨날까 두려워하지 않고 모의 대표자 선거에서 행사할 투표권이 없어도 씩씩합니다. 살아보겠다고, 아니면 출세해보겠다고 사람을 비천하게 만드는 토지 보유권에 목을 맬 필요 없이 독립된 정신으로 살 수 있어 그런가봐요. 자연발생적인 경우가 아닌 한 여기서는 지배라든가 억압이라는 말을 듣지 못했어요. 자유를 누리는 덕에 사람들이 소송을 일삼고, 교활한 변호사들에게 사기를 당할 수도 있습니다. 하지만 그 덕에 관직의 권한이 제한되고, 급료 때문에 공리가 무너지거나 하지는 않는답니다.

작년에 권력을 남용한 한 관리는 주민을 대표해 그 지역의 행정관에 의해 파면되었습니다.

노르웨이에는 판사에 해당하는 사람이 네 명 있습니다. 그들에게 선고를 받으면 당사자는 어느 쪽이든 코펜하겐에 항소할 수 있습니다.

마을은 대부분 공유지여서 소들은 어디서나 풀을 뜯어먹을 수 있습니다. 가난한 사람들은 소가 필요하면 거의 지원을 받습니다. 더 안락한 삶을 원하면 모두들 배를 타고 고기를 잡으러 나갑니다. 생선이 이들의 주식이거든요.

마을의 하층 계급은 대부분 선원들입니다. 아무리 부지런한 사람도 겨울을 안락하게 사는 데 도움이 되는 모험은 거의 하지 않습니다.

국가 전체로 보자면 수입품이 노르웨이에 훨씬 보탬이 됩니다.

지금은 가격 인상으로 옥수수나 호밀은 수출 금지 품목입니다.

아일랜드가 겪고 있는 종속과 가장 비슷한 제약은 서인도 제도와 교역을 하는 선박들이 자기네 항구는 지나친 채 코펜하겐에서 화물을 내린 후 다른 배에 옮겨 실어야 한다는 거예요. 실제로는 대수롭지 않은 의무였지만, 항해가 위험해지면 선박들의 피해 우려도 곱절 커진답니다.

도시로 반입되는 모든 소비품에는 관세가 붙습니다. 그러나 세관원들은 엄격하지 않고, 영국과 달리 가택수색은 부당하다고 여깁니다.

제 눈에는 노르웨이인들이 합리적이고 세상물정에는 밝아 보이지만 과학적 소양과 문학적 취향은 떨어져 보입니다. 하지만 이들은 예술과 과학의 도입에 앞서는 새로운 시대에 들어서고 있답니다.

대부분의 마을이 항구 도시입니다. 항구 도시는 개발에 유리하지 않지요. 선장들은 항해를 통해 지식을 피상적으로만 습득할 뿐 돈을 버는 데만 혈안이 돼 자기 것으로 소화하지는 못합니다. 그렇게 열심히 긁어모은 돈들은 이런 마을에서 으레 그렇듯, 허례와 사치스런 생활에 쓰입니다. 선장들은 조국을 사랑하기는 해도 공공심이 높지는 않습니다. 그들의 노력은 대개가 가족을 위하는 일에 국한되지요. 토론의 주제가 되고 있는 정치가 지성의 문을 열어 마음까지 확장하기 전까지는 계속 그럴 겁니다. 프랑스혁명이 그런 효과를 가져다 줄 거예요. 이들은 지금 많은 공화국 노래를 기쁘게 부르고, 프랑스 공화국이 바로 서기를 진심으로 바라는 듯합니다. 그러나 이들은 왕세자에 대한 애정도 강해 보입니다. 왕세자의 성격을 둘러싼 소문으로 보자면 선장들의 사랑을 받을 만한 왕세자 같습니다. 코펜하겐에 가면 이들의 호평이 어떤 근거에서 세워졌는지 확인할 수 있겠지요. 지금은 맞장구나 칠 밖에요.

1788년에 덴마크 왕세자가 노르웨이를 지나갔습니다.[*] 어떤 자비로운 행위가 열병식에는 위엄을, 왕자의 출현이 일으킨 기쁨에는 흥미를 더해주었습니다. 왕세자는 이 마을에서 사생아를 살해한 혐의―이 나라에서 좀처럼 일어나지 않는 범죄―로 사형을 선고받은 한 처녀를 사면해주었습니다. 그 처녀는 훗날 결혼을 해 한 가정의 자상한 어머니가 됩니다. 이 사건은 하나의 극단적 행위를 구제불능의 타락한 인간이란 증거―사형이라는 형벌을 정당화하기 위해 제기되어온 그럴싸한 구실―로 보아서는 안 된다는 사례일 겁니다.

여러분에게 몇 가지 일화를 더 들려줄게요. 사실 여부를 확인하는 수고까지 할 만큼 중요한 얘기는 아니어서 진실성은 장담할 수 없습니다. 진실이건 거짓이건 이 일화들은 사람들이 왕세자에게 일종의 정부를 만들어주고 싶어했다는 걸 보여준답니다.

---

[*] 프레데릭 왕세자는 노르웨이 군대를 이끌고 스웨덴으로 쳐들어갔다.

경솔했던 크비스트람 전투에서 치명상을 입은 한 장교가 왕세자와 대화를 나누고 싶어했습니다. 숨은 거두기 직전 그는 자신의 약혼녀인 크리스티아니아의 젊은 여성을 돌봐달라고 간청했습니다. 왕세자가 크리스티아니아로 돌아왔을 때 상류층 주민들이 무도회를 열었습니다. 왕자는 그 불행한 처녀도 초대되었는지 물었고, 설령 중간계층이어도 초대를 하라고 명령했습니다. 그 여인이 왔지요. 귀여운 아가씨였어요. 지체 높은 사람들 틈에서 그녀는 부끄러워 가능한 문쪽에 앉아 있었고 아무도 그녀의 존재를 알아채지 못했습니다. 얼마 후 왕세자가 도착해 그녀의 참석 여부를 묻고 그녀에게 춤을 청했는데, 부유한 귀부인들에게는 굴욕이었지요. 춤이 끝난 후 왕세자는 처녀를 무도회장 상석으로 데리고 가 그녀 옆에 앉아 그녀가 겪은 상실을 다독여주었습니다. 소문에 따르면 그녀의 혼인 상대를 구해주기로 약속했다지요. 이후 그녀는 결혼을 했고 왕자는 약속을 저버리지 않았습니다.

이 원정 기간에 스웨덴의 한 소녀는 다리의 하부를 떠받치는 통나무가 잘린 사실을 알려주었다가 왕세자의 명령으로 크리스티아니아에 와서 왕자가 대준 비용으로 학교를 다니게 되었습니다.

왕세자의 원정이 거둔 유익한 결과를 이야기하기 앞서 이 나라의 법은 관대하고 살인이 아닌 한 어떤 범죄에도 사형을 선고하지 않는다는 사실을 말해둘 필요가 있습니다. 살인은 거의 일어나지 않습니다. 다른 범죄의 경우에는 죄인이 성에서, 정확히 말해 크리스티아니아에 있는 무기고와 프레데릭샬에 있는 요새에서 징역살이만 하면 됩니다. 초범과 재범은 범죄의 잔혹성에 비례해 2년형, 3년형, 5년형, 7년형으로 형량이 정해집니다. 세 번째 범죄부터는 매질과 이마의 낙인에다 종신 노예형을 선고 받습니다. 정의 실현의 일반적인 과정이지요. 명백한 신용 위반이나 무자비한 잔혹 행위에 대해서는 처음부터 종신 노예형이 선고되지만 흔치는 않습니다. 이런 노예들의 수가 100명을 넘지 않는다는데, 80만 명을 웃도는 인구와 비교하면 높은 수치는 아닙니다. 예테보리로 돌아가는 길에 크리스티아니아를 지나게 된다면 다른 특징들도 알 기회가 생기겠지요.

크리스티아니아에는 경범죄를 수용하는 교정원도 있습니다. 여성들이 종신 징역살이를 하는 곳이지요. 죄수들의 사정을 보고 받은 후 왕세자는 무기고와 교정원을 시찰했습니다. 무기고의 노예들이 무거운 족쇄를 차고 있는 것을 보고 왕자는 무게를 최소화하라고 명령했습니다.

교정원에 수감된 죄수들은 왕세자에게 입도 뻥긋하지 말라는 지시를 받았지요. 그러나 종신형을 선고받은 여성 네 명이 복도에 들어서 왕세자의 발 아래 엎드렸습니다. 왕세자는 그들에게 발언권을 주었지요. 수감자들의 처우를 묻자 그들은 들어올 때나 나갈 때나 자주 매질을 당한다고 했습니다. 감독관의 재량에 잘잘못이 결정된다고도요. 왕세자는 인도적 차원에서 이 관습을 없앴습니다. 그러나 좀도둑질의 유혹에서 벗어난 처지에 있는 주민들 중에는 이런 징벌이 불가피하고 유익하다고 생각하는 이들도 있답니다.

그러니까요, 모든 일화가 왕세자는 왕자로서의 본분을 다하겠다는 칭찬할 만한 포부를 품고 있음을 보여줍니다. 이런 포부는 자신의 능력과 미덕으로 널리 유명해진 덴마크 총리 베른슈토르프 백작[*]이 중시하고 지향하는 바이기도 합니다. 행복은 누구나 찬양하는 가치지요. 주워들은 정보를 종합해볼 때 덴마크와 노르웨이의 국민들은 유럽에서 억압을 가장 적게 받는 사람들입니다. 언론이 자유롭습니다. 이들 나라들은 당대의 프랑스 출판물을 번역하고, 그 주제에 대해 의견을 교환하고, 정부의 심기를 불편하게 만들 수 있다는 두려움 없이 어떤 견해도 자유롭게 주고받습니다.

종교와 관련해서도 두 나라는 비슷하게 관대해지고 있고, 어쩌면 자유사상에도 한 걸음 더 나아갔을 겁니다. 어떤 작가는 대담하게도 예수 그리스도의 신성과 기독교의 필요성이나 유용성까지 부정했습니다. 기독교가 어디서나 괴물로 간주되던 몇 년 전과는 다른 이 시대에 말이지요. 이들 나라는 교육과 관련된 독일어 책도 많이 번역했습니다. 독일의 교육안이 채택이 된 적은 없지만 토론 주제로 꾸준히 이어집니다. 문법 자유 학교들도 있지만, 들리는 바로는 그렇게까지 훌륭하진 않답니다. 모든 아이들이 상생을 목적으로 읽기와 쓰기와 계산을 배웁니다. 대학은 없습니다. 과학이라고 할 만한 과목은 가르치지 않습니다. 개인들 또한 어떤 분야든 한 가지를 파고들어 발전의 선구자인 호기심을 촉발하지 않습니다. 공동체 사람들이 살아가는 데 지식이 필수불가결한 요소

---

[*] 왕세자 섭정 시기에 총리직을 수행한 안드레아스 페터 베른슈토르프를 말한다.

는 아니지요. 지식이 그런 요소가 되어야 보편화도 이루어질 겁니다.

이 나라는 광물 자원이 풍부한데도 광산업자가 하나도 없습니다. 추측을 해보자면, 기계와 화학 분야를 잘 몰라 은광의 생산성이 낮을 확률이 높습니다. 매년 얻을 수 있는 은의 양이 채굴 비용을 충당할 정도는 아니거든요. 일손을 많이 쓰면 수익이 날 거라는 주장도 있습니다. 그렇다고 해도 실제적인 손실이 없어지지는 않습니다. 그렇게 고용된 사람들은 정부에, 더 정확히 말해 세입을 거두는 공동체에 무거운 짐이 되기보다 다른 생계 수단을 찾을 겁니다.

퇸스베르에서 약 3마일 떨어진 곳에 염전이 있습니다. 다른 시설들처럼 정부 소유의 염전으로 고용 인원이 150명이 넘고, 이 일로 먹고사는 사람이 500명에 육박하지요. 순수익은 증가 추세이고 영국 돈으로 환산하면 2천 파운드에 달합니다. 조사관의 장남이자 머리 좋은 청년이 정부의 지원을 받아 독일에서 수학과 화학을 공부하고 돌아와 수익이 개선될 여지가 생겼습니다. 그 청년은 제가 이곳에서 만난 이들 중 과학적 사고방식을 가진 유일한 사람이었어요. 물론 탐구 정신을 가진 사람을 만난 적이 없다는 뜻은 아니랍니다.

세인트우베스에 있는 염전들은 모래밭 웅덩이입니다. 태양이 증발을 일으키지만 이곳에는 해변이 없습니다. 게다가 한여름도 너무 짧아 일년 중 얼마 안 되는 그 기간을 위해 기계를 발명하는 건 무익한 일이겠지요. 그래서 여기 사람들은 언제나 불을 이용합니다. 모든 시설이 적절히 관리되고 있는 것 같습니다.

이곳 환경은 신의 선택을 받은 듯 아름답습니다. 여기서 40년을 살았다는 주민의 관찰에 따르면 여기 해안에서는 조수 간만 현상이 일어나지 않는다네요.

앞서도 말했지만 이 나라는 읽기, 쓰기, 산수 외에는 교육에 별 관심을 쏟지 않습니다. 이제야 덧붙이면, 아이들이 방치되고 있지 않다는 걸 보여주려고 아이들에게 교리문답을 가르치고 교인들 앞에서 교리를 읽어보게 시킨답니다.

전문직에 종사하고 싶은 사람은 코펜하겐에서 학위를 취득해야 합니다. 이 나라 사람들도 공동체에서 살아가려면 최소한의 기본 지식을 습득하고 젊은이의 패기를 가져야 한다는 사실을 인지할 만큼의 분별력은 있어 노르웨이에 대학을 설립하려 진지하게 애쓰고 있지요. 튄스베르가 이 나라 제일의 중심지로서 가장 많은 표를 얻었습니다. 대도시의 나쁜 영향을 경험한 터라 크리스티아니아나 그 인근에는 대학을 두지 않기로 했답니다. 대학 기관이 설립되면 전국적으로 연구가 활성화돼 사회도 새로운 국면을 맞게 될 겁니다. 상금을 제공하고 질문을 써내면 경품을 주는 것이 효과가 있다고 합니다. 강의실이며 과학계의 다른 부속 기관들이 들어서면 튄스베르도 옛 명성을 되찾을 수 있을지 몰라요. 튄스베르는 노르웨이에서 가장 오래된 도시들 중 하나로 한때는 교회가 아홉 개나 있었다고 합니다. 현재는 달랑 두 개 남았어요. 하나는 오래전 지은 건물로, 고딕 양식의 점잖음은 있지만 웅장함은 찾아보기 힘듭니다. 고딕 양식에 웅장함을 곁들이면 외관이 거대한 흉물처럼 보이거든요. 이 규칙을 비켜난 사례가 윈저의 예배당일 겁니다. 오늘날처럼 세련되고 깨끗하지 않았던 예배당 말이에요. 제가 윈저 예배당을 처음 보았을 때 내부 기둥들은 건축물과 어울리는 거무칙칙한 색조를 띠고 있었어요. 그런 음울함이 다른 부위들을 가려주어 오히려 눈에 띄는 면이 많았지요. 그러나 지금은 모든 것이 한 번에 도드라져 보입니다. 게다가 솔질과 비질로 숭고미도 사라졌습니다. 백색 도료를 바르고 문지르고 닦아 소문난 가정주부의 부엌 솥단지들처럼 반짝거리고 깔끔해서 그렇습니다. 정말로요. 드러누운 기사들을 반질반질 문질러 녹슨 물건의 고색창연함은 사라지고, 대신 눈에 띄는 것은 작은 것 하나하나까지 정돈이며 균형과 배치의 감각이 돋보인다는 점이었어요. 그런 눈부심은 이 기둥들이 애초에 불어넣고자 한 정서를 모조리 갉아먹고 있습니다. 그래서인지 오르간석에서 지그 춤곡 같은 곡이 흘러나오자 이곳이 무도회장이나 연회장으로 그만이겠다는 생각마저 들더군요. 예배당에 들어섰을 때 안단테였던 생각의 속도는 알레그로로 바뀌었습니다. 저는 왕가를 보기 위해 테라스에서 껑충껑충 뛰었어요. 머릿속으로 많은 우스꽝스런 이미지들이 그려졌지만, 지금은 아무것도 기억나지 않네요.

노르웨이 사람들은 음악을 좋아합니다. 아무리 작은 교회라도 오르간이 꼭 있습니다. 앞서 말한 그 교회에는 스코틀랜드에서는 제임스 6세이자 잉글랜드에서는 제임스 1세인 국왕이 예배를 보았다고 말해주는 비문이 있더군요. 왕자다운 용맹함을 넘어 신부를 호위해 고국으로 데려온 왕이지요.*

이 교회에는 관들로 가득한 작은 벽감이 있고, 관들 속엔 오래전 방부 처리를 한 시신들이 있습니다. 얼마나 오래 됐는지 시신들의 이름을 짐작할 만한 전설조차 없답니다.

시신 보존의 욕구는 전 세계적으로 만연했던 것 같습니다. 가장 고귀한 부위들은 즉각 제물로 바치고 근육과 피부와 뼈만 썩지 않도록 두는 것을 보존이라고 하는 것이 얼마나 부질없는지요. 이런 인간 화석들을 보게 되었을 때 나는 혐오와 공포로 뒷걸음질쳤습니다. "재는 재로! 먼지는 먼지로!"라는 말이 떠올랐습니다. 시신이 분해되지 않는다면 자연적인 부패보다 더 나쁘지 않을까요. 반인륜적 처사이니만큼 약점을 감추고 싶어 하는 그 끔찍한 베일을 벗겨야 합니다. 활성원리의 위대함을 이런 광경보다 더 강렬하게 느끼게 해주는 것도 없을 겁니다. 생명은 사라지고 돌처럼 굳은 채 죽음의 가장 혐오스러운 이미지만을 보존하고 있는 인간의 모습만큼 추한 것도 없으니까요. 숭고한 폐허가 떠오를 때면 마음이 격앙되면서 우울이 밀려옵니다. 인간의 노력들, 제국과 통치자들의 운명을 돌아보게 되지요. 시대의 대파괴는 발전으로 이어지기 위한 필연적인 변화 같습니다. 우리의 영혼은 팽창되고, 우리의 하찮음

---

* 제임스 6세는 덴마크의 왕 프레데릭 2세의 딸 앤과 결혼하기 위해 노르웨이로 갔다. 약혼녀가 폭풍우로 크리스티아니아 해안에 묶여 있어 제임스 6세는 그녀를 데려오기 위해 용맹하게 출항했다. 튄스베르에 있는 세인트메리 교회 금석에 이 내용이 새겨져 있지 않았다면 아무도 몰랐을 것이다.

은 망각됩니다. 곧 소멸해버릴 존재의 부패를 저지하려는 헛된 시도가 우리의 회상을 얼마나 고통스럽게 하는지요. 목숨, 그것은 무엇일까요? 이 숨결은 어디로 가는 걸까요? 나라는 존재는 얼마만큼 살아 있는 걸까요? 어떤 성분으로 뒤섞여 신선한 에너지를 주고받는 걸까요? 무엇이 생기의 마법을 깨뜨릴까요? 저는 제가 사랑하는 존재—제 마음에 방부 처리된 존재—가 그렇게 신성 모독의 방식으로 취급되는 꼴을 결코 보고 싶지 않습니다. 흥! 속이 메스껍군요. 이러는 게 무덤 속 부자들의 구별법인가요? 부자들은 인간의 위대함을 기리는 불안정한 기념물이 되려고 하기보다 일반 대중처럼 평등의 낫으로 자신들을 베어버리는 편이 낫습니다.

치아와 손톱과 피부는 이집트 미라들처럼 검지 않고 온전했습니다. 그것들을 싸고 있던 비단의 색깔—분홍색—도 그런 대로 선명하게 남아 있더군요.

시신들이 이 상태로 얼마나 오래 있었는지는 듣지 못했습니다. 심판의 날이라는 것이 있다면 그날까지 이 모양으로 있을 것 같더군요. 그때까지는 시신들을 인류의 불명예가 되지 않고 천사들과 함께 등장할 수 있도록 지켜야 하는 수고로움이 따르겠지요. 신의 축복이 있기를요! 오늘날의 의복에는 완벽해질 수 있는 기준이 있다는 확신이 듭니다. 우리가 발전을 감지하기 시작했으니 이 확신은 깨지지 않을 거예요. 발전이 다음에는 어떤 의상을 입을지는 관심 없지만, 더 고귀한 존재 상태에 어울리는 차림을 할 거라고 믿는답니다. 죽음을 생각하면 사람은 애정에 더 집착하게 되지요. 그런 이유로 평소보다 더 다정하게 말을 하면요, 저는 독자 여러분의 것이랍니다. 부재라는 이 일시적 죽음이 부디 필요한 시간보다 길어지지 않기만을 바란답니다.

여덟 번째 편지

꾸밈없는 친절은 끈끈한 정을 불러

툰스베르는 노르웨이의 군주들 중 한 명[*]이 머물던 곳입니다. 인접한 산에 스웨덴 병력에 몰살 당한 요새의 흔적이 남아 있지요. 그 요새는 만의 입구 가까이 있습니다.

이곳에서 저는 황야의 군주인 양 자주 어슬렁거렸습니다. 인간의 모습은 거의 보이지 않더군요. 이따금 바위 아래, 이끼로 뒤덮인 곳에 누워 있다 자갈들 사이로 바닷물이 졸졸졸 흐르는 소리에 잠이 들기도 했습니다. 저의 단잠을 방해하려고 사티로스가 다가올까 걱정할 필요가 없는 곳이었지요. 잠자리는 아늑하고 산들바람은 부드러워 심신이 상쾌했습니다. 잠에서 깨면 호기심에 찬 눈빛으로 하얀 돛들을 좇았지요. 하얀 돛들은 절벽으로 방향을 돌리거나, 우아하게 솟아 근사한 바다에

---

[*] 13세기에 툰스베르에 요새를 세운 호콘 호콘손 왕을 말한다.

아름다움을 더해주는 작은 섬들을 뒤덮은 소나무들 아래로 대피하는 것 같았습니다. 어부들이 차분히 그물을 던지는 동안 갈매기들은 파문이 일지 않는 깊은 바다 위를 맴돌았습니다. 모든 것이 고요와 화음을 맞추는 것만 같더군요. 알락해오라기의 구슬픈 울음소리마저 소들의 목에 걸린 워낭 소리에 리듬을 맞췄습니다. 소들은 우유를 짜기 위해 저 아래 골짜기에 난 매혹적인 길을 따라 줄을 지어 천천히 오두막으로 가고 있었지요. 이렇게 형언할 수 없는 기쁨으로 조용히 응시하기는 처음이었습니다. 숨 죽인 채 다시 응시를 하자 제 영혼은 풍경 속으로 스며들었습니다. 제 영혼은 감각과 혼연일체가 된 듯 일렁임이 거의 없는 물결 속으로 미끄러지고, 상쾌한 산들바람에 녹아들고, 요정의 날개를 달고서 시야를 가로막는 안개 낀 산까지 날아올랐습니다. 이 공상은 제 앞에 구불구불 이어진 해안가의 멋진 비탈들보다 더 아름다운 잔디밭에 걸려 넘어지고 말았지요. 저는 다시 숨 죽인 채 새로운 기쁨으로 저를 황홀하게 만든 감정들을 추적하기 시작했습니다. 촉촉해진 두 눈을 저 아래 광대한 수면에서 둥근 하늘로 옮기자 푸른 창공을 부드럽게 수놓은 양털구름이 눈을 찌르더군요. 불현듯 어린 시절의 몽상이 떠올라 저는 대지에 발을 딛고 창조주의 장엄한 왕좌 앞에서 절을 했습니다.

친애하는 벗들이여, 여러분은 제 극단적 성향이 이따금 의아하겠지요. 하지만 제 영혼의 기질이 그렇답니다. 인생의 전성기, 청춘의 혈기 때문이 아닙니다. 제가 격한 파도를 잠재우기 위해 제 감정이 정돈된 항로를 따르게 하려고 얼마나 오랜 세월 애를 썼는지 모릅니다. 그런데도 제 기질은 자꾸만 물살을 거스릅니다. 저는 달아오르면 사랑하고 감탄하고, 아니면 슬픔 속으로 침잠합니다. 제가 받은 사랑의 징표들은 제 마음에 마법을 걸어 영혼을 정화시키고 저를 지상의 행복에 빠져들게 했지요. 제 가슴은 여전히 타오르고 있습니다. 그렇다고 스턴처럼 짓궂게 묻지는 말아주세요. "마리아, 그대 가슴은 아직도 따뜻하오?"* 신이시여! 제 가슴은 슬픔과 무정함으로 차가워지고 말았어요. 결국에는 본성이 이길 테지만요. 옛 즐거움이 떠올라 낯빛이 붉어진다면 수줍음 때문에 기쁨의 홍조가 짙어진 거랍니다. 수줍고 창피하다는 감정이 들면 얼굴도 화끈거리는 법이니까요.

이렇게 산책을 했으니 제 몸이 좋아졌을 거라는 건 두말하면 잔소리겠지요. 살집이 약간 붙고 있는데도 저는 활력을 되찾았습니다. 지난 겨울의 제 경솔함과 모유를 끊자마자 발생한 불행한 사건들로 제 몸은 전에 없이 약해져 있었답니다. 스웨덴에 머무는 동안에도, 툇스베르에 도착한 후에도 밤마다 미열에 시달렸지요. 하루는 산책을 하던 중 바위들 사이로 흘러내려 소들이 먹기 좋게 물이 고여 있는 개울을 발견했습니다. 광천수 맛이 났고, 어쨌거나 깨끗했습니다. 병자들에게 제공되는 다양한 물의 약효는 물 자체의 특성보다 공기와 운동과 환경의 변화에 더 좌우된다고 믿습니다. 그래서 저는 아침 산책의 방향을 개울 쪽으로 돌

---

* 영국 작가 로렌스 스턴의 기행문 『풍류여정기(A Sentimental Journey through France and Italy)』에 등장하는 문구로, 요릭이 마리아에게 눈물에 젖은 손수건을 가슴으로 말려 줄 수 있겠냐며 한 질문이었다.

려 샘의 정령으로부터 건강을 구해야겠다 생각했지요. 시원한 그늘의 세입자들에게 제공되는 음료를 마셔야겠다고요.

또 하루는 건강에 이로운 새로운 즐거움을 발견했습니다. 인근에 바다가 있어 해수욕을 하고 싶었지만 마을 근처에서는 할 수 없었지요. 편하지가 않았거든요. 일전에 말했던 젊은 여성이 바위들에 둘러싸인 곳이 있다며 저를 거기까지 태워다 주겠다고 했습니다. 하지만 그녀가 임신을 한 몸이라 저도 노를 잡고서 노젓기를 배우겠다고 했습니다. 노젓기는 어렵지 않았습니다. 오히려 이보다 유쾌한 운동이 없더군요. 저는 금세 익숙해졌고, 제 사고의 흐름은 말 그대로 노젓기에 박자를 맞추었지요. 안 그랬다간 즐거운 망각이나 그릇된 희망에 빠져 배가 물살에 떠밀리는 불상사가 생기곤 했답니다. 그릇된 희망 맞아요! 하지만 희망 없이 어떻게 살 수 있나요. 소멸에 대한 공포는 제가 유일하게 두려워하는 거랍니다. 실존이 종종 불행만을 고통스럽게 의식하는 것이라 해도 저는 존재하지 않는다—나를 잃는다—는 생각을 견딜 수 없습니다. 아니, 저로서는 제가 더 이상 존재하지 않는다는 것이 불가능해 보입니다. 기쁨과 슬픔에 똑같이 민감한 이 활달하고 들썩대는 정신이 한낱—용수철이 툭 끊어지거나 불꽃이 사라지는 순간 날아갈 준비가 되어 있는—먼지가 되고 만다는 사실도요. 제 영혼을 붙들고 있는 것이 한낱 먼지라니요. 우리 마음에는 소멸할 수 없는 것이 살고 있고, 인생은 꿈 그 이상입니다.

이따금 바다가 잔잔해지면 다시 한 번 노를 들어 수면 아래 둥둥 떠다니는 무수한 어린 불가사리들을 건드렸는데, 재밌더군요. 불가사리들을 이렇게 관찰해 보기는 처음이었지요. 해변에서 보던 것들과 달리 이 불가사리들은 딱딱한 껍질이 없었습니다. 흰색 테두리가 있는 걸쭉한 물처럼 생겼고, 한가운데는 섬유 같은 무수히 많은 흰 줄 위에 여러 형태의 보라색 원이 네 개 있었습니다. 손으로 건드리니 구름 같은 물질이 처음에는 이리로, 다음에는 저리로 아주 우아하게 돌기도 하고 모여들기도 하더군요. 그러나 보트에 고인 물을 퍼내는 국자로 하나를 건져서 보니 꼭 무채색의 젤리 같았어요.

스웨덴에 상륙했을 때 우리 보트를 따라오던 그 많던 바다표범이 이곳에서는 한 마리도 보이지 않았습니다. 그러나 제가 아무리 물놀이를 좋아한들 바다표범들이 뛰어노는 곳에 끼어 같이 놀고 싶기야 했을까요.

무생물이며 짐승들 얘기는 그만하면 됐다고, 여러분이 근엄한 어투로 말할 것 같네요. 이제부터는 여기 주민들 얘기를 해볼게요.

제가 사업차 만난 신사는 뷘스베르의 시장입니다. 그는 영어를 알아듣기 쉽게 말하더군요. 제가 이해력이 좋은 만큼 시장과 대화할 기회가 잦았다면 많은 정보를 얻었을 텐데 그의 업무량 때문에 그러지 못한 것이 아쉬웠어요. 기회 닿는대로 알아본 바로는 이 마을 사람들은 시장의 업무 처리 방식에 무척 흡족해합니다. 그의 정보력과 분별력은 존경심이 들게 할 정도이고, 성격은 명랑함을 넘어 유쾌할 정도여서 차이를 수용하고 이웃끼리도 기분 좋게 지내게 해주지요. 한 여인이 제게 말하더군요. "저는 말을 잃어버렸는데요, 방앗간에 가야 하거나 외출하고 싶을 때면 시장님이 말을 빌려준답니다. 빌리러 오지 않으면 시장님이 호통을 쳐요."

이곳에 머물고 있을 때 세 번째 범행만에 범죄자 낙인이 찍힌 사람이 있었습니다. 하지만 그는 오히려 구제를 받았다며 자기네 재판관이 세계 제일이라고 하더군요.

저는 이 가련한 남자에게 이따금 트라이플*을 보냈는데, 트라이플의 노예가 되고 말았지요. 뜻밖의 일이어서 그랬는지 그자는 저를 무척 만나고 싶어 했습니다. 그 소원을 들으니 제가 리스본에 있었을 때** 들었던 일화가 생각나더군요.

감옥에 몇 년간 수감되어 있는 동안 램프를 켜둔 채 지내던 한 죄수가 마침내 잔혹한 사형 선고를 받았습니다. 한데 형장으로 가는 길에 그 죄수가 바란 소원은 고작 도시의 불이 환히 켜진 모습을 하룻밤이라도 보는 것이었다고 해요.

시장의 저택에서 식사를 할 때 가장 부유한 상인들 중 한 명이 시장의 가족과 저를 초대했습니다. 비록 덴마크어는 몰랐지만*** 그 집에 가면 많은 것을 볼 수 있겠다고 생각했지요. 대화는 이어가지 못해도 노르웨이인들의 성격을 파악하는 기회가 되겠다고요.

손님은 서너 명쯤 있을 줄 예상했습니다. 그러나 옷을 잘 차려입은 사

---

* 케이크와 과일 위에 포도주젤리를 붓고 그 위에 커스터드와 크림을 얹은 디저트.
** 울스턴크래프트는 1785년 친구 패니를 돌보기 위해 포르투갈 리스본에 갔다.
*** 동맹왕국 시절 노르웨이의 공식 언어는 덴마크어였다.

람들로 가득한 방으로 안내를 받고 적잖이 당황했습니다. 대충 둘러보니 아주 예쁘장한 얼굴들 대여섯 명이 눈에 띄더군요. 장밋빛 뺨, 반짝이는 눈, 연갈색 머리나 금발머리. 노란색 머리카락을 이날처럼 많이 보기는 처음이었습니다. 그들의 건강한 안색과 머리색이 잘 어울리더군요.

이 여인들은 나태함과 발랄함이 적절히 섞인 존재들이었습니다. 집 밖을 나서본 적이 거의 없어 제가 재미로 여행을 다닌다고 하니 깜짝 놀라더군요. 그러나 춤은 과하다 싶을 만큼 좋아했지요. 우아한 체만 하지 않으면 가식이 없는 소박한 태도는 종종 기품을 자아냅니다. 이 여인들은 상대를 기쁘게 해주고 싶은 욕구가 일면 발랄해지는데, 지금이 딱 그랬습니다. 그들이 생각하기에는 끔찍한 제 고독한 처지가 저로서도 나쁘지 않은 지대한 관심을 불러일으켰지요. 그들은 저를 둘러싸고서 노래를 불러주었습니다. 눈길을 마주치고 싶어 제가 다정하게 악수를 청했던 가장 아름다운 여인은 사랑스럽기 그지없는 키스를 해주었지요.

성대하게 차려진 만찬 자리에서 그들은 식사 시간이 길어지는데도 노래를 몇 곡이나 불렀고, 사이사이 애국적인 프랑스 가요도 번안해서 불렀습니다. 밤이 깊어갈수록 사람들은 익살스러워졌고 우리는 몸짓으로 대화를 이어갔지요. 교양과는 거리가 먼 사람들이라 제가 그들의 말을 이해하지 못해도 잃을 것은 많지 않고 얻을 것은 있어 보였습니다. 그림 속 빈 공간을 상상으로 채우기가 더 유리했으니까요. 어쨌거나 그들은 제게 호감을 불러일으켰습니다. 다음날 저는 그들이 저를 만나 즐거웠다고, 제가 무척 좋은 사람으로 보였다는 말을 했다고 전해 들었을 때 정말로 으쓱했답니다.

남자들은 대부분 배의 선장들이었습니다. 영어를 웬만큼 하는 이들도 있었지요. 하지만 이들은 관찰의 범위가 아주 협소한 무미건조한 사람들이었습니다. 담배 연기 때문에 멀찍이 떨어져 있으면 이들 나라에 관한 정보를 얻기 힘들더군요.

다른 연회에도 초대를 받아 가보면 언제나 불만스러운 것이 음식의 양과 그걸 먹는 데 드는 시간이었습니다. 게걸스럽게 먹는다, 라는 말은 여기에 어울리지 않습니다. 모든 것이 정말로 느긋하게 진행됐거든요. 하인들은 안주인들이 고기를 잘라주는 대로 천천히 시중을 듭니다.

이 나라 젊은 여성들도 스웨덴 여성들처럼 대개 치아가 약합니다. 이유는 같아 보여요. 이들은 화려한 옷과 보석은 좋아하면서도 꽃보다 더 오래 아름다움을 유지시켜주는 인품에는 관심을 두지 않습니다. 정서와 교양이 선사하는 재미있는 표현이 미의 자리를 대신하는 경우는 거의 없더군요.

노르웨이 하인들도 스웨덴과 비슷하게 주인보다 못한 음식을 먹습니다. 그러나 여기서는 주인이 하인을 때리면 반드시 벌을 받습니다. 안주인이라고 해서 그냥 넘어가지 않습니다. 제가 이 사실을 알게 된 것은 이런 종류의 불만이 시장에게 보고되었기 때문입니다.

무엇보다 부당한 건 낮은 임금입니다. 의류비가 식품비보다 훨씬 높기 때문입니다. 제가 묵고 있는 여관에서 안주인의 유모로 일하는 젊은 여성은 일 년치 급료로 고작 12달러를 받는데, 양육비로만 10달러를 쓴니다. 아이 아빠가 양육비를 대지 않으려고 도망을 쳤답니다. 고달프기 짝이 없는 이런 과부살이를 보면 측은지심이 들고, 행복에 관한 아무리 그럴싸한 계획도 불안정할 수밖에 없다는 생각이 듭니다. 이런 사색이 극단으로 치달아 고통스러워지면, 이 세상의 탄생 이유가 삶이 어디까지 비참해질 수 있는지를 보여주기 위한 것이냐고 따지고 싶어집니다. 저는 심장을 쥐어뜯는 이런 질문들을 고통스럽게 하면서도 이 가련한 여성이 부르는 우울한 노래를 귀 기울여 들었습니다. 편지를 끝내기에는 아직 이르다는 생각이 들어 저는 밖으로 나와 고독한 저녁 산책을 했습니다. 이제 돌아왔네요. 편지를 이어가되 소원해진 애정 때문에, 버림받은 심장의 외로운 슬픔 때문에 생긴 고통은 접어놓을게요.

아버지가 누구인지 확인되면 아버지와 어머니는 공동 비용으로 사생아를 부양해야 합니다. 그러나 아버지가 사라졌거나 시골로 내려갔거나 배를 타버렸다면 어머니 혼자 아이를 부양해야 하겠지요. 그러나 이런 일로 결혼을 못하지는 않습니다. 결혼을 한 후 한 아이든 여러 아이든 데려가는 것이 이례적이지도 않습니다. 그 아이들은 나중에 태어난 자식들과 화목하게 자라게 됩니다.

이 나라에서는 어떤 책들이 출간되었는지 알아보았습니다. 그러나 덴마크 문학에 관한 정보는 코펜하겐을 방문하고 나서야 구할 수 있었습니다.

덴마크어는 소리가 부드럽고, 모음으로 끝나는 어휘의 비중이 높습니다. 번역된 문구들을 보면 마음에도 들고 흥미롭기도 한 단순함이 있습니다. 시골에서는 농부들이 당신은(thou), 당신을(thee)이라는 말을 씁니다. 그러나 시장이 열릴 때 도시 사람들이 쓰는 의례적인 복수형은 습득하지 않더군요. 대도시에 시장이 없다면 대단히 불편할 것 같습니다. 여기 농부들은 팔 물건이 있으면 이웃마을까지 가져가서 집집마다 보여줍니다. 이런 관행이 양쪽 모두에게 얼마나 불편한지를 주민들이 못 느끼고 시정하지 않는 점이 놀라웠습니다. 사실, 인지는 하고 있었습니다. 제가 이 주제를 들먹였을 때 생필품이 부족할 때가 많고, 푸줏간도 없고, 원치 않는 물건을 살 수밖에 없을 때도 있다고 했으니까요. 하지만 이렇게 사는 것이 관행이었고, 오래된 관행을 바꾸는 데는 가진 것 이상의 에너지가 드는 법입니다. 제가 이곳 여인들에게 아이들을 너무 따뜻하게 입히면 해롭다고 설득하려 했을 때도 비슷한 대답을 들었어요. 그들이 제 논리를 피하기 위해 했던 답은 남들이 하는 대로 해야 한다는 것이었습니다. 다시 말해, 변화를 얘기하려고 하면 그들은 이런 말로 입을 막아버립니다. "마을 사람들이 말해줄 거예요." 이런 곳에서는 마땅히 존경할 만한 돈 많고 분별력 있는 사람이 유용할지 모릅니다. 아이들을 바르게 대하고 병에 적절히 대처하고 간소한 방식으로 만든 음식을 먹도록 권유하는 사람이요. 예를 들어 백작 부인 같은 사람 말이죠.

이런 편견들을 곰곰 생각하니 영혼을 구제하려면 천국을 섬겨야 한다는 명분 아래 육체를 위한 시설들을 세운 입법자들의 지혜가 떠오릅니다. 이런 편견들은 엄밀히 말해 종교를 빙자한 사기라고 할 수 있습니다. 저는 자신들이 태양에서 왔다고 주장하는 페루인 부부를 존경합니다.[*] 당시 두 사람의 행동은, 미개한 나라를 계몽하기 위해서는 경외심이 들게 해야 복종이든 관심이든 받을 수 있다는 걸 증명해 보였답니다.

이성의 무력함을 극복하는 문제는 이쯤 해두지요. 그러나 이성이 일단 가동하면 한때 신성하게 여겨졌던 우화들이 우습게 보일 수 있습니다. 우화는 인류에게 유용할 때 신성시됩니다. 프로메테우스는 최초의 인간에게 생기를 불어넣기 위해 불을 훔쳤지요. 그의 자손은 종족 보존을 위해 초자연적인 도움에 기대지 않습니다. 물론 사랑은 흔히 불꽃이라고들 하지만요. 하늘의 영감을 받은 사람들이 이성에 의해 자신들이 가장 고귀하게 쓰이는 가장 행복한 존재라고 확신할 때, 그때는 그들이 특별한 은총을 요구하는 의무들을 심어주어야겠다고 생각할 필요가 없을지도 모릅니다.

저는 며칠 후면 배를 타고 노르웨이의 서쪽 지역으로 가서 육로를 이용해 예테보리로 돌아갈 예정입니다. 이곳을 떠날 생각을 하면 아쉽기만 합니다. 제가 사람보다는 장소를 먼저 얘기하는 편이지만, 여기 주민들의 꾸밈없는 친절에는 끈끈한 정이 느껴집니다. 스웨덴으로 가는 길에 휠을 떠날 때 느끼던 것과는 전혀 다른 아쉬움을 부르는 정이네요. 소중한 기억을 불러낼 만한 친목의 밤과 같은 시간이 없다 해도 저와 패니가 극진한 환대를 받은 상냥한 가족의 가정적인 행복과 기분 좋은 유

---

[*] 페루의 잉카 왕조는 태양신의 혈통이라고 했다. 울스턴크래프트가 말하고 있는 부부는 잉카 왕가의 시조인 만꼬 까빡(Manco Capac)과 여동생이자 아내인 마마 오엘라(Mama Oella)인 것 같다.

쾌함만 있다면 소중한 추억으로 남을 수 있습니다. 좋은 가정교육은 연민에 위엄을 더해주며, 재치는 이성에 묘미를 더해줍니다.

안녕히! 저의 말이 15분이나 기다리고 있었다네요. 저는 이제부터 혼자 말을 타고 달려볼 거랍니다. 첨탑이 랜드마크 구실을 해주지요. 혼자 산책할 때 물어볼 사람이 없어 한두 번 길을 잃곤 했습니다. 그때마다 첨탑이나 풍차를 길라잡이 삼아 울타리와 도랑을 넘어 길을 찾았답니다.

여러분의 진실한 벗이.

.

세상을 완성하는 데는
인간의 손길이 필요해

앞서 말했듯이 노르웨이에는 대규모 사유지를 가진 귀족이 두 명뿐입니다. 그중 한 귀족의 집은 튄스베르 근처에 있는데, 그는 법원이나 대사관에서 근무를 해 몇 년째 집을 비운 상태지요. 현재는 런던 주재 덴마크 대사로 있습니다. 집이 자리한 곳은 쾌적하고, 주위 정원도 훌륭합니다. 그러나 외관이 방치돼 있는 걸로 보아 집에는 아무도 없는 듯합니다.

하인들만 남아 가구에 천을 씌우고 창문을 열어 환기를 시키는 대저택을 볼 때면 어리석은 슬픔이 퍼져 있는 듯합니다. 저는 캐퓰릿 가문의 무덤*으로 들어가듯 저택으로 들어가 갑옷 차림으로 인상을 쓰고 있거나 법복 차림으로 미소를 짓고 있는 가족 사진들을 쳐다봅니다. 흰곰팡

---

* 이탈리아 베로나에 있는, 로미오와 줄리엣이 죽은 무덤.

이는 귀족의 예복이라고 예의를 차리지 않으며, 벌레들 또한 미인의 뺨이라고 가리지 않고 드글거립니다.

늙은 소나무들이 위풍당당하게 늘어서 있는 진입로에서 보니 저택의 건축 양식이라든가 가구 형태는 별다른 게 없더군요. 세월 탓에 노송들의 푸른 잎에도 잿빛이 서려 있었지요. 자라나는 자손들에 둘러싸인 늙은 소나무들은 숲의 아버지들 같았습니다. 노르웨이에 와서 여기 숲만큼 많은 오크 나무를 보기는 처음이었고, 여기 숲처럼 미풍에 흔들리며 바람 소리, 아니 음악 소리를 내는 커다란 사시나무들을 보기도 처음이었습니다. 바람의 선율이 날갯짓을 하는 것만 같았지요. 진입로에서 저를 소생시킨 상쾌한 향기는 저택의 방들에서 느껴지던 눅눅한 냉기와는 얼마나 다르던지요. 먼지 쌓인 커튼이며 좀이 슨 그림들이 불러일으킨 음울한 생각들은 마음을 다독이는 우울 때문에 생기는 몽상과도 얼마나 다르던지요. 겨울이 되면 눈밭 위로 우뚝 솟은 이 위엄 있는 소나무들은 눈의 피로를 깨끗이 씻겨주고 하얀 황무지에 숨결을 불어넣어줄 겁니다.

소나무숲과 전나무숲이 끝없이 이어진 풍경은 낮에는 이따금 눈을 피로하게 하지만 저녁에는 이보다 더 그림 같을 수가, 더 정확히 말하면 시적 이미지를 이보다 더 잘 계산해서 그려낼 수가 없을 거예요. 이 숲들을 통과할 때 어떤 신비로운 경외감이 느껴져 그 장엄한 그림자들에게 말 그대로 경의를 표했답니다. 여기 숲에는 님프들이 아니라 늘 사색하는 철학자들이 살고 있는 것만 같습니다. 이 숲들 또한 어떤 존재 의식을 가지고 있다고, 자신들이 발산하는 기쁨을 조용히 누릴 줄 안다고 여겨지더군요.

제 마음은 많은 시적 허구의 기원을 떠올리게 하는 발상을 얼마나 자주 하는지 모릅니다. 고독 속에서 상상은 자신의 구상을 아낌없이 구현해내고서 자신이 창조한 것을 넋을 잃고 숭배하지요. 이런 때가 지복의 순간이랍니다. 추억은 이런 순간들을 기쁘게 소환합니다.

그나저나 백작들에 대해 이야기하려 했던 사실들을 깜박할 뻔했네요. 백작들은 자신들의 사유지에 살 성직자를 추천하고 재판관들과 다른 관리들을 임명하는데, 그들을 제재할 수 있는 특권은 국왕에게 있습니다. 그러나 백작들은 임명은 해도 해임은 할 수 없습니다. 소작인들 또한 백작의 농장을 평생 사용할 수는 있지만 백작이 자신을 위해 따로 남겨둔 땅을 일구라고 부르면 따라야 합니다. 다행히 노동에 대한 보수는 있습니다. 요약하면요, 저는 이렇게나 무해한 귀족 나리들 이야기는 좀처럼 들어본 적이 없답니다.

이 백작의 사유지 일대는 제가 지금껏 본 어떤 정원보다 손질이 잘돼 있어 봉건적 토지 보유의 이점들을 돌아보게 하더군요. 백작의 소작인들은 그의 토지와 정원에서 공인된 가격으로 일을 해야 합니다. 그들은 수석 정원사로부터 알게 모르게 이런저런 설명을 듣다 점점 유능해져, 결국에는 자신들의 작은 농장을 잘 아는 농부이자 정원사가 되지요. 풍습이나 관습을 바라보는 선원들의 시야가 너무 좁다고 여겨 이런 시대에 혼자 여행을 하는 위대한 사람들은 자신들의 안락을 위해 선진 문명을 고국에 들여옵니다. 이런 현상이 해외로도 점점 퍼져나가 마침내는 보통 사람들도 자극을 받아 스스로 생각을 하게 되지요.

주교들은 수입이 많지 않습니다. 사제들은 왕에게 임명을 받은 후 사제 서품을 받습니다. 목사관에는 대개 작은 농장이 딸려 있답니다. 주민들은 성직자의 생계를 돕기 위해 교회 회비 외에 일 년에 세 차례 자발적 기부를 합니다. 교회 땅들은 루터교가 도입되면서 몰수되었어요. 어쩌면 땅을 차지하려는 욕망이 종교개혁의 진정한 도화선이었을지 모릅니다. 십일조는 현물로는 절대 받지 않고 세 부분에 쓰입니다. 3분의 1은 왕에게, 3분의 1은 교구목사에게, 나머지 3분의 1은 파손된 목사관 수리비에 쓰입니다. 십일조가 아주 많지는 않습니다. 다른 관리들이 받는 봉급도 너무 적어 자립할 만한 수입이 되지 않지요. 세관원들의 봉급 또한 생필품을 조달하기에도 부족합니다. 그러니 생계 문제가 부정행위로 이어져도 놀라울 게 없지요. 음성적인 수입은 논외로 하고 어떤 일자리든 노동에 합당한 급여를 주지 않는 한 공중도덕은 기대할 수 없습니다. 반면에 소유주가 빈둥거린다고 뭐라고 할 수 있는 사람은 없지요. 이윤과 노동 간의 이런 불균형이 인간의 가치를 떨어뜨리며 후원자와 수혜자라는 아부성 호칭을 낳습니다. 치명적인 유대, 일반적으로는 악랄한 유대라고들 하지요.

여기 농부들은 독립적일 뿐 아니라 친절합니다. 비를 피하는 동안 커피를 마신 터라 찻값을 지불하려 하자 농부들은 커피 한 잔이 무슨 돈 받을 일이냐며 도리어 화를 내더군요. 농부들은 담배도 피우고 위스키도 마시지만 예전만큼 과하지는 않다고 합니다. 만취는 환대에 종종 수반되는 수치로, 이 나라에서도 다른 나라들처럼 정중하면서 고상한 태도에 자리를 내줄 겁니다. 물론 이런 변화가 하루아침에 이루어지진 않겠지만요.

여기 사람들의 교회 출석률은 계급을 떠나 일정합니다. 사람들은 춤추는 걸 좋아합니다. 노르웨이의 일요일 저녁은 다른 가톨릭 국가들처럼 마음은 해치지 않고 기운을 북돋우는 종교의식들로 채워집니다. 노동을 마치고 난 시간은 즐거워야 하는 법입니다. 프랑스에 있을 때 일요일, 그러니까 10일제 휴일*에 느꼈던 기쁨을 저를 둘러싼 얼굴들에서 볼 수 있었지요. 안식일을 철저히 지키는 런던 거리들이 불어넣는 지루한 고요보다 종교적인 정서가 훨씬 짙은 기쁨이었습니다. 영국의 시골 마을에 있을 때 교구 위원들이 예배 시간에 교회당을 나가곤 했던 일이 기억나는군요. 공굴리기나 구주희(九柱戱. 볼링의 핀같이 생긴 아홉 개의 스키틀을 세워놓고 공을 굴려 쓰러뜨리는 경기) 놀이를 하는 철없는 인간들이 없는지 확인하려고요. 하지만 이보다 더 무해한 놀이가 있을까요? 주일에는 무슨 활동이든(권투 시합은 빼고요.) 장려하는 것이 영국인들에게 아주 이로운 일이라고 저는 생각합니다. 그러면 감리교의 확산도, 점점 득세하고 있는 듯한 광신적 분위기의 확산도 막을 수 있을 거예요.

---

* 프랑스혁명 동안 왕정을 폐지하고 1792년 9월 21일을 기원으로 하는 공화력(共和曆)을 만들고 그리스도교 역세를 폐지하면서 10일을 한 주간으로 하여 10일째 되는 날을 일요일로 정한 국민공회의 조치이다.

스웨덴으로 가는 길에 요크셔를 방문했을 때, 음울하고 편협한 사고가 제가 그 땅을 떠난 이후로 얼마나 확산되었는지를 확인하고 깜짝 놀랐어요. 한 장소의 도덕이 16년인가 17년만에 그렇게까지 나쁜 방향으로 바뀔 수 있으리라고는 생각지도 못했답니다. 그래요, 도덕 말이에요. 그 자체로는 의무적이 아닌 형식 준수와 관행 회피는 너무 당연해서 좀처럼 여봐란듯이 지켜지지 않는 의무들에 지속적인 관심의 자리를 내줍니다. 법관들과 사도들이 가르칠 가치가 있는 의무들인데도요. 게다가 이런 광신도들은 상당수가 아무리 좋게 말해도 실제로 이성을 잃고 비참해집니다. 지옥에 떨어질까 두려워 스스로를 그런 비참한 상태로 내몰지요. 설상가상, 더 빨리 구원되리란 기대로 설교자들만 쫓아다니면서 이 세상에서의 행복을 경시하고 가족의 이해와 안락도 무시합니다. 그렇기에 신앙심이 깊어질수록 그들은 점점 나태해지지요.

귀족정치와 광신주의는 영국에서, 특히 방금 언급한 요크셔 지역에서 득세하고 있는 것 같습니다. 노르웨이에서는 둘 다 찾아보기 힘들었어요. 국민들은 정기적으로 예배를 보러 갑니다. 그러나 종교가 그들이 하는 일에 지장을 주지는 않습니다.

농부들은 나무를 베어 땅을 개간합니다. 그런 덕에 이 나라는 점점 주민들이 살 만한 땅이 되어가고 있지요. 반세기 전에는 네덜란드인들이 채벌비용을 지불해줘 농부들은 힘들이지 않고 숲을 처리할 수 있어 기뻐했다고 합니다. 지금은 농부들이 숲의 가치를 추정만 합니다. 그런데, 장작이 넉넉해 보이는 데도 값이 너무 비싸 놀랐어요. 숲을 파괴하거나 서서히 축소하면 기후가 개선될지 모릅니다. 농부들의 관습은 산업의 정교화에 발맞춰 자연스레 개선될 겁니다. 인간이 옛부터 짐승보다 한 수 우월한 존재여서 얼마나 다행인지 모르겠습니다. 그렇지 못했다면 지구상의 태반이 살 만한 땅이 되지 못했을 테니까요. 생계만을 추구하는 사람들의 부단한 노동은 존재를 윤택하게 하는 것들을 생산해내 인간을 최고 지위로 끌어올리는 예술과 과학의 발달에 힘쓸 여유를 제공합니다. 독자 여러분, 저는 노르웨이에 와서 인간의 노동으로 얻은 이점을 오늘처럼 깊이 생각해본 적이 없습니다. 세상을 완성하는 데는 인간의 손길이 필요합니다. 이런 과업이 인간의 능력을 지속적으로 신장시켜주기에, 인간이 루소의 어리석은 황금시대에 머물러 있었어야 한다는 것은 물리적으로 불가능합니다.* 인간의 행복이 무엇인가를 생각하면, 아! 행복은 어디에, 정말로 어디에 있는 걸까요? 행복은 무의식적인 무지와 함께, 아니면 고결한 정신과 함께 살고 있을까요? 행복은 생각 없는 야성의 자손일까요, 아니면 예상되는 기쁨 주위를 획획 날아다니는 공상의 요정일까요?

지구상의 인구가 증가하면 생계 수단도 그만큼 발명되는 만큼 지구도 발달할 수밖에 없을 겁니다.

여러분이 미국에 가본다면 비슷한 생각을 할지도 모릅니다. 미국의

---

* 루소는 원시의 황금시대를 칭송했다. 인간들이 사회를 구성하면서부터 점점 악에 물들고 불평등이 만연하게 되었다고 주장했다.

지형이 노르웨이의 자연과 닮아 보이거든요. 저는 낭만적인 풍경을 날마다 바라볼 수 있어 기분이 좋고 깨끗한 공기를 마셔 기운도 팔팔해졌습니다. 이 세계를 지배하는 소박한 관습에도 흥미가 당깁니다. 그럼에도 특색이 없는 소박함만큼 쉬이 싫증나는 감정도 없을 거예요. 그런 까닭에 저는 인류가 지적으로 여기보다 훨씬 우월한 나라들에서 추방된다면 마음 편히 살지 못할 것 같습니다. 비록 그 나라들이 사상가의 눈에는 불완전하고 불만족스럽다 해도 말이지요. 지금 이 순간, 여러분이 영국과 프랑스에서 무엇을 하고 있을지 궁금해지기 시작하는군요. 제 생각은 여기 황야에서 그 세계의 세련된 세상으로 날아갔다가 그 세계의 악행과 죄악이 떠오르면 이 숲에 저를 묻습니다. 그러나 제 본성을 드높여주는 지혜와 미덕을 잃을까 두려워 다시 부상할 필요성을 느끼고 말지요.

우리 자신을 알기까지는 얼마나 오랜 시간이 걸릴까요. 그러나 대부분의 사람은 자신이 인정하는 이상으로 이 사실을 잘 압니다. 제 마음의 역사에서 이런 고독의 새로운 장을 넘겼다는 사실을 기뻐해야 할지 어떨지는 아직 결정을 못 내리겠습니다. 그러나 인간을 알면 알수록 여러분의 판단에는 존경심이, 여러분의 인격에는 감탄이 커지기만 한다는 것은 자신 있게 말할 수 있습니다.

안녕히!

·

감수성을 품은
따뜻한 가슴에 대하여

독자 여러분, 저는 다시 한 번 도망쳤습니다. 어제 퇸스베르를 떠났거든요. 그러나 스웨덴으로 돌아가는 길에 다시 들를 생각이랍니다.

라르비크까지 가는 도로는 잘 닦여 있습니다. 라르비크*는 노르웨이 최고의 경작지예요. 너도밤나무에 이처럼 감탄을 하게 되다니요. 물론 제멋대로 뻗은 가지들을 만나면 기쁨이 반감되곤 했지만요. 너도밤나무 가지들은 길쭉한 자처럼 볼품없이 쭉쭉 뻗어 있어 선의 아름다움은 역시 곡선이라는 생각이 들게 했는데, 가까이 서 있는 위풍당당한 소나무가 그 거대한 팔들을 휘둘러 상반되는 아름다움을 보여주었답니다.

이런 문제에서는 이성은 제 느낌을 판단의 기준으로 삼으라고 말합니다. 감정을 자극하는 것은 무엇이건 매력적이지요. 그러나 상상력에

---

* 노르웨이 남동쪽 베스트폴 주의 항구도시.

불을 지펴, 아니 상상력을 만들다시피 해서 정신을 함양하면 심미안을 비롯해 여러 다양한 감각과 감정이 일어나 아름다움과 숭고함이 불러일으키는 강렬한 기쁨을 느끼게 된다고 저는 생각합니다. 감각과 감정은 끝이 없는 만큼, 이 경우에 딱 들어맞는 표현은, 종종 잘못 쓰이기도 하지만, 무한하다라는 말일 거예요.

이야기가 또 산으로 가버렸군요. 높이 솟은 너도밤나무 숲이 어떤 인상을 주었는지만 전하려 했던 건데 말이지요. 너도밤나무 가지들 사이로 햇빛이 비스듬히 들어 잎들이 깃털처럼 가볍고 투명한 것이, 제가 여지껏 깨닫지 못했던 풋풋함과 우아함을 볼 수 있었지요. 이탈리아의 풍경을 묘사한 글이 떠오를 만큼이나요. 곧 사라지고 말 이 은총은 마법의 결과 같았습니다. 저는 실재하지만 공상의 산물과도 같은 이 광경이 행여 사라질까봐 들릴 듯 말 듯 숨을 내쉬었습니다. 드라이든*이 꽃과 잎에 대해 노래한 우화도 이만큼의 시적 몽상이 느껴지진 않았었지요.

그러나 공상은 이제 안녕, 우리의 본성을 고귀하게 해주는 정서들도 이제 안녕. 저는 라르비크에 도착해 별의별 변호사들**이 모여 있는 자리에 동석하게 되었어요. 악행으로 비뚤어진 얼굴들을 보고 무지한 사람들을 끊임없이 끌어들이는 궤변들을 듣다보니 고개가 돌아가고 속이 메스껍더군요. 계몽이 확산되면 이런 탐욕스런 인간들도 줄어들지 모

* 17세기 영국 시인 존 드라이든을 말한다.
** 임레이의 소송을 맡고 있는 약삭빠르고 이기적인 변호사들을 말한다.

롭니다. 이 시대의 사회 생활에서 일반 시민은 언제나 자신들의 이해에 촉각을 곤두세웁니다. 그러나 몇몇 대상에 국한된 그들의 재능은 아주 협소해 일반 시민이 자신의 이해를 공익에서 발견하기란 힘들지요. 법조계는 다른 직업군에 비해 인간을 훨씬 약삭빠르고 이기적으로 만듭니다. 속임수로 꾀를 갈고 닦고, 옳고 그름을 교란하며 도덕성을 해치는 자들이 바로 이런 자들이에요.

모든 정보를 종합해볼 때 베른슈토르프 백작은 이런 사실을 인지하고 사람들의 이익에 신경을 쓴 것 같습니다. 백작은 최근에 면적에 따라 각 지역의 군수에게 법조인이 아닌 대여섯 명의 박식한 주민을 보냈습니다. 그들 중 두 명은 시민들이 선출해 조정관으로 일을 하게 되지요. 그들의 직무는 소송을 일삼는 사태를 막고 이견을 조정하는 것이에요. 소송이 제기되려면 분쟁 당사자들이 일주일에 한 번씩 만나 논의하는 절차를 거쳐야 합니다. 화해가 성사돼 기록으로 남겨지면 분쟁 당사자들은 그 결정을 철회할 수 없습니다.

이런 수단이 있다면 못 배운 사람들이 분쟁 선동꾼이라 할 만한 인간들에게 조언을 구하는 일을 막을 수 있을 겁니다. 그자들은 오래전부터 비속어를 남발하고, 사람들 간에 싸움을 붙이고, 그런 쟁탈전으로 얻어낸 전리품으로 살아가지요. 이런 조정이 그런 자들의 수를 줄이고 못된 활동을 제지하기를 바라는 데는 이유가 있습니다. 그러나 배심 재판이 실시되지 않는 한 노르웨이에서 정의를 기대하기란 힘들 것 같아요.* 뇌물을 받지 못하는 재판관들은 소심한 편인데, 뻔뻔한 악당들이 자신들에게 맹공격을 퍼부을지도 몰라 그들의 기분을 상하게 할까 두려워합니다. 비난을 두려워하면 기개가 꺾이고 맙니다. 신중하려다 보면 강직함을 잃게 되지요. 게다가 판결은 재판관의 양심이나 명민함에만 달려 있지 않습니다. 재판관들은 속으로 거짓이라 확신한다 해도 증거로 판단을 내려야 합니다.

라르비크에는 제련 작업을 위한 중요한 제철소가 있습니다. 인근 호수에서 공장 가동에 필요한 물을 갖다 씁니다.

이 제철소를 세운 사람은 라르비크의 백작입니다. 그만한 재력과 영향력이 없었다면 이런 일을 시작할 수도 없었을 거예요. 개인 자산만으로 그런 사업을 지원하기는 벅차지요. 그런데도 마을 주민들은 백작의 자산 규모가 교역을 방해한다는 이유로 재앙이라고 말합니다. 작은 농장의 임차인들은 자신들의 목재를 배로 실어 보내려면 이웃한 항구들까지 운반해야 합니다. 그러나 목재 가격이 오르기를 바라는 사람이라면 가격이 점점 떨어지는 걸 두고 보지만은 않을 겁니다. 무역의 경로를 바꾸려 하겠지요. 상황이 이런 데다 만이 훤히 트여 있고 불안정해 자연 환경마저 불리합니다. 강풍으로 어떤 선박이 중심가까지 떠밀려 왔다는 얘기를 들었을 땐 웃지 않을 수 없었지요. 노르웨이 해안에 훌륭한 항구가 그렇게 많은데도 부수적인 문제로 대도시들 중 한 곳이 나쁜 도시로 전락해 가는 건 애석한 일입니다.

---

* 노르웨이에서는 1814년 새 헌법이 제정되고서야 배심 재판이 도입되었다.

현 백작의 부친은 이 가문의 먼 친척이었습니다. 그는 줄곧 덴마크에서 거주했고, 아들도 부친의 뒤를 따르고 있습니다. 그들이 토지를 소유하지 않은 지는 오래되었습니다. 그들 조상은 마을 인근에 살았고 어느 모로 보나 주민들의 파멸을 부를 만한 낭비를 일삼았는데, 가진 재산이 당시 퍼져 있던 사치를 감당할 수준은 아니었다고 해요.

조금밖에 접하지 못했지만 여기 사람들의 태도는 퇸스베르만큼 마음에 들지는 않습니다. 통상이 농업을 대체함에 따라 서쪽으로 갈수록 사람들이 훨씬 간교하고 사기를 잘 친다는 경고를 들었습니다. 여기 마을들은 벌거숭이 바위들 위에 세워져 있습니다. 좁은 다리들이 거리 구실을 하고, 주민들은 모두 뱃사람이거나 가게를 운영하는 선주들이에요.

이번 여행 때 라르비크에서 묵은 여관은 전에 묵었던 여관들과는 달랐습니다. 훌륭한 여관이었어요. 사람들도 정중하고 시설도 괜찮았어요. 숙박 시설이 스웨덴보다 나아 보입니다. 그러나 공평하게 평을 하자면 여기 요금이 터무니없이 비쌉니다. 퇸스베르의 숙박료도 스웨덴보다 훨씬 비쌌는데, 값싼 식료품 가격과는 천양지차였지요. 사실 라르비크 주민들은 외국인을 다시는 만나지 않을 이방인으로 간주해 상당히 뜯어먹는 것 같습니다. 고립된 채 있는 서해안의 주민들도 동해안 주민들을 거의 이방인 취급하지요. 그 지역 마을들은 타지 사람이면 일단 의심부터 하고 자신들 외에는 누구한테도 속지 않으려는 대가족 같습니다. 옳든 그르든 정의의 외피를 쓰고 서로서로를 지지하지요.

이번 여행에서는 운 좋게도 이 나라의 일반 대중보다는 개화되고 영어도 웬만큼 할 줄 아는 길동무를 만나게 되었습니다.

마차로 갈 수 있는 길은 1마일 4분의 1이라고 하더군요. 이후로는 고 약한 오솔길을 말을 타고 가거나 흔한 여행 방식인 배를 타고 가는 방법 외엔 선택의 여지가 없었습니다.

그래서 짐은 모두 배편으로 보내고 우리도 천천히 뒤따라갔습니다. 도로는 바위투성이에 모래투성이였어요. 그러나 너도밤나무 숲이 몇 번이나 등장해, 연초록 잎들의 풋풋함과 해를 가리지 않으면서 숨을 만 한 은신처를 만드는 숲의 우아함에 눈이 즐거웠습니다.

바닷가에 이르니 놀랍게도 집들이 옹기종기 보기 좋게 자리해 있고 훌륭한 여관까지 있었습니다. 이곳에서 하룻밤을 묵고 싶었지만 아무 리 바람이 잔잔하고 저녁 날씨가 좋아도 내일의 바람은 불확실하니 바 람을 믿는 건 위험했어요. 그래서 우리는 지는 해를 바라보며 곧바로 헬 게라크*를 떠났습니다.

항해를 시작했지만 스트롬스타에서 올 때보다 바위와 섬이 많았어 요. 바위와 섬 들은 종종 그림 같은 조화를 이루곤 했습니다. 높은 산등 성이들 중에 완전한 민둥산은 거의 없었지요. 소나무나 전나무 씨앗들 이 바람이나 파도에 실려가 뿌리를 내린 덕에, 나무들로 자라나 비바람 에도 용감히 버티고 서 있었거든요.

그렇게 바다 한가운데서 작은 보트에 앉아 낯선 사람들에 둘러싸여

---

* 오늘날의 헬게로아로 라르비크에서 리쇠르 방향 서쪽으로 조금 떨어진 해안가 마을이다.

있노라니 슬픔과 근심이 저를 짓누른다고, 저를 요리조리 농락한다고,
느껴졌습니다.

> 폭풍이 불 때면 한숨 짓고 바르르 떠는
> 무작위로 주조된 외로운 관목처럼!*

　가장 큰 바위섬들 중에는 여우와 산토끼의 은신처가 될 만한 수풀들
이 있었어요. 그 동물들이 겨울에 얼음 위로 미끄러진 적이 있었다면 눈
이 녹기 전까진 땅을 밟을 생각을 하지 않겠다는 생각이 들더군요.
　몇몇 섬에는 조타수들이 거주하고 있었습니다. 노르웨이 조타수들은
세계 최고의 조타수라 할 수 있습니다. 자기네 해안을 속속들이 알고,
최초의 봉화나 돛을 늘 가까이에서 목격합니다. 이들은 왕과 감독관에
게 소액의 세금을 지불하고 자신들의 지칠 줄 모르는 노동의 결실을 즐
긴답니다.
　섬들 중에 버진랜드**라는 곳은 노르웨이 마일로 반 마일 길이의 평지
섬인데, 흙이 제법 깊어 경작이 웬만큼 되는 농지가 세 군데 있습니다.
　헐벗은 바위들 위에는 집들이 듬성듬성 들어서 있었습니다. 그 집들

---

*　아일랜드 출생의 영국 시인 올리버 골드스미스의 <나그네, 사회의 가능성(The Traveller;
　or, A Prospect of Society, 1764)>이라는 시에서 인용한 구문이다.
**　지금의 욤푸르란드. 독특한 식물군과 동물군을 가진 길쭉한 섬으로 라르비크와 리쇠르
　사이 해안에서 조금 떨어진 크라게뢰 군도 가장 바깥쪽에 있다.

은 어부들이 사는 오두막들 위로 솟아 있었지요. 제 길동무들의 얘기로는 아주 살기 편하고 생필품만이 아니라 사치품이라 할 만한 것들까지 갖추고 있는 집들이라고 했습니다. 정말 그런지 확인하려면 상륙을 해야 하는데—흔들리는 바위섬에 상륙을 한다는 말이 적용될 수 있다면요—시간이 너무 늦었더군요.

그런데 비가 계속 내리고 어둠이 짙어지자 조타수는 노르웨이 마일로 1마일 반이 남은 우리의 목적지 이스트리소르*까지 가는 건 위험하겠다고 했습니다. 그래서 우리는 어떤 바위섬의 만곡부 아래 대여섯 채의 집이 띄엄띄엄 들어서 있는 작은 피난처에서 하룻밤을 묵기로 했지요. 날이 점점 어두워지고 있었지만 우리의 조타수는 눈에 보이지 않는 바위들도 능숙하게 피했습니다.

도착하니 열 시쯤 되었더군요. 나이 든 여주인이 서둘러 편안한 잠자리를 준비해주었습니다. 침대가 지나치게 푹신했지만 저는 지쳐 있었어요. 창문을 열자 상쾌한 미풍이 잠을 부채질하듯 불어와 저는 가장 호화로운 휴식에 빠져들었어요. 개운하기 그지없는 휴식이었지요. 작은 동굴에 사는 친절한 요정들이 제 머리맡을 맴도는 듯했답니다. 동굴들 사이로 감미롭게 흐르는 바람의 속삭임을 듣고 아침의 부드러운 입김을 느끼고 싶어 잠에서 깨고 싶을 정도였어요. 설핏 잠이 들어 천국이 제 앞에 펼쳐지는 꿈도 꾸었지요. 제 작은 천사는 또 다시 제 가슴에 얼

---

* 오늘날의 리쇠르.

굴을 숨기고 있었어요. 절벽에서 아기 천사의 감미로운 옹알이가 제 심장을 두드렸고, 모래 위에는 자그마한 발자국들이 찍혀 있었어요. 슬픔의 구름들 속에서 희미하지만 절망을 달래주기에는 족한 새 희망들이 무지개처럼 나타나는 것 같았어요.

상쾌하기는 하나 세찬 폭우에 우리는 발이 묶였습니다. 저는 지금 완전히 홀로 편지를 쓰고 있습니다. 호사라는 말조차 부족하다 싶을 만큼 기분이 좋답니다.

제 자신이 누트카 해협*이나 미국 북서부 해안의 어떤 섬에 와 있다는 착각이 들 정도입니다. 우리 배가 들어선 곳은 바위들 사이로 난 좁은 통로였는데, 여기 숙소에서 보면 상상 이상으로 낭만적이에요. 문에 매달아 말리고 있는 물개 가죽들도 환상적인 분위기를 더해줍니다.

이 섬은 그야말로 세상의 외딴 곳입니다. 그러나 여기 숙소의 청결함과 안락함을 본다면 여러분도 깜짝 놀랄 거예요. 선반들은 백랍 그릇과 여왕의 도자기**로 반짝거리는데, 몇몇 은제 식기는 우아하다기보다 엄숙해 보입니다. 침구류는 새하얗고 품질도 좋습니다. 여자들은 모두 실을 만듭니다. 부엌에 베틀이 있더군요. 개인적 취향은 가구 배치에서 드러나고(모방할 만큼은 못 됩니다.), 친절은 베풀고 싶은 욕구로 드러납니다. 도시인들의 거들먹거리는 정중함과는 얼마나 다르던지요! 도시에

---

* 캐나다 서해안과 밴쿠버 섬 사이에 있는 해협으로 영국과 스페인이 소유권을 다투던 곳이었다.
** 크림색의 웨지우드 도자기를 말한다.

서는 예의 바른 척하는 인간들의 끝도 없는 격식으로 피곤하거든요.

숙소 주인은 미망인입니다. 딸이 조타수와 결혼해 소를 세 마리 키운다고 해요. 영국 마일로 2마일 떨어진 곳에 땅마지기가 조금 있는데, 겨울을 대비해 그곳에서 건초를 만들어 배에 싣고 집으로 가져온답니다. 이곳 사람들은 날씨나 다른 이유들로 항구로 들어오는 선박들로부터 돈을 버는데, 생활비가 많이 들지는 않습니다. 비치된 가구들로 보아서는 밀수가 의심됩니다. 간밤에는 허풍이라고만 여겨졌던 다른 집들의 이야기들이 지금은 믿긴답니다.

저는 우리 일행 중 한 명과 노르웨이의 법과 규제에 대해 이야기를 나눴습니다. 풍부한 상식과 가슴—네에, 따뜻한 가슴이요—을 가진 사람이에요. 감수성이 없는 가슴에 대해 이야기한 적이 있을 거예요. 두 가슴은 엄연히 다르답니다. 따뜻한 가슴은 정직한 감정, 진실한 공감에 좌우됩니다. 이런 인물들은 열정보다는 애정을 더 많이 가지고 있지요. 감수성의 원천은 더 높은 곳에 있습니다. 상상력이든, 천재성이든, 또는 뭐라고 부르든, 감수성은 아주 다른 무엇이에요. 저는 제 반 점짜리 덴마크어 중 한마디를 여러분에게 전하기 위해 이 소박하고도 훌륭한 사람들과 함께 웃고 떠들면서 그들이 받아들일 수 있는 만큼의 공감만 제 가슴으로 흘러들게 했습니다. 안녕히! 저는 이제 바위를 올라야 해요. 비가 그쳤거든요. 날아서 기쁨을 붙잡을까 합니다. 내일이면 우울이 찾아올지 모르잖아요. 이제부터 제 온 신경은 자연의 선율에 보조를 맞출 거예요. 아! 그럴 수 있는 동안에는 행복할 거예요. 생각만으로도 눈물이 솟구치네요. 이제는 사색에서 벗어나 강력한 상상력—느낄 줄 아는 가슴의 유일한 위안—으로 슬픔의 도피처를 찾겠어요. 행복의 유령들이여! 최고의 이상적 형상들이여! 나를 그대들의 마법의 원 안에 봉한 뒤 내 기억에서 연민을 가슴 아프게 만드는 실망들을 지워다오. 경험으로 약해지기보다 커지기만 하는 실망들을. 이성의 구속에서 벗어날 수 있는 면죄부를 다오.

다시 한 번 안녕히!

열한 번째 편지

·

무지의 고독 속에
머물고 싶지 않아

지난번 편지를 쓰자마자 제가 작은 안식처라고 했던 포르토르*를 떠났습니다. 바다는 거칠었어요. 우리의 조타수가 안개 낀 밤에 더 멀리까지 가지 않은 것은 옳은 판단이었어요. 우리 일행은 헬게라크에서 보트를 대여하는 데 4달러를 내자고 합의를 보았습니다. 이방인에게는 비용을 갑절로 부를 수 있어 제가 그 금액을 제안했지요. 스트롬스타에서는 보트 대여비로 15달러나 지불해야 했거든요. 출발할 준비가 되었을 때 우리의 뱃사공이 제안하길 이곳에 사는 조타수가 해안을 더 잘 알고 있으니 1달러**를 돌려받고 이 지역의 보트를 타고 가라고 하더군요. 새로운 조타수가 부른 금액은 고작 1달러 반이었고, 적정했습니다. 정중하

---

* 오늘날의 포르퇴르.
** 여기서는 네덜란드, 덴마크, 독일 등에서 사용된 은화 릭스달러를 말한다.

고 꽤 지적인 사람이었지요. 독립전쟁 기간에 미군에 몇 년간 복무를 한 적이 있다더군요.

우리를 안내하려면 노련한 뱃사람이 필요했다는 것은 이내 알 수 있었습니다. 암초를 피하기 위해 끊임없이 방향을 틀어야 했으니까요. 수면 위로 보일락 말락하는 암초들은 파도가 밀려와 부서질 때만 모습들을 드러냈습니다.

배를 타고 가는 동안 이 거친 해안의 풍경은 지속적으로 사색의 주제를 던져주었어요. 세계는 장차 발전할 것 같았고, 인간은 지구가 생산하는 것을 얻으려면 얼마나 많은 일을 해야 하는지 관찰했습니다. 저의 사색은 100만 년이나 200만 년 전으로 거슬러 올라가 세상 어디에나―네에, 이런 황량한 해안까지요, 거주해도 될 만큼 이 지구가 완벽하게 개간이 되고 사람들로 완전히 들어찰 그 순간까지 이동했어요. 상상은 더멀리 나아가, 지구가 더는 인간을 먹여살릴 수 없는 상황도 그려 보았습니다. 기근이 번지면 인간은 어디로 도망쳐야 할까요? 웃지 말아 주시기를요. 저는 아직 태어나지도 않은 후손들 때문에 정말로 괴로웠습니다. 그런 이미지에 사로잡히자 세상이 거대한 감옥처럼 보이더군요. 저는 이제 곧 작은 감옥―리소르를 달리 부를 이름이 없답니다―에 도착할 거예요. 이런 바위투성이 해안을 한 번도 본 적이 없는 사람은 이 섬의 모습을 상상하기 힘들 거예요.

섬과 섬 사이를 헤치고 가느라 상당한 시간이 걸렸는데, 당도하니 아주 높은 바위―위에서 보면 훨씬 높아 보입니다―아래 200여 채의 집이 모여 있었어요. 바스티유 감옥은 댈 것도 아니더군요! 이곳에서 태어난다는 건 자연의 바스티유에 감금되는 것이었어요. 지성의 문을 열거나 마음을 넓혀줄 모든 것에서 차단된 감옥이요. 다닥다닥 붙어 있는 집들 중 바다를 바라보는 집은 많아야 4분의 1 정도였습니다. 집과 집 사이에는 널빤지를 깔아 길을 냈고, 집안으로 들어가려면 사다리 같은 계단을 올라가야 했습니다.

부락으로 이어지는 길은 절벽들 맞은편에 난 도로뿐입니다. 바위들 주위에 흙이 조금 있지만 그마저도 이미 작고한 주민이 가져온 거라고 하니, 이곳이 얼마나 척박한지 짐작하겠지요. 말 한 마리도 지나다니기 힘든 오솔길은 서쪽으로 훨씬 멀리 있는 아렌달로 이어집니다.

저는 산책로를 물어보았어요. 어떤 바위를 돌아 200개 가까운 계단을 올라 바다를 내려다보며 약 100야드를 오르락내리락한 뒤 계단을 이용해 내리막을 재빨리 내려갔습니다. 대양과 이 거대한 방어벽들이 사방에서 저를 에워쌌습니다. 저는 감금을 당한 것만 같아, 날개가 돋아나 훨씬 더 높은 절벽들 위로, 너무 미끄러워 한 발짝도 디디기 힘든 절벽들 위로 날아오르고 싶었어요. 그러나 날아오른들 무엇을 볼 수 있을까요? 미소 짓는 자연도 아닐 테고, 아픈 광경을 없애주거나 명상의 대상을 바꾸어줄 선명한 초록 물결도 아닐 테고, 그저 끝도 없이 펼쳐진 물의 황야뿐이지 않겠어요.

여기만큼 깨끗한 대기는 어디서도 볼 수 없겠지만 저는 좀 숨이 막혔습니다. 혼자 어슬렁거릴 때는 고독이 쓸모가 있더군요. 이곳의 새로운 풍경이 놀라운 속도로 이런저런 연상을 불러일으키며 여러 생각을 머릿속에 집어넣었거든요. 그러나 현실을 받아들여야 한다고, 무지의 고독 속에 머물다 결국에는 거의 아무것도 보지 못한 채 이 세계를 떠나야 한다고 생각하니 오싹했어요. 이곳 주민들이 이 바위섬만큼 삭막하지는 않다 해도 그만큼 미개하기 때문이에요.

밀수가 수익의 토대가 되는 부정 거래 외에 다른 일거리가 없는 곳에서는, 정직이라는 정련되기 힘든 감정은 쉬이 무뎌지고 맙니다. 제가 일반화로 단정을 짓는 것 같나요. 자연과 환경이 열악해도 기품을 잃지 않는 예외가 있기 마련이라 생각하나요. 그런 예외는 정말로 칭찬할 만하지요. 왜냐하면 속임수는 관대함이라는 마음의 정수를 말려버릴 만큼 전염성이 강한 정신질환이니까요. 사실 이 섬, 더 정확히 말해 절벽들로 둘러싸인 이곳에는 온화한 느낌을 주는 것이 전혀 없답니다. 이제야 생각해보니, 제가 지금껏 만난 온화하고 인간적인 인물들은 평온한 시골 풍경이 불러일으키는 정서에 민감했던 것 같습니다. 그런데 모든 것을 닫아 건 채, 창문도 거의 열지 않습니다, 담배를 피우고 브랜디를 마시고 흥정을 붙이는 이 존재들을 인간답게 만드는 것은 무엇일까요? 저는 이 흡연가들의 틈에서 숨이 막혀 죽을 뻔했답니다. 이들은 아침부터 잠자리에 들 때까지 파이프를 손에서 놓지를 않습니다. 저녁 무렵 이런 남자들이 득실거리는 방들보다 더 역겨운 것이 또 있을까요. 입김과 치아와 의복과 세간까지, 모든 게 엉망입니다. 여자들이 그다지 예민하지 않거나, 남편이라는 이유로 남편을 사랑하기만 한다면야 다행이고요. 세상의 이 작은 마을에만 국한된 얘기도 아니라며, 여러분이 거들고 나설지도 모르겠네요. 우리끼리 하는 얘기지만, 저도 같은 생각이랍니다. 그들은 이해하지 못할 테니 이런 빈정거림을 짓궂다고 하지 말아주세요.

글을 쓰겠다는 결심이 없었다면 이런 곳에, 그것도 사나흘이나 감금돼 있는 시간이 정말로 따분했을 겁니다. 책도 가져오지 않았거든요. 기와들과 그 위로 돌출한 바위들을 보면서 작은 방을 왔다갔다하노라면 금세 지루해집니다. 200개나 되는 계단을 오르고 100야드씩 걷는 산책을 하루에 몇 번이고 할 수는 없잖아요. 게다가 태양열에 데워진 바위들은 참을 수 없이 뜨겁답니다. 그럼에도 저는 아주 건강해요. 비록 여기 사람들이 저로서는 역겨운 돈을 대한 추악한 사랑으로 타락하여 좀 약삭빠르기는 하지만요, 다른 곳과 비교를 해보면 이해심이 발동하면서 마음이 평온해진답니다.

부(富)는 어디서나 지나친 대우를 받지만 이곳에서는 유독 더 그렇습니다. 밭을 일구는 쟁기질 대신 암초와 파도를 헤치는 고기잡이로 오직 부만을 추구하지요. 그러나 이런 곳에 갇혀 산다면 재물이 많은 것이 무슨 소용일까, 라고 제 자신에게 묻곤 했습니다. 기껏해야 곤경에 처한 몇 사람을 구해주고, 그들을 놀고 먹게도 해줄 수 있겠지만, 나머지 인생은 공허할 겁니다.

이번 여행으로 시골 마을만큼 성미에 맞지 않고 개발이 뒤처진 곳도 없다는 제 생각이 더욱 굳어졌습니다. 저는 도시와 시골을 오가며 살고 싶습니다. 외딴 집에서 농사 짓고 식물을 키우면서 살면 제 정신은 고독한 명상을 통해 강해질 거예요. 대도시에서는 녹슨 사고를 벗겨내고 자연을 관조함으로써 얻게 된 심미안을 연마할 수 있겠지요. 우리는 인생이라는 강물을 따라 유유히 흐르기를 바라지만, 지적 욕구를 충족시키는 데 더 큰 역할을 하는 것은 잘 짜인 계획이 아니고 우연이랍니다. 어떤 욕구에서 발생하는 일말의 노력은 다소 성가시지만 우리 모두가 지식을 얻기 위해 치러야 하는 대가일지도 모릅니다. 누군가에게 고용되어 일해본 적이 없는 작가들이나 예술가들 중에 명성의 고지에 도달한 이가 과연 몇이나 있을까요?

어제는 사업상 휴식이 끊겼는데, 영국 부영사가 저녁 식사에 초대를 했기 때문이었어요. 부영사의 집은 바다를 향해 열려 있었고, 저는 마음의 문을 조금 더 열었습니다. 술잔이 지나치게 오고 갔지만, 식탁의 환대는 만족스러웠지요. 이 사람들의 접대 태도는 제가 교육을 받지 못한 사람들, 돈은 많지만 지혜는 모자란, 다시 말해 자신들이 무엇을 해야 할지 모르는 사람들 속에 있었을 때 자주 언급한 태도와 비슷했답니다. 여자들은 가식도 없었지만 튄스베르에서 종종 눈에 띄던 자연스러운 기품도 없었어요. 여자들의 의상은 현저히 달랐습니다. 이곳 여인들은 영국의 헐이나 포츠머스 선원들의 아내들처럼 화려한 옷과 보석으로 치장을 했더군요. 취향이라고 해야 부를 여봐란듯이 과시하는 수준에 그쳤지요. 그러나 반세기가 흐르고 나면 이곳에서도 제가 믿는 진보의 첫걸음을 내딛게 될 거라는 예감이 들었어요. 세상의 문명을 따라잡으려고 서두를 필요는 없답니다. 태도가 개선이 되면 도덕적 감정도 섬세해질 것입니다. 최근에 아주 유용한 독일 서적들이 출간되어 이들도 번역본을 읽기 시작한다는군요. 저희 일행 중 한 명이 프랑스에 대항해 힘을 합친 권력들을 조롱하며 노래를 불렀습니다. 손님들은 폴란드를 분할한 사람들을 저주하며 잔을 들었어요.

지극히 고요하고 아름다운 밤이었어요. 바깥 공기를 마시고 싶은데 산책은 할 수가 없어 저는 배를 부탁했습니다.

마을의 풍경은 더없이 근사했어요. 뒤로는 거대한 바위산이 우뚝 서 있고, 양 옆으론 광대한 절벽이 반원을 그리며 이어져 있었어요. 바위들 사이사이 후미진 곳에는 소나무 숲이 있고, 소나무들 가운데는 첨탑 하나가 그림처럼 솟아 있었지요

교회 묘지는 이 마을의 거의 유일한 녹지대입니다. 이곳에서는 실제로, 인정이 무덤을 넘어 뻗어나갑니다. 흙 묻은 잔디를 주는 것이 호의를 베푸는 거라서요. 선택의 여지만 있었다면 저는 바위 동굴들 중에서 한 곳을 골라 잠을 청했을 거예요. 지난밤 험준한 바위들을 오를 때 아름답기 그지없는 메아리를 들어서였던지 동굴들이 더욱 친숙하게 느껴졌거든요. 우리에겐 프렌치호른이 있었습니다. 저를 셰익스피어의 마법의 섬*으로 데려간 메아리의 끝에는 매혹적인 황야가 있었어요. 눈에 보이지 않는 정령들이 나타나 제 영혼에 평화를 주기 위해 절벽에서 절벽으로 날아다니는 것만 같았지요.

---

* 셰익스피어의 『템페스트』에 등장하는 프로스페로의 섬.

저녁 식사 때문에 마지못해 숙소로 돌아와 따뜻한 방에 틀어박혔는데, 거대한 절벽들이 잠잠해지는 파도 위로 긴 그림자를 드리웠습니다. 창가에 서서 그 모습을 보노라니 웅성대는 소리가 응접실을 가득 채우더군요. 이따금 외로운 노가 물을 때리는 소리가 풍경에 장엄함을 더해 주었습니다.

이곳에 오지 않았다면 단순한 사물이, 그러니까 바위들이 이렇게나 흥미로운—항상 웅장하고 종종 숭고하기까지 한—조합을 연출할 수 있으리라고는 상상할 수 없었을 거예요.

잘 자요! 신의 축복이 함께하기를!

.

세상을 홀로 떠돌아다닐 운명

그제 이스트리소르를 떠났습니다. 날씨가 참 좋았어요. 그러나 바람이 불지 않아 무려 열네 시간 가까이 물 위를 떠다녔는데도 항해한 거리가 고작 26마일이더군요.

헬게로아에 상륙했을 때 일종의 해방감을 느꼈습니다. 절벽들에 둘러싸여 있는 동안 감옥에 갇힌 기분이 들었던 탓에 약속의 땅을 밟기라도 한듯 환호가 터져 나왔지요. 이곳이 자유로운 땅으로 보여, 그런 대조 때문에 신선한 광채로 반짝거렸습니다. 여기서는 육로 여행도 가능했어요. 육로 여행의 편안함을 전에는 몰랐습니다. 햇빛이 물 위에서 반짝거리던 모습에 피로해져 있던 제 두 눈은 이제야 드넓은 초록 들판을 보며 흡족한 휴식을 취할 수 있었습니다. 푸른 초원이 지금처럼 눈을 즐겁게 해준 적도 없을 거예요.

저는 퇸스베르로 돌아가야 해서 일찍 일어났습니다. 이 마을은 여전히 즐거운 얼굴을 하고 있었고, 제 영혼은 이곳의 매력을 잘 알았어요. 세상에서 가장 우뚝 솟은 낭만적인 절벽들을 떠나온 우리는 천국 같은 풍경을 지나치며 튄스베르까지 거의 쉴 새 없이 내리막을 달렸습니다. 바다와 산과 강과 숲은 끝도 없이 다채로운 경치를 선사했지요. 소작농들은 여전히 건초를 집으로 나르고 있더군요. 도로변 오두막들은 아주 안락해 보였어요. 평화와 풍족—물질적인 풍요가 아니에요—이 가득해 보였지만, 저는 지난번 묵었던 숙소에 가까워질수록 슬퍼졌습니다. 해가 중천에 떠 있는 것이 싫었어요. 대낮이라니요. 튄스베르는 고향집과도 같은 곳이지만 기뻐서 눈을 반짝거리며 들어가지는 못하겠더군요. 저는 제 방의 적막이 무서웠어요. 어서 밤이 와서 흐르는 눈물을 감추거나 베개 위로 흘려보내고, 홀로 떠돌아다닐 운명을 진 세상에서 두 눈을 감고만 싶었습니다. 자연은 그토록 많은 매력—섬세한 감성을 불러내 소중하게 간직하게 만드는 매력—을 지니고서도 왜 결국에는 그런 감성을 품은 가슴을 아프게 하는 걸까요? 아마 대부분이 그렇겠지만, 미덕과 원칙에 근거해 행복을 계획하는 것은 얼마나 부질없나요? 그런 것이 반문명화된 사회에서 어떤 불행의 입구를 열어놓던가요? 약한 마음이 핑곗거리를 계속 찾아댈 때는 아무리 강직한 노력으로 만족을 구해도 상처 입은 가슴이 진정되지 않습니다. 자화자찬도 철저히 고독한 감정이라, 기대를 저버린 애정을 대신해주지 않습니다. 오히려 기쁨은 추방하고 고통은 차단하지 않는 우울을 세상 모든 것에 드리우지요. 저는 논리적으로 생각하고 또 생각했어요. 그러나 가슴이 터질 것만 같아 방안에 가만 있을 수가 없었지요. 그래서 녹초가 될 때까지, 그리하여 휴식을, 더 정확하게는 망각을 얻을 때까지 걷고 또 걸었답니다.

이날은 일 때문에 우울을 잊을 수 있었어요. 다음날은 스트룀스타로 가는 길에 모스*로 출발했습니다. 예테보리에 도착하면 패니를 안아줄 생각이에요. 이번에도 엄마를 못 알아본다면—그러면 마음이 아프겠죠. 얼마나 유치한 감정인지! 그렇지만 자연스러운 감정인 걸요. 일에 매여 있는 동안에는 맹목적 애정의 "삐삐이 밀려오는 공포"**에 빠지지 않을 수 있답니다. 그러나 초원에서 송아지가 뛰어다니는 모습만 보아도 제 어린 장난꾸러기가 생각났어요. 일개 송아지라고, 여러분은 말하겠죠. 맞아요, 하지만 제가 가진 싱싱한 송아지랍니다.

글이 차분하게 써지질 않네요. 자꾸만 공상에 빠져들고 심장이 팔딱거리는데, 이유를 모르겠어요. 바보 같죠! 쉬어야 할 시간인가 봅니다.

우정과 가정의 행복은 끊임없이 칭송 받는 덕목입니다. 그러나 어느 쪽이든 세상에서 보기란 힘듭니다. 애정이 잠들지 않게 하려면, 우리 자신의 마음 속에서라도, 보통 사람들이 생각하는 이상으로 마음의 수양이 필요하기 때문이지요. 게다가 자신의 진짜 모습을 보이고 싶어하는 사람은 거의 없습니다. 어느 정도의 단순함과 허심탄회함은 무관심한 사람들에게는 약점에 가까워 보이지만 사랑이나 우정의 매력적 요소,

---

* 노르웨이 오슬로피오르 동쪽에 자리한 중요한 산업 도시.

** 셰익스피어 『맥베스』 5막 3장 38절. 레이디 맥베스의 망상을 묘사한 표현이다.

나아가 어린 시절의 온갖 황홀한 은총을 되살리는 본질입니다. 그래서 저는 제 심미안에 영향을 미치는 대상들로 서로에게 애정을 품은 사람들을 보는 것이 좋습니다. 그들의 얼굴 표정은 저를 감동시키고 제 심상에 지워지지 않는 모습으로 남습니다. 그러나 점점 진부해지는 침체된 연민을 깨우려면 새로운 열정이 필요합니다. 심미안이 부족하여 끊임없이 동물적 감각에 의지해 쾌락을 추구하는 사람들을 기쁘게 하려면 좋게 말해 예의라고 하는, 꾸며낸 행동이 필요한 것처럼요. 동물적 감각은 상상력으로 지탱이 되지 않아 다른 정서들보다 쉬이 소진됩니다. 우정은 일반적으로 시작될 때 진지하며, 지탱해주는 무엇이 있으면 지속됩니다. 그 무엇이 보통은 새로움과 허영심이 적절히 섞여 있는 것인데, 지지물이 약하면 당연히 무너지겠지요. 한 희극 작품 속 멋쟁이는 자신이 아첨하려고 했던 대상에게 생각 이상의 과찬을 하게 됩니다. "저는 당신이 새로 알게 된 사람처럼 좋습니다"*라고요. 그런데 제가 왜 기러기를 쫓는 것마냥 우정에 대해 이런 부질없는 이야기를 하고 있을까요? 저는 그저 이곳의 철새는 기러기들만이 아니라 까마귀도 있다고 알려주려 했을 뿐이랍니다.

---

* 　영국 왕정복고기의 기교적 희극작가 윌리엄 워철리의 『시골아낙네』에서 인용한 문구이다.

열세 번째 편지

·

풍경에 풍요를 더해주는 것들

어제, 그러니까 8월 22일에 퇸스베르를 떠났습니다. 모스까지는 12마일인가 13마일밖에 되지 않아요. 노르웨이는 자연 그대로의 야생 지대가 대부분이었는데, 지금 지나치는 곳은 야생의 맛이 덜했습니다. 대개가 아름다웠지만 웅장한 광경, 그러니까 마음을 달래기보다 벅차게 하는 광경은 좀처럼 보이지 않더군요.

우리가 초원을 따라 미끄러지듯 달리고 숲을 통과하는 동안 햇살이 우리 주위를 따라다녔습니다. 경치의 매력을 더해주는 성들은 없었지만 제가 동일 면적 대비, 심지어 영국 최고의 경작지에서 보았던 농장들보다 더 많은 안락한 농장들이 눈에 띄더군요. 농장들 가운데 산재해 있는 인부들의 오두막들은 적어도 겉모습에선 가난이라면 연상되는 이런저런 우울한 생각을 몰아냈습니다.

아직까지 건초를 들이고 있더군요. 노르웨이에서는 수확기가 꼬리에 꼬리를 물고 이어지기 때문이에요. 숲은 군데군데 끼어 있는 관목들로 더욱 다채로웠습니다. 야생의 장엄한 풍채로 줄줄이 서 있는 거대한 소나무 숲은 이제 등장하지 않았습니다. 세월 따라 서서히 쇠퇴하거나 자연의 힘에 점점 황폐화되는 소나무 숲들 말이에요. 그 대신, 오크나무, 물푸레나무, 너도밤나무 그리고 온갖 밝고 우아한 거주자들로 여기 숲은 참으로 무성했습니다. 태어나 이렇게 많은 오크나무를 보기는 처음이었어요. 제가 듣기로, 대부분의 오크 판자가 서쪽 지역에서 생산된다고 합니다.

프랑스에서는 농부들이 대개 부락에 사는데, 국가 차원에서 보면 큰 손해입니다. 반면에 자기 소유의 농장이 있거나 평생 소작을 할 수 있는 노르웨이 농부들은 농장 한가운데 거주합니다. 인부들의 경우에는 주거지를 무상으로 사용하고 오두막에 딸린 작은 땅을 정원으로 꾸미거나 고랑을 내어 호밀, 귀리, 메밀, 삼베, 아마, 콩, 감자, 건초 같은 여러 작물을 재배할 수 있습니다. 가족이 하나의 독립된 공동체로 존재할 때 이방인에게 문화에 첫발을 들인다는 느낌이 들게 하지요.

오두막에 사는 인부들은 땅주인인 농민들을 위해 일정한 보수, 하루에 10펜스를 받고 일합니다. 그들만의 땅을 일구고 겨울을 나기 위해 생선을 저장해둘 여유 시간이 있어요. 아내들과 딸들은 실을 잣고 남편들과 아들들은 바구니를 엮어 만듭니다. 그런 덕에 커피며, 브랜디며 다른 사치품들을 살 만한 돈이 수중에 있어 이들은 상당히 독립적이라고 할 수 있습니다.

제 마음에 들지 않는 유일한 한 가지는 병역이었습니다. 병역은 제가 상상한 이상으로 여기 사람들을 구속합니다. 민병대 소집은 일 년에 한 번뿐이지만 전쟁이 터지면 가족을 두고 전쟁터로 가는 수밖에 없습니다. 광부들은 병역이 면제되지만 제조업자들은 면제를 받지 못합니다. 초기 자본이 드는 사업들을 장려하기 위해서지요. 더욱 폭압적으로 보이는 것은 어떤 지역의 주민들은 육군에, 어떤 지역의 주민들은 해군에 배정된다는 사실입니다. 따라서 육군으로 태어난 소작농은 자신의 성향이 선원을 꿈꾼다—항구가 이렇게 많은 곳에서는 자연스러운 욕구—고 해도 그 성향을 따를 수가 없습니다.

이런 규제들 속에서 전제 정부가 탄생합니다. 덴마크의 왕은 유럽 최고의 절대 군주지요. 전제 정부는 다른 측면에서 법을 무용지물화 하는 관대한 조치로 실제 모습을 감추기도 합니다. 낡은 관습을 바꾸고자 할 때는 전국의 의견을 듣고 신중하게 고려할 필요가 있습니다. 저는 시행이 되거나 도움이 되는 방향으로 대체되어야 할 법들이 폭압적으로 보일 수 있다는 우려에 폐기되는 경우를 몇 번 목격했습니다. 소심함에 가까운 이런 잘못된 절제는 그 민족의 가장 부끄러운 속성을 장려하는 것입니다.

가는 길에 좋은 목사관들이며 교구 서기를 위한 토지가 딸린 편안한 거처들을 보았습니다. 교구 서기는 어느 나라에서나 중요한 인물이지요. 알팍한 지식을 뽐내고 적당한 별칭을 쓰고 교구 목사의 영향으로 딱딱한 예의범절을 자랑하죠. 하지만 그들 사이에서 통용되는 노예근성이 남들 눈에는 기이해 보인답니다.

목사의 미망인은 남편이 재임 기간에 사망하면 12개월 동안 생계 지원을 받을 수 있습니다.

선착장에 도착하니 모스로 넘어가는 길은 대략 6마일에서 8마일이더군요. 노르웨이에 와서 처음으로 평평한 해안을 보게 되었습니다. 해안지대에 도착하자 주위 풍경이 저를 맞이할 준비라도 한듯 바뀌기 시작했지요. 자연의 웅장한 특색이 점점 왜소해지면서 귀여운 면모를 띠었습니다. 바위들은 크기가 점점 작아져 해안가에 이르러서는 수풀에 아름답게 뒤덮였지요. 작은 예술의 등장이었어요. 숭고함이 여기저기서 우아함에 자리를 내주었습니다. 도로는 종종 유원지에 까는 자갈길 같았는데, 반면에 나무들은 장식이 필요해 보였습니다. 잔디밭 같은 목초지가 끝없는 다채로움으로 자연의 무심한 매력을 발산하더군요. 익어가는 옥수수는 다른 작물들과 마찬가지로 풍경에 풍요를 더해주었어요.

이렇게나 아름다운 남쪽 하늘, 이렇게나 부드러운 미풍이 세상 어디에 또 있을까요. 저는 세계에서 가장 달콤한 여름은 북부의 여름이라는 결론에 이르게 되었어요. 땅이 얼음 족쇄에서 풀려나고 갇혀 있던 개울이 본래의 활동성을 되찾자마자 식물들이 쑥쑥 자라고 무성해집니다. 기후와 관련된 행복은 제가 상상한 이상으로 평등한 것 같습니다. 저로서는 생각만으로도 몸서리가 쳐지는데, 여기 주민들은 겨울의 즐거움을 흥분해서 이야기하거든요. 이 계절의 유회만이 아니라 사업을 위해 모이는 단체들도 있더군요. 그들은 놀라운 속도로 산울타리와 도랑을 건너면서 가장 빠른 길로 다닌답니다.

모스에 들어서자마자 저는 산업의 결과물 같은 활기에 놀랐습니다. 가장 부유한 주민들은 가게를 운영하는데, 그들의 태도며 집들의 배치까지 요크셔의 상인들을 닮았더군요. 그들 자신이 이곳의 첫 정착민이라고 느껴서인지 더 독립적이라는, 좀더 정확히 말하면 더 중요하다는 분위기를 풍겼어요. 자산가에다 사업가인 크리스티아니아의 안케르 씨가 소유한 철공소는 둘러볼 시간이 없더군요. 저는 라르비크에서 철공소를 둘러본 터라 그다지 보고 싶지는 않았어요.

모스에서 저는 지적인 문인을 만났습니다. 그는 프랑스의 과거와 현재 상황과 관련해 제게서 정보를 듣고 싶어했어요. 영국의 신문들뿐 아니라 코펜하겐에서 발행되는 신문들도 프랑스의 잔혹 행위와 곤경을 과대 포장해서 기사화합니다. 그러나 코펜하겐의 신문들에는 분명한 논평이나 추론이 없습니다. 노르웨이 사람들은 영국인들의 언어를 쓰고 관습까지 모방하면서 영국과 더 긴밀한데도 프랑스 공화당의 대의를 지지하고 프랑스군의 성공을 누구보다 흥미롭게 지켜봅니다. 사실 노르웨이 사람들이 폭군의 항변 필요성을 인정함으로써 자유의 투쟁에 먹칠을 하며 얼마나 단호하게 모든 걸 변명하려 드는지, 그런 탓에 로베스피에르가 괴물이라고 설득하기가 어려웠답니다.

이 주제에 대한 토론은 영국만큼 보편적이지 않고 성직자와 의사, 문학적 견해와 여가를 가진 일부 사람들에 국한돼 있어요. 선주, 점주, 농부 등 다양한 직종의 대다수 주민들에게는 자국에 일자리가 충분하니다. 부자를 꿈꾸는 야망이 상식을 쌓게 만드는 것 같고, 그 상식이 그들의 마음과 사고를 결정 짓고 편협하게 만듭니다. 그들의 마음은 가족에만 국한한 채 하녀들을 이익의 대상까진 아니어도 오락의 대상으로 분류합니다. 그들의 사고는 흥정이라는 고상한 과학—다시 말해 가장 싸게 사서 가장 비싸게 파는 것—을 포함해 일꾼들을 감시의 대상으로만 가둬놓습니다. 저는 과학자들과 예술가들과의 교류야말로 취향을 확산시키고 지성의 자유를 준다고 그 어느 때보다 확신합니다. 그런 교류가 없었다면 저 또한 그처럼 자애로운 사람들을 그렇게 많이 만나지 못했을 겁니다.

노르웨이에서는 좀도둑질이나 절도가 많지는 않다고 합니다. 그러나 여기 사람들은 훔치지 않고서는 그만큼 싸게 팔 수 없을 물건들을 양심의 가책과 함께 삽니다. 저는 부랑자들을 찾아내 그들의 물건을 구매한 적이 있다는 덕망가들 이야기도 듣게 되었어요. 이 세상에 존재하는 미덕들 가운데 세상에 알려지는 것은 얼마나 될까요! 자존심에 좌우되는 미덕은 얼마나 적을까요? 너무 적어서 오래된 이 질문을 되풀이하고 싶을 정도예요. '진실, 아니 더 정확히 말해 원칙은 어디서 찾을 수 있을까?' 어쩌면 이것은 불편한 마음의 발산일지도, 광기에 가까운 상처 입은 감정의 토로일지도 모르겠어요. 이런 얘긴 이쯤에서 그만하지요. 또 다른 세상—진실과 정의가 지배할 세상—에서 논하게 될 주제일 테니까요. 우리를 인간 본성과 다투게 만드는 상처들은 얼마나 잔인한가요! 지금은 캄캄한 우울이 제 걸음걸이마다 서성거립니다. 그리고 희망이 더는 금빛으로 반짝이지 않는 미래 위로 슬픔이 버짐처럼 번집니다.

아침에 비가 내려 그림 같은 시골 풍경이 선사해주었을 기쁨은 만끽하지 못했어요. 이 도로는 제가 노르웨이에 와서 곧잘 보았던 곳들보다 경작지 면적이 넓은 지역을 관통하는데도 야생의 매력을 오롯이 간직하고 있었어요. 암벽들은 여전히 골짜기를 둘러싸고 있고, 골짜기의 잿빛 사면은 신록을 더욱 푸르게 보이게 했습니다. 호수는 바다의 지류처럼 보였고, 바다의 지류는 잔잔한 호수 같았어요. 반면에 개울은 자갈들과 굴러 들어온 깨진 돌덩이들 사이로 졸졸졸 흘렀습니다. 뿌리들이 드러나 있는 나무들 쪽으로 기이하게 방향을 틀면서 말이지요.

소나무의 지반이 약해지는 건 사실 놀라운 일이 아니랍니다. 소나무는 지표면 바로 위에서 수평 방향으로 수염뿌리를 뻗어나가는데, 험준한 바위에 들러붙어 있는 것들을 덮을 정도로만 뻗어나가지요. 이런 소나무들이 쑥쑥 자라는 모습을 보면 나무와 식물의 주된 영양분은 공기라는 사실을 믿어 의심치 않게 됩니다. 흙속으로 뿌리를 더 깊이 내려야 하는 전나무는 불모의 낭떠러지에서 이만큼 건강한 모습을, 또한 이처럼 많은 수를 보기 힘듭니다. 전나무들은 바위틈이나, 소나무들이 수십 년을 돌고돌아 발판을 마련해놓은 곳에 자리를 잡습니다.

약간 구름 낀 날씨가 지속됐지만 크리스티아니아에 가까워지자, 더 엄밀히 말해 내려가자 소나무에 뒤덮인 산들이 웅장한 원형 경기장처럼 비호하듯 서 있고 드넓은 계곡이 물결치듯 길게 펼쳐진 풍경이 제 눈을 사로잡았습니다. 듬성듬성 들어선 농가들은 본래의 야생성을 간직하고 있는 풍경에 생기를, 아니 그보다 기품을 더했지요. 예술성은 있기는 하나 야생성에 가려 잘 보이지 않았습니다. 손질이 잘 된 목초지에서는 소들이 풀을 뜯고 있었어요. 완만하게 솟은 목초지의 싱그런 풀빛은 익어가는 옥수수와 호밀과 대비를 이뤘지요. 비탈에서 자라는 옥수수는 온화한 기후에서 볼 수 있는 풍성함, 활짝 핀 꽃 같은 풍성함이 없었습니다. 상쾌한 미풍이 늘씬한 줄기들을 가르며 옥수수밭을 흔들어댔습니다. 반면에 밀은 식물들의 왕으로 추대되기라도 한듯 예의 그 무심한 위엄으로 머리를 까딱하지도 않았어요.

산 아래쪽으로 내려가자 명반*을 만들기 위해 바위들을 훼손해놓아 왼쪽으로 보이는 풍경이 못쓰게 되었더군요. 전후 사정은 모르겠지만, 불에 태웠던지 바위들이 붉게 보였습니다. 이런 사업은 많은 쓰레기를 남겨 인간 산업의 이미지를 파괴의 형태로 소개하게 만든다는 사실이 안타까웠어요. 크리스티아니아의 환경은 진기하게 훌륭하답니다. 바다의 폭풍으로부터 이보다 안전한 곳이 있을까 하는 생각이 들게 하는 만(灣)이지요. 만을 둘러싼 풍경은 아름답고 장엄하기까지 합니다. 그러나 바위투성이 산들도, 산들을 장식하는 숲도 제가 서쪽으로 향할 때 보았던 숭고한 경치와는 비교가 되지 않았어요. "만년설로 뒤덮인" 언덕들은 콕스(Mr. Coxe)**의 묘사 때문에 찾아보았지만 이미 지나온 뒤였어요.

---

* 황산알루뮴칼륨을 말한다. 명반은 석탄으로 명반석을 가열하고 공기 중에 노출시킨 후 뜨거운 물로 응고되는 결정을 석출해서 만든다.
** 18세기 영국 역사가이자 성직자인 윌리엄 콕스(William Coxe)를 말한다. 울스턴크래프

그러니까 이 웅장한 배경을 두리번거린 것이 헛일이었던 거지요.

몇 달 전 크리스티아니아의 주민들은 식량 부족과 그에 따른 곡물가 인상에 격분해 들고 일어났어요. 직접적인 원인은 모스로 보낸다고 알려진 곡물 출하였어요. 그러나 주민들은 곡물을 나라 밖으로 빼돌리기 위한 구실일 뿐이라고 의심했지요. 주민들의 추측이 틀렸는지는 저도 잘 모르겠어요. 그러는 게 장사의 요령이잖아요! 주민들은 선주인 안케르에게 돌을 던졌어요. 그가 주민들의 분노를 피해 마을을 빠져나갔기 때문이었지요. 사람들이 그자의 집앞에 모였습니다. 이후 주민들은 그 소동으로 잡혀들어간 사람들의 석방을 강력하게 요구했고, 대집정관(Grand Bailiff)은 더 이상의 논쟁 없이 그들을 풀어주는 것이 현명한 처사라고 생각했답니다.

제가 상업에 지나치게 비판적인 것 같군요. 그러나 현재와 같은 방식이라면 인간애와 정직함이라는 신성 불가침의 원칙을 무너뜨리는 활동을 지지한들 무슨 발전이 있을까요. 투기란 일반적으로 수완으로 횡재를 얻는 일종의 도박―저는 사기라고 하고 싶지만―이 아니고 무엇인가요? 제가 이런 생각에 이르게 된 것은 평균적인 정직도 지켜지지 않은 이 전쟁통에 훌륭하다고 잘못 알려진 상인들과 자산가들이 속임수를 썼다는 얘길 들었을 때였습니다. 그들은 하자가 있는 물자와 식량을

트는 여행을 떠나기 전 콕스가 쓴 북유럽 여행기 『항해와 여행(Voyages and Travels)』(1784)을 읽었다.

영국인의 손에 넘긴다는 분명한 목적으로 배에 실었습니다. 영국인들은 자신들이 강탈한 화물들에 대해 중립국들에게 상환을 하겠다고 약속을 했었지요. 조작이 불편해 반송된 대포까지 투기에 좋다고 배에 실었습니다. 그 배의 선장은 영국 함대를 만날 때까지 항해를 계속하라는 명령을 받았어요. 많은 개인이 배를 압수당했을 겁니다. 저는 상인들 스스로 배가 나포되는 짓을 했다는 혐의에 영국 정부가 상당히 개입되어 있다고 믿습니다. 이런 비난이 덴마크인들한테만 해당되진 않아요. 잠깐만요! 날씨가 좋아져서 밖으로 나가 마을을 둘러보아야겠어요.

크리스티아니아에서도 전과 같은 환영을 받았습니다. 세상 그 어느곳보다 진일보한 예의라고 할 만한 환영이었지요. 도착한 첫날 저녁에는 이 지역의 최상류층 사람들과 저녁 식사를 했습니다. 영국 귀부인들의 모임에 참석해 있다는 착각이 들 만큼 그들의 태도며, 드레스, 심지어 미모까지 영국 귀부인들을 닮았더군요. 이 시골아낙네들 중 가장 아름다운 여인은 대집정관 부인이라고 해도 손색이 없었을 거예요.* 예쁜 숙녀들이 더러 있었지만, 이 여인의 미모가 모두를 능가하더군요. 더욱 흥미로웠던 것은 이 여인이 상류층 사람들의 느긋한 예의를 익히면서도 노르웨이인의 소박함을 잃지 않는 모습을 관찰하는 것이었답니다. 사실 그녀의 응대에는 뭐라 말할 수 없이 매력적인, 우아한 수줍음이 있었습니다. 이 점이 제게는 놀라웠는데, 그녀의 남편이 앙시앵 레짐** 때

---

* 노르웨이에서 덴마크 왕실은 네 명의 대집정관으로 대표된다.

잘나가는 프랑스인, 더 정확히 말하면 어느 나라에나 있는 부류의 인간인 조신(朝臣)이었기 때문이에요.

이 나라에서 저는 전제주의의 숨은 발톱을 보았습니다. 노르웨이에는 식민지 총독이 없다고 자랑했지만, 이들 대집정관들, 특히 크리스티아니아에 거주하는 오만한 집정관이 그런 부류의 정치 괴물들이랍니다. 여느 궁정 못지 않게 코펜하겐에도 관계와 연줄을 이용하는 가난한 아첨꾼들이 있지요. 노르웨이인들의 처지는 아일랜드인들만큼 비참하진 않지만, 지배 국가의 이익을 위해 몇 가지 당연한 혜택을 박탈당한다는 점에서 대리 정부라 볼 수 있습니다.

대집정관들은 대개가 코펜하겐 출신의 귀족들이고, 보통 사람들이 그런 상황에서 으레 할 만한 행동을 합니다. 그러니까 치안판사의 독립성과 맞지 않게 궁중 퍼레이드를 흉내 내지요. 게다가 이들에게는 지역 재판관들을 통제할 힘도 있는데, 사법권을 가부장의 권한처럼 행사하는 재판관들의 경우에는 이 점을 무척 싫어합니다. 독자 여러분, 이유는 잘 모르겠지만, 이 도시에서는 생각에 잠기면 침울함, 더 정확하게는 지루함으로 빠지는 것 같습니다. 이 나라에서 지금껏 살아 있던 상상의 불이 인류의 대다수를 괴롭히는 불행을 반추하다 꺼지기 일보 직전에 이르렀습니다. 저는 날아오르지 못해 땅에서 날개를 파닥거리는 새가 된 것만 같았어요. 날개가 있다는 것은 여전히 의식하고 있어 파충류처럼

** 프랑스혁명 이전 절대왕정기의 사회체제를 말한다. 영국에서는 1794년 처음 쓰였다.

기어 다니고 싶어 하지는 않는 새가요.

저는 밖으로 나왔어요. 가슴이 답답하고 머리가 지끈거릴 때는 바깥 공기가 늘 치료약이 되어주거든요. 제 발걸음은 우연찮게도 요새로 향했습니다. 발목에 쇠사슬을 찬 채 노예처럼 일하는 사람들을 보니, 범법자들을 그렇게 다른 방식으로 대하는 것을 보니 이 사회의 법규와 어긋나게 마음이 쓰려렸습니다. 그들의 얼굴 표정에서 제 관심을 끌고 존경심까지 불러일으키는 에너지가 느껴져 더욱 그랬어요..

저는 철문 사이로 한 남자의 얼굴을 보고 싶었습니다. 정부의 세금 부과에 반기를 들도록 농민들을 선동했다는 이유로 6년째 수감되어 있는 남자를요. 그 사건에 대해 자세한 내막은 듣지 못했어요. 그러나 농민 세금과 관련된 불만이었던 만큼 전혀 근거 없는 사건은 아니었다고 봅니다. 그자는 웅변술이 뛰어났거나, 그의 입장에서 진실을 말했을 겁니다. 농민들이 그를 지지하기 위해 수백 명씩 들고일어나고 그의 투옥에 격분했다는 걸 보면요. 그자가 상고법원에 격렬한 항의서를 몇 차례나 보냈다고 하지만 평생 감옥살이를 할지 모릅니다. 재판관들이 책잡힐지 모를 선고는 꺼려하기에 그 악명 높은 법의 불확실성을 이용해 국가적 이유가 있을 때만 규제되어야 하는 판결을 오래 끌고 있기 때문이에요.

이곳에서 제가 본 대부분의 범법자들은 종신형이 아니었습니다. 하는 일은 힘들지 않습니다. 야외에서 일을 하기 때문에 몸이 감금되는 고통은 겪지 않아요. 서로 어울릴 수도, 자신들의 재주를 다른 재소자들뿐 아니라 근무병들에게도 자랑할 수 있어 이들은 출소할 즈음이면 수감

될 당시보다 더 고질적이고 숙련된 악한들이 되어 있다고 해도 무방하답니다.

이런 연상 작용이 어떻게 해서 일어났든, 어제 저녁 저를 둘러쌌던 별들과 휘장들이 제가 지금 보고 있는 족쇄들 못지않게—어쩌면 그 이상으로—당사자들에게 치욕이겠다는 생각이 들었습니다. 그 이유를 탐색해보니 족쇄들을 탄생시킨 것이 별들과 휘장들일지 모른다는 의심에 이르게 되더군요.

노르웨이인들은 궁정의 고상함과, 면책권이 따라붙는 게 아닌데도 직함을 좋아하고, 돈에 쉽게 매수됩니다. 탄광주들은 여러 특권을 갖습니다. 대개는 세금을 면제 받지요. 탄광주의 땅에서 태어난 소작농들은 백작의 땅에서 태어난 소작농들처럼 군인이나 선원의 운명을 지고 있지 않습니다.

호텐토트 사람들*이나 생각해냈을 법한 한 가지 특징, 정확히 말해 귀족계급의 사냥 기념물이 웃겼습니다. 그것은 말들 머리에 씌운 짧고 뻣뻣한 돼지 털뭉치였어요. 마구의 그 부위에 황동 방울이 매달린 채 자꾸 달랑거려 말의 눈을 피로하게 만들고 있었어요.

요새에서 숙소로 돌아오자마자 저는 도시 외곽으로 끌려가 예쁜 저택과 영국식 정원을 안내 받았습니다. 노르웨이인들한테는 이 저택과

---

* 유럽인들이 아프리카 코이코이 부족에게 붙인 이름으로 18세기 저작물에 가장 원시적이고 미개한 인류의 예로 종종 등장했다.

정원이 호기심의 대상이자, 비교를 통해 발전에 이르게 하는 쓸모의 대상이었을지 모르겠습니다. 그러나 저는 이 장소에 주변 풍경의 특색을 더해 이곳의 자연을, 다시 말해 운치를 되살려보았지요. 바위들 사이 후미진 곳에 자리한 구불구불한 산책로와 꽃이 피는 관목들은 높이 솟은 소나무들에 가려 하잘것없어 보였습니다. 키 작은 나무들이었다면 키 큰 소나무들의 비호를 받으며 풍경에 녹아들어, 우아함을 갖춘 인간의 거주지가 근처에 있다는 예술만을 보여주었을 겁니다. 그러나 정원 가꾸기의 예술은 놀라움이 아니라 흥미 유발에 있다는 사실을 식별할 만큼의 심미안을 갖춘 사람은 드물답니다.

크리스티아니아는 분명 아주 쾌적한 땅이에요. 여기까지 오는 동안 지나쳐온 풍광은 아름답고 경작이 잘 돼 있었지요. 그러나 이 도시에 들어서면서 보았던 첫 조망을 제외하곤 추억을 소환할 만큼 현저히 새롭거나 그림같이 아름다운 사물들의 조합은 좀처럼 볼 수 없었답니다.

안녕히!

만족을 얻을 최상의 방법은 무지

크리스티아니아는 깨끗하고 단정한 도시예요. 그러나 건축의 기품은 찾아볼 수 없답니다. 건축이란 한 민족의 품위 있는 관습과 보조를 맞추어야 하지요. 그러지 않으면 건물의 외부는 내부도 깎아내릴 것입니다. 보는 사람들에게는 취향은 없고 돈만 넘쳐난다는 인상을 줄 것이고요. 정방형의 커다란 목조 가옥들은 고딕 양식의 미개함을 넘어 눈살을 찌푸리게 합니다. 거대한 고딕식 기둥들은 전형적인 장엄함과 그것들이 세워진 시대 특유의 상상의 황폐함을 여지없이 보여주지요. 그러나 위엄이나 기품이 빠진 크기는 장삿속이나 갖게 할 법한 비열함, 생각의 빈곤을 보여주는 확실한 징표랍니다.

이런 생각을 전에도 한 적이 있답니다. 저의 훌륭한 벗인 프라이스 박사*의 예배당에 들어갔을 때였어요. 삶의 온갖 허영을 포기하지 않는 비국교도들이 웅장한 기둥, 그러니까 아치를 신성하게 여기지 않다니,

놀랍지 않나요. 인간은 분별력도 가지고 있으나 자신을 위로해주는 것이면 덮어놓고 믿기도 합니다. 그렇지 않고서야 아낌없는 손이 인간을 매혹하는 온갖 것을 흩뿌려놓은 세상에서 자연의 아름다움은 왜 슬퍼하는 이 마음한테까지 존재는 축복이라고 인정하게 만들겠어요? 존재가 축복이라는 인정은 우리 인간이 신에게 표할 수 있는 최고의 숭고한 경의랍니다.

편리를 논하는 건 바보 같은 짓입니다. 편리밖에 얻는 게 없다면 누가 부자가 되겠다고 일을 할까요? 인간을 근본부터 도덕적으로 만들고 싶다면 취향과 감각을 섞어 감각의 즐거움을 넓혀야 한다는 것이 제 생각입니다. 저는 이곳 북쪽 땅에 와서 낙천적인 성격의 소유자들이 청춘의 불이 꺼지면 술로 도피하는 모습을 목격하고부터 이런 생각을 자주 하게 되었어요.

그러나 노르웨이 얘기는 날려보내고 목조가옥들로 돌아가볼까요. 통나무로 지은 농장들이며 작은 부락들까지 똑같이 간소한 방식으로 세워, 제게는 그야말로 그림 같아 보였습니다. 더 외딴 곳에도 개울가나 호수 근처에 많은 오두막이 들어서 있어 특히 기뻤답니다. 식구가 불어나면 경작지도 늘어나는 법입니다. 인구가 늘면 국가도 분명 부유해집니다. 예전에는 농민들을 나무꾼이라 불러도 괜찮았을 겁니다. 그러나

---

* 영국의 윤리학자이자 급진적 목사인 리처드 프라이스를 말한다. 울스턴크래프트는 프라이스 박사가 뉴잉턴그린의 장로교 예배당에서 목사로 일하고 있을 때 친하게 지냈다. 프라이스 박사는 울스턴크래프트의 친구이자 정신적 스승이었다.

지금은 농민들도 목재를 아낄 필요성을 느낍니다. 이런 변화는 전 세계적으로 유익할 것입니다. 벌목으로 나무만 팔아서 먹고 사는 동안에는 농민들이 농사일에 크게 신경을 쓰지 않았으니까요. 결과적으로 농업 분야 발달은 더디기만 했지요. 앞으로는 필요성이 점점 대두될 겁니다. 나무가 없어진 땅은 경작을 하지 않으면 농장의 가치가 떨어지게 되니까요. 소나무들이 자라 또 한 세대를 이룰 때까지 기다렸다간 굶어죽고 말 것입니다.

토지 소유주들은 삼림에 신경을 많이 씁니다. 퇸스베르 인근에서 백작 소유의 숲을 거닐 때 한 나무꾼—가사와 농장에 필요한 벌목을 위해 고용된 사람—의 가족이 살고 있는 오두막들을 보고 감탄한 적이 있습니다. 잔디는 정돈이 잘 되어 있고, 자연이 모아놓은 키 큰 나무들이 몇 그루 서 있고, 그 주위로 전나무들이 야생의 우아함을 뽐내고 있었지요. 오두막은 숲에 가려져 있고, 웅장한 소나무들은 지붕 위로 가지들을 뻗어 나갔습니다. 문 앞에는 소와 염소와 늙은 말과 아이들이 스스로의 운명에 만족하는 듯한 모습으로 있었지요. 우리가 얻을 수 있는 것이 만족뿐이라면 만족을 얻을 최상의 방법은 어쩌면 무지일지도 모르겠습니다.

저는 노르웨이의 시골 지역들이 정말 마음에 들어 크리스티아니아를 떠나기가 아쉬웠어요. 물론 사업과 모성만이 아니라 계절의 변화도 떠나야 한다고 경고하고 있었지만요.

6월과 7월은 노르웨이를 여행하기에 좋은 달입니다. 이맘때의 저녁과 밤은 제가 살면서 본 중에 최고였어요. 그러나 8월 중순이나 하순으로 넘어가면 구름이 몰려들기 시작하면서 가을의 열매가 익기도 전에 여름이 자취를 감춥니다. 그러나 여름이 우리의 품을 빠져나갈지라도 흡족해했던 감각만큼은 즐거움 속에 남아 있는 듯해요.

여러분은 제가 왜 북쪽으로 더 가고 싶어하는지 궁금하지 않나요. 왜 일까요? 제가 주워들은 정보로 말하면요, 그 나라는 숲과 호수가 많고 공기도 맑고 낭만이 넘치는 데다 주민들도 똑똑하다는 얘기를 들었기 때문이에요. 농민들은 착실하고 자신들의 순박함을 더럽히는 교활함, 그러니까 해안가 사람들의 행동에서 가장 불쾌했던 교활함을 찾아볼 수 없대요. 정직하지 못한 행위를 하다 발각된 사람은 마을에서 살 수 없습니다. 그런 사람은 어디서나 손가락질 당하는데, 창피함이야말로 가장 가혹한 벌이지요. 그들은 사실 사기에 대해서도 종류를 불문하고 경멸해 서해안 사람들과는 상종도 하지 않으려 할 겁니다. 그들은 위태위태하게 사는 상인들이 악명을 떨치는 술책들도 그만큼 경멸한답니다.

제가 전해들은 그 사람들은 황금시대의 우화들을 떠올리게 만들더군요. 독립과 미덕. 악이 없는 풍요. 마음의 타락 없는 정신 수양. '늘 미소 짓는 자유'*와 산의 님프**─저는 믿음을 원해요! 제 상상력은 저를 위협하는 모든 낙담에서 물러나 피난처를 찾아보라며 저를 밀어댑니다. 반면에 이성은 세상은 으레 그렇고, 사람도 예나 지금이나 나약함과 어

---

* 헨델의 오라토리오 <유다스 마카베우스> 첫 소절을 장식한 토머스 모렐의 시구.
** 밀턴의 <쾌활한 사람(L'Allegro, 1645)> 1장 36절에 등장하는 표현이다.

리석음의 조합으로 사랑과 혐오, 감탄과 경멸을 동시에 불러일으키는 존재라고 속삭이며 저를 잡아끕니다. 이런 설명을 요술펜이 해주었을 것 같겠지만, 상상의 나래를 좀처럼 퍼지 않는 건전한 지성의 소유자가 제게 해준 것이랍니다.

노르웨이에서는 얼마 전 오델스 권리*라는 법이 수정되었는데요, 무역에 걸림돌이 되고 있어 폐지될 것 같습니다. 토지 상속인에게는 20년이라는 기간 동안 마땅히 있을 발전을 참작하여 토지를 애초 매입가에 재구매할 권한이 있습니다. 현재는 기한이 10년으로 수정되었어요. 이 법규가 만들어졌을 때 유능한 인재들은 폐지와 수정 중 어느 쪽이 더 나을지 의견을 말해보라는 요청을 받았지요. 오델스 권리는 저당 잡힌 땅을 지키는 편리하고 안전한 방법입니다. 그러나 가장 합리적인 남자들과도 이야기를 해보았지만 그들조차 오델스 권리가 사회에 이롭기보다는 해롭다고 믿는 것 같았어요. 이 권리 덕에 농장이 농민들의 손에 계속 남아 있다고 보는 저로서는 이 법이 폐지되었다는 소식을 들으면 유감스러울 거예요.

크리스티아니아만 벗어나면 노르웨이의 귀족 정치는 조금도 무섭지 않아요. 상인들이 자신들과 평소 관계 맺고 있는 자작농을 희생하면서까지 상류층을 강화하는 쪽으로 이끌릴 정도의 금전적 이해를 달성하기까지는 오랜 시간이 걸릴 겁니다.

---

* 직계 후손의 자유 토지 보유권.

영국과 미국이 누리는 자유는 상업 덕분입니다. 상업이 봉건 제도의 기반을 약화시키는 새로운 종의 권력을 탄생시켰으니까요. 하지만 이 권력은 결과를 조심해야 합니다. 부의 횡포는 계급의 횡포보다 훨씬 화를 돋우고 격이 떨어지거든요.

안녕히! 이제는 출발 준비를 해야 해요.

근심을 떨치고 위엄으로 일어서기

어제 크리스티아니아를 떠났습니다. 날씨가 정말 좋지 않았어요. 길에서 조금 지체된 탓에 프레드릭스타 인근 폭포를 보려면 몇 마일도 우회하면 안 되겠더군요. 게다가 프레드릭스타는 요새여서 성문이 닫히기 전에 도착해야 했답니다.

강을 따라 이어지는 도로는 아주 낭만적이지만 경치가 웅장하지는 않습니다. 노르웨이의 재물, 그러니까 목재가 강줄기를 따라 조용히 떠내려가다 종종 섬들이며 작은 폭포들, 그러니까 제가 전해 듣고 자주 언급했던 그 거대한 폭포의 자손들에 의해 진로 방해를 받았지요.

저는 프레드릭스타에서 훌륭한 여관을 발견했어요. 여주인의 친절한 배려가 너무나 고마웠던 여관이었지요. 그녀는 제 옷이 젖은 걸 알아보았고 이방인인 제가 그 밤을 그야말로 편안하게 보낼 수 있도록 신경 써주었어요.

비가 억수같이 퍼부었더랬죠. 우리는 마차에서 내리지도 않고 어둠 속에서 나루터를 지나쳤어요. 말들이 이따금 날뛰기도 하는 만큼 그냥 지나친 건 잘못한 일 같아요. 그러나 피로와 우울감에 강줄기를 따라가든 강을 가로지르든 무슨 상관이냐 싶었지요. 옷이 젖었다는 사실도 여관 주인이 말을 해줘서야 알았을 정도였으니까요. 저는 상상 속에서도 슬픔에서 헤어나 본 적이 없고, 몸이 섬세해질 정도로 마음이 자유로웠던 적도 별로 없답니다.

낙담으로 제가 이렇게까지 변해버리다니요! 리스본에 갔을 때는 피로도 물리칠 만큼 마음의 회복력이 좋았고, 상상력은 공상의 무지개에 붓을 적셔 강렬한 색채로 미래를 그려볼 수 있을 정도였는데 말이죠. 그렇다면 다른 이야길 좀 해볼까요, 여러분 저랑 같이 폭포로 가실래요?

폭포로 가는 샛길은 바위투성이였고 황량했어요. 사방으로 경작지가 상당히 넓은데도 바위들이 완전히 노출돼 있어 정말 놀라웠답니다. 지표면과 바위들이 이 정도로 수평을 이룬 풍경은 처음이었어요. 물어보니 몇 년 전 숲이 불타버려 그렇다고 하더군요. 이 황량한 모습은 불모지에서도 일어나지 않았던 감정들을 불러내면서 그렇게 우울할 수가 없지 않겠어요. 이런 식의 화재는 농부들이 거름으로 쓰려고 나무 뿌리며 콩줄기 같은 것들을 태울 때 돌연 바람이 불어 일어난다고 합니다. 이런 들불, 말 그대로 들불이 나무 꼭대기에서 꼭대기로 숲을 달리면서 가지들을 탁탁 부러뜨릴 때의 참화는 얼마나 끔찍할까요. 나무들뿐 아니라 흙들까지 이 파괴적인 급류에 휩쓸려버리지요. 아름다움과 풍요를 빼앗긴 지역은 오랫동안 애도의 시간을 갖게 될 겁니다.

　저는 시간에 저항하는 것만 같은 이 장엄한 숲에 늘 그러듯 감탄하여 제 눈이 닿지 않는 곳까지 뻗어 있는, 전에는 가장 아름다운 신록의 왕관을 쓰고 있었을 바위 능선을 가슴 아프게 바라보았습니다.

　제가 장엄함에 대해 종종 언급했을 거예요. 그러나 소나무의 뾰족뾰족한 잎마다 익어가는 씨들로 가득하고 태양이 광채를 뿌려 연두색 솔잎을 보랏빛으로 물들여가며 이 나무와 저 나무를 점점 대비시킬 때 그 광경의 아름다움과 우아함을 전달하기에는 제 자신이 역부족이라고 느껴진답니다. 자연이 소나무 잎들마다 풍성하게 장식해놓은 펜던트 훈장들도, 생존을 위해 바위 틈새마다 고개를 내밀고 있는 어린 나무들의 생명력보다는 놀랍지 않지요. 어린 소나무들 주위에는 돌들이 무더기로 쌓여 있습니다. 뿌리들은 폭풍우에 찢겨도 어린 세대의 피난처가 되어 줍니다. 자연에 전적으로 의지하는 소나무와 전나무 숲은 무한한 다양성을 보여주지요. 숲속 오솔길은 낙엽들과 얽히지 않으며, 낙엽들은 삶과 죽음 사이에서 나부끼는 동안에만 이목을 끕니다. 늙은 소나무들의 잿빛 거미줄 같은 모습만큼 쇠락의 이미지를 잘 보여주는 것도 없을 거예요. 소나무는 수분을 잃을수록 섬유 조직이 하얘지는데, 마치 감금당한 삶이 풀리고 있는 것만 같습니다. 이유는 저도 모르겠어요. 다만 제게는 모든 형태의 죽음이 제가 알지 못하는 어떤 성분으로 팽창하기 위해 자유로워지는 무엇처럼 보입니다. 아니 그보다, 이 의식적인 존재는 족쇄를 풀고 생각의 날개를 달아야 행복해질 수 있다고 느낀답니다.

폭포(cascade), 더 정확히 말해 큰 폭포(cataract)에 당도하니 벌써부터 제 존재를 소리로 알렸던 포효에 제 영혼은 폭포수처럼 일련의 사색에 빠져들었습니다. 탐색하는 눈들을 조롱하는 어두운 동굴들에서 튀어오르는 급류의 맹렬한 기세에 제 머릿속도 덩달아 맹렬하게 움직였지요. 저의 생각은 지상에서 천국으로 쏜살같이 날아올라, 나는 왜 인생의 불행에 매여 사는가 자문해 보았습니다. 그럼에도 이 숭고한 대상이 불러일으키는 격앙된 감정은 유쾌했어요. 폭포를 보는 동안 제 영혼은 근심—불멸을 움켜잡기—을 떨치고 새로운 위엄으로 일어났어요. 제 눈앞에서 계속 바뀌면서도 한결같은 급류의 흐름처럼, 제 생각의 흐름을 막는 것도 불가능해 보였습니다. 저는 다가올 인생의 어두운 반점 위로 튀어올라 영원을 향해 손을 뻗었어요.

우리는 아쉬워하며 발길을 돌려야 했습니다. 이 폭포가 가장 잘 내려다보이는 작은 언덕에는 여러 왕들의 방문을 기념하기 위해 오벨리스크들이 세워져 있습니다. 폭포를 중심으로 위아래로 흐르는 강은 그림같이 아름답고, 세찬 급류가 잔잔한 개울로 흘러들수록 바위투성이 풍경은 사라집니다. 그러나 폭포 근처에 많은 제재소가 다닥다닥 붙어 있는 모습은 보기 싫더군요. 경치의 조화를 깨뜨리는 주범들이었어요.

조금 멀리, 깊은 계곡을 가로지르는 다리는 아주 색다른 감흥을 불러일으켰습니다. 가지들을 쳐낸 나무 몸통들을 돛대 같은 지지대로 쓴 것이 아주 기발하더군요. 서로 엇갈리게 배열한 통나무들은 가벼우면서 단단하다는 인상을 주었고, 아래쪽에서 보면 허공에 세운 다리 같아 보인답니다. 버팀목들은 크기도 하고 높기도 해 날씬하면서 우아해 보이지요.

이 지역에는 귀족의 사유지가 두 군데 있습니다. 그 땅의 주인들은 해외로 빠져나간 진취성을 누구보다 잘 이해했던 것 같습니다. 농사와 관련해 많은 실험이 진행되고 있더군요. 농지를 울타리로 잘 둘러막고 경작도 잘 되는 듯합니다. 반면에 오두막들은 모스 인근과 서쪽에서 보았던 오두막들과는 달리 안락해 보이지 않았어요. 인간은 누구를 막론하고 일단 예속이 되면 천해집니다. 이곳의 소작농들도 전적으로 자유롭지는 않답니다.

안녕히!

깜박하고 넘어갈 뻔했네요. 북쪽 바다에서 괴물들이 목격되었다는 소문이 있어 노르웨이를 떠나기 전 조사를 좀 해보았습니다. 선장들 몇 명과 대화를 나눠보았지만 괴물들의 존재를 보았다는 것은 말할 것도 없고, 괴물들에 대해 전해내려오는 이야기를 들었다는 선장조차 없더군요. 사실이 확인될 때까지는 그 괴물들 이야기는 우리의 지리 입문서에서 찢어내야 하지 않을까요.

열여섯 번째 편지

·

조바심도 여행의
즐거움을 막지 못해

오후 세 시경에 프레드릭스타에서 출발해서 어두워지기 전에 스트롬스타에 도착할 수 있을 거라 예상했습니다. 그러나 바람이 잠잠해지면서 날씨가 지극히 평온해 우리는 배가 반대편 해안으로 향하고 있다는 걸 눈치채지 못했지요. 물론 남자들은 노를 젓느라 지쳐 있었고요.

달이 뜨고 별들이 맑은 하늘 위로 총총히 떠오르고 배가 바위들과 섬들을 지나고 있는 동안에도 나는 감수성의 시적 허구, 그러니까 정겨운 몽상에 빠져 있느라 어느새 밤이 되었다는 사실조차 몰랐답니다. 그러니 사람들이 스트롬스타에 도착하기 위해 사투를 벌이고 있었던 그 긴 시간을 알 리 만무하지요. 저는 주위를 둘러보고서야 스트롬스타를 나타내는 특징이 보이지 않는다는 걸 알아챘습니다. 스트롬스타와 너무 멀어진 듯해 영어를 조금 할 줄 아는 조타수에게 물어보니 이 조타수는 노르웨이 해안에만 익숙하고, 스트롬스타까지는 딱 한 번 가봤다고 하더군요. 그러나 길잡이가 되어줄 바위들을 잘 아는 동료를 데려왔으니 안심하라고도 했습니다. 배에는 나침반이 없었거든요. 하지만 그자는 바보 같아서 실력을 신뢰하기 힘들었어요. 그러니 우리가 길을 잃었고 단서도 없이 바위투성이 미로 속을 헤매고 있다고 두려워할 만했겠지요.

모험과도 같은 사건이었지만, 그다지 유쾌한 경험은 아니었답니다. 게다가 저는 어서 빨리 스트롬스타에 도착해 그날 밤 안으로 심부름꾼 소년을 보내 말들을 준비시켜 떠나고 싶었어요. 제 어린 딸과 당신한테서 받고 싶어 안달이 나는 편지들 때문에 단 하루도 머물고 싶지 않았어요.[*]

출발에 앞서 저는 조타수에게 그의 무지를 미리 알리지 않은 것에 훈계하고 꾸짖기까지 했습니다. 그러자 조타수는 더 힘차게 노를 젓더군요. 그러나 이 바위를 돌면 저 바위가 등장하고 또 등장해, 우리가 어디에 있는지를 알 만한 표식을 찾을 수 없었습니다. 우리가 찾고 있던 만의 입구로 보이는 수로를 따라 들어가보면 결국에는 또 좌초되고 말았지요.

시커먼 그림자가 드리워진 바위들 아래를 지날 때는 그 장소의 고독에 잠시 행복했습니다. 그러나 다음 순간이면 이렇게 밤새도록 헤매다 다음날 죽을지도 모른다는 공포가 밀려들었지요. 저는 조타수에게 가장

---

[*] 울스턴크래프트는 이 문장에서 '당신'을 독자가 아닌 임레이로 지칭한 것 같다.

큰 섬들 중 보트가 정박해 있었던 섬으로 돌아가자고 했습니다. 그 섬에 가까워질수록 꼭대기에 있는 한 창문으로 새어 나오는 빛이 우리의 등대가 되어주었지요. 하지만 섬은 제가 예상한 것보다 더 멀었어요.

조타수는 상륙 지점을 확인도 하지 않고 힘들게 배를 댔습니다. 길을 안내해줄 사람만 있으면 안심할 수 있어서 저는 보트에 남아 있었어요. 이곳 사람들의 움직임에는 보통의 인내를 뛰어넘어 사람을 지치게 하는 둔감함이 있어 한참을 기다린 끝에야 조타수가 한 남자를 데리고 왔습니다. 두 사람이 노 젓는 걸 도와 우리는 새벽 한 시 조금 넘어 스트롬스타에 도착했답니다.

심부름꾼 소년을 보내기엔 너무 늦었지만, 저는 최대한 일찍 출발할 수 있도록 필요한 준비를 마친 후 잠자리에 들었지요.

태양이 눈부시게 떠올랐습니다. 일곱 시에서 여덟 시 사이에나 말들이 도착할 텐데도 저는 마음이 들떠 침대에서 밍기적대고 싶지 않았어요. 그러나 말들을 부르러 간 심부름꾼 소년의 기를 죽이고 싶지 않아 제 조바심에 고삐를 채웠습니다.

이런 예방 조치도 별 소용 없었던 것이, 처음 세 역참을 지나고 나서는 두 시간을 기다려야 했거든요. 그동안 역사에 있는 사람들은 느릿느릿 농장까지 가서 농민들에게 수확의 첫 결실을 나르고 있는 말들을 데려오게 했어요. 이곳의 게으른 소작농들은 그들만의 잔꾀를 부리더군요. 제가 말 값까지 지불했건만 걸어 갔던 심부름꾼 소년이 저보다 삼십 분이나 일찍 도착해 있지 않겠어요. 이 일로 모든 일정이 꼬여버렸답니다. 다시 세 시간이 지체되었고, 저는 어쩔 수 없이 그날 밤 도착하고 싶었던 우데르발라*까지 두 역사밖에 남지 않은 크비스트람에 묵기로 했습니다.

그러나 크비스트람에 도착하니 여관으로 발길이 옮겨지지 않았어요. 사람과 말과 마차와 소와 돼지 들이 얼마나 득실거리는지. 길에서 만났던 사람들 얘기로는 동네에 괜찮은 여관이 있는 듯했습니다. 그 사람들이 틀림없이 있다고 호언장담을 했으니까요. 그러나 툭하면 말다툼이 벌어지거나, 구름 같은 담배 연기와 진동하는 술 냄새로 무서운 느낌까지 드는 떠들썩한 흥겨움은 거의 지옥을 방불케 했어요. 감각들이 난무하는 저속한 소란, 지독한 타락으로 끝나고 말 소란은 공감은 고사하고 발길조차 주춤하게 만들었지요. 어떻게 해야 할까요? 침대도 없고, 잠시 물러나 있을 조용한 자리도 없었습니다. 모든 것이 소음과 소동과 혼란에 빠져 있었어요.

상의 끝에 여관 측은 제게 두 역사 거리에 있는 우데르발라까지 갈 수 있는 말을 준비해보겠다고 했습니다. 저는 저녁을 못 먹어서 먹을 것을 먼저 청했지요. 앞에서 언급한 적 있는 그 여주인, 자기 몸을 위할 줄 아는 여주인이 생선 요리를 내와서는 음식값으로 1릭스달러** 반을 청구하더군요. 이 여관은 해가 났을 때 건초를 만들었어요. 말들을 구할

---

* 오늘날의 우데발라. 스웨덴 해안가에 자리한 상업 도시.
** rix-dollar. 16세기에서 19세기 중엽까지 독일·네덜란드·스웨덴·덴마크 등지에서 유통된 은화.

수 있을 거라 생각했다면 밤새 불편한 무개화차를 타고 가는 것이 내키지 않았겠지만 소란을 벗어난 것만으로도 좋았어요.

크비스트람을 떠난 후 저는 유쾌한 무리를 많이 만났습니다. 저녁에는 날이 제법 쌀쌀한데도 많은 이들이 지친 소떼마냥 풀밭에 대자로 누워 있었어요. 길가에 쓰러져 있는 취객들도 보이더군요. 키 큰 나무 아래 그늘진 바위 위에서 모닥불을 피워놓고 밤새 불을 살려두려고 장작을 만들고 있는 청춘남녀들도 있었습니다. 그들은 술을 마시고 담배를 피우고 배꼽이 빠져라 웃기도 했습니다. 저는 가지들이 찢겨 땅에 흩어져 있는 나무들이 가여웠습니다──불운한 정령들이여! 그대들의 놀이터가 이런저런 부도덕한 격정에 오염이 된 것 같구나. 순간의 감정 폭발로!

말들은 아주 잘 달렸습니다. 역사가 가까워졌을 때 앞을 가로막는 위협이나 징조가 없는데도 기수가 갑자기 마차를 세우더군요. 제가 약속을 왜 안 지키냐고 따지자 기수는 울고불고 법석을 떨기까지 했습니다. 이런 반쯤 살아 있는 인간들의 어리석은 고집불통에 견줄 수 있는 것이 대체 뭘까요. 이런 자들은 프로메테우스가 천국에서 훔친 불을 거의 다 써버려 탄력 없는 진흙에 생기 없는 생명을 불어넣을 불씨만 남았을 때 만든 존재들 같아요.

누구든 나서게 하기까지 시간이 걸렸습니다. 예상한 대로 말들이 준비되는 데는 네다섯 시간이 걸릴 거라고 하더군요. 우리를 여기까지 데려온 그 막돼먹은 짐승을 돈으로 다시 구슬려보았지만, 그자는 친절한 여주인이 보증을 하는데도 더는 가지 말라는 지시를 받은 상태였습니다.

달리 방도가 없어 숙소로 들어갔지만, 악취 때문에 돌아나올 뻔했어요. 여덟 명 내지 열 명이 자고 있는 방에서 나는 뜨거운 열기를 악취 말고 달리 순화된 표현을 못 찾겠네요. 개들과 고양이들이 널브러져 있다고 하지 않은 것만도 다행이에요. 두세 명의 남녀는 벤치에 누워 있고, 다른 사람들은 낡은 궤짝 위에 누워 있었어요. 어떤 사람이 여독에서 반쯤 깨어나 저를 쳐다보았는데, 입고 있던 슈미즈 드레스가 흰색이었다면 약간 누런 낯빛과 대조를 이뤄 유령으로 착각했을지도 몰라요. 그러나 유령들 복장이야 신경 쓸 필요가 없어 저는 지나갔습니다. 솥단지며 냄비여 우유통이며 대야를 피하면서 조심조심 걷는 동안 제가 두려웠던 건 악취뿐이었어요. 저는 주저앉을 것만 같은 층계를 올라 침실을 안내받았지요. 침대라는 것이 도무지 눕고 싶지가 않더군요. 그래서 창문부터 열고 수면용 자루에서 깨끗한 수건을 몇 장 꺼내 침대보 위에 깐 뒤, 지친 여인은 조금 전까지의 역겨움을 감수하고 침대에 누워 잠을 잤습니다.

희붐한 먼동이 터올 무렵 새들이 저를 깨웠습니다. 저는 말들이 준비되었는지 물어보려고 아래층으로 내려가 전날 말했던 그 방, 돼지우리인지 인간의 거처인지 분간이 가지 않는 그 방을 부리나케 지나갔습니다.

이제는 여기 처녀들이 아직 어린 나이에도 안색이 밝지 않다거나, 이곳에서는 사랑이란 것도 자연의 주요 설계를 충족시키는 욕구에 지나지 않아 애정이나 감정에 의해 타오르지 않는다는 점도 놀랍지 않답니다.

두세 군데 역사까지는 말들이 대기해 있었어요. 그러나 이후로는 저번처럼 소작농들 때문에 지체됐지요. 그들은 제가 현지 언어를 모른다는 점을 이용해 네 번째 말, 그러니까 달려본 경험은 없지만 다른 말들이 준비되는 동안 먼저 보냈어야 했던 말에 돈을 내라고 했어요. 저는 제 아이가 잘 있는지 확인하고 싶은 마음에 마지막 역사에서는 더욱 조바심이 났답니다.

그러나 조바심도 여행의 즐거움을 방해하진 않더군요. 저는 6주 전 지나갔던 땅을 또 지나가게 되었어요. 제 관심을 끌 만하고, 제 가슴에 둥지를 튼 슬픔을 몰아내주지는 못해도 달래줄 정도는 되는 신기한 것이 여전히 가득했습니다. 자연의 다채로운 아름다움은 얼마나 흥미로운지! 각각의 계절은 또 얼마나 독특한 매력을 발산하는지! 지금 황야를 물들인 보라빛은 봄의 싱그런 초록빛 광채 위로 풍요를 선사하며 익어가는 옥수수들의 빛깔과 절묘한 조화를 빚어냈어요. 날씨는 줄곧 화창했고, 풍경은 들판에서 옥수수를 자르거나 다발을 묶느라 바쁜 사람들로 계속 바뀌었어요. 사실 바위들이 유달리 울퉁불퉁하고 황량했지만, 도로 한쪽으로는 멋진 강이 흐르고 다른 쪽으로는 드넓은 목초지가 펼쳐져 있어 불모의 이미지가 지배적이지는 않았어요. 물론 오두막들은 노르웨이 농장들을 보고 와서인지 훨씬 초라해 보였지만요. 나무들은 제가 자주 언급한 숲의 네스토르*들과 비교하면 자라다 만 것 같았습

---

* 호메로스 작품 『일리아드』에 등장하는 슬기로운 노장군으로 트로이 전쟁에 참가해 살아

니다. 여자들과 아이들은 너도밤나무, 자작나무, 오크나무 같은 나무들의 가지를 잘라 말릴 준비를 하고 있더군요. 사료를 이런 식으로 조달하면 나무들이 피해를 보겠지요. 그러나 겨울이 너무 길어 가난한 사람들은 건초를 충분히 비축해둘 여력이 없답니다. 이렇게라도 해서 그들이 지키려는 건 불쌍한 소들의 목숨이에요. 소들의 먹이가 부실하면 우유를 기대하기 힘들거든요.

오늘은 토요일이고, 저녁 시간이 평소와 다르게 평온했습니다. 마을은 어디서나 일요일 준비로 분주했지요. 호밀을 가득 실은 작은 짐마차가 우리 옆을 지나갔는데, 추수 풍경을 많이도 보았지만 연필과 가슴으로 담고 싶을 만큼 다정한 풍경이었답니다. 어린 소녀가 머리털이 텁수룩한 말의 등에 다리를 벌리고 올라타 말머리 위로 나뭇가지를 휘둘렀어요. 아버지는 아장아장 걸어와 아빠를 맞았을 아이를 들쳐 안고 짐수레와 나란히 걸었고, 어린 생명은 아빠 목에 매달리려고 두 팔을 뻗었습니다. 페티코트를 입은 여자들 위쪽에서는 한 소년이 옥수수 다발이 떨어지지 않도록 열심히 갈퀴질을 하고 있었어요.

제 눈은 오두막으로 향하는 그 가족의 모습을 좇았습니다. 저는 요리를 싫어하지만, 가족이 먹을 수프를 끓이고 있을 엄마를 생각하니 부러운 마음에 저도 모르게 한숨이 나오더군요. 저는 아버지의 보살핌이나 애정을 경험해보지 못할 제 아이에게 돌아가고 있습니다. 불행한 어미

남았다. 네스토르가 상징하는 것은 늙은 소나무이다.

만이 느낄 수 있는 그 생각에 아이를 키우는 제 가슴은 갑작스런 통증으로 뻐근했답니다.

　안녕히!

·

여행의 묘미는 예상을 빗나가는 것

저는 예테보리를 떠나기 전에 트롤하테 운하*를 방문하고 싶었습니다. 폭포도 보고 싶고, 바위들 사이로 운하를 만드는 과정과 1마일 반이나 되는 길이로 잇는 엄청난 진척 상황도 관찰하고 싶었어요.

이 공사는 한 회사가 인부를 900명이나 고용해 진행하고 있습니다. 공개된 제안서에는 공사 완공 시한이 5년이었습니다. 애초 계획보다 훨씬 많은 기부금이 걷혀 후원자들은 이자를 넉넉히 받겠다고 생각할 만하답니다.

덴마크 사람들은 이 공사의 진척을 시기 어린 눈으로 살핍니다. 공사의 주된 목적이 해협 통행세에서 벗어나는 것이거든요.**

---

* 베네른호와 예테보리와 카테가트 해협을 잇는 운하로 1800년에 완공되었다.
** 덴마크 정부는 1497년부터 1857년까지 이 해협을 지나는 선박에 통행세를 부과했다.

트롤하테 운하에 도착했을 때 폭포를 본 첫인상은 솔직히 실망스러웠습니다. 인간 산업의 원대한 증거이긴 했지만 공사가 진행될수록 상상력에 불을 지필 만큼 계산된 모습은 아니었거든요. 그럼에도 둘러는 보았지요. 그러다 다양한 폭포들이 각기 다른 급류에서 세차게 떨어지며 거대한 바윗덩어리들과 씨름하고 움푹한 구멍들에서 다시 튀어오르다 마침내 합류하는 지점에 이르렀을 때 저는 첫인상을 바로 철회하고 진짜 웅대한 폭포라고 인정하게 되었어요. 물길 한가운데 전나무들로 뒤덮인 작은 섬이 있어 세찬 급류가 둘로 갈리며 더욱 그림 같은 풍경이 만들어졌지요. 폭포 반쪽은 어두운 동굴에서 분출하는 것처럼 보여 지구 한복판에서 물을 쏘아 올리는 거대한 분수 같다고 상상하면 된답니다.

얼마나 오래 들여다보고 있었던지, 시끄러운 소리에 귀가 먹먹하고 끝없이 소란스러운 움직임을 보고만 있어도 어질어질했습니다. 여기가 어디인지 크게 의식하지 않고 소리에 집중하고 있을 때였어요. 제 맞은편 돌출한 바위 아래서 한 소년이 낚시를 하고 있는 모습이 반짝거리는 포말 사이로 언뜻언뜻 보였습니다. 소년이 어떻게 거기까지 내려갔는지 불가사의하더군요. 사람 발자국 같은 것이 보이지 않았으니까요. 무시무시한 바위들은 이 침입자를 개의치 않는 듯했습니다. 독수리나 살법한 험준한 바위의 갈라진 틈 사이로는 소나무들이 나선 모양으로 머리를 내밀고 있었지요. 그러나 소나무들은 폭포 주위에서만 자랄 뿐, 그밖의 다른 곳은 음울한 장엄함이 지배하는 불모지였어요. 무시무시한 천재지변으로 산산조각 났을지 모를 거대한 회색 바위들 위에는 첫 외피와도 같은 이끼조차 앉아 있지 않았습니다. 혼돈을 연상케 하는 모습들이 얼마나 많은지 아무리 위대하다고 해도 너무나 하찮아 보이는 운하와 공사가 제게는 감탄스럽기보다 이토록 웅장한 풍경이 더는 고독한 숭고함을 지니지 못하게 되었다는 사실이 유감스럽기만 했어요. 사나운 급류의 무시무시한 포효 한가운데서는 인간 도구의 소음도, 인부들의 부산함도, 어두운 대기에서 거대한 바위들이 흔들릴 정도의 폭파조차도 아이들의 사소한 장난에 불과해 보였답니다.

인부들이 수문을 설치하는 과정에서 일부 인위적으로 만들어진 한 폭포는 예상치 못한 결과를 낳았습니다. 물이 엄청난 속도로 최소 50야드나 60야드 아래로 수직 낙하해 물거품을 일으키며 심연으로 숨어들어 상상의 날개를 펼치고 싶을 정도였어요. 포효 소리가 그치질 않았어요. 저는 폭포를 관찰하고 싶어 자연이 조성한 다리 같은 바위 위로 올라갔는데, 높이가 폭포의 낙하 지점과 비슷했지요. 한참을 생각에 잠겨 있다 반대편으로 방향을 돌리니 부드러운 물줄기가 구불구불 잔잔히 흐르는 모습이 보였습니다. 폭포 아래로 곤두박이친 거대한 통나무가 잔물결치는 개울로 유유히 떠내려가는 모습을 보지 못했다면 그 개울의 진원지를 폭포와 연관 짓지 못했을 거예요.

저는 아쉬운 마음으로 이 야생의 풍경을 뒤로하고 보잘것없는 여관으로 갔어요. 다음날 아침에 예테보리로 돌아가 코펜하겐으로 가는 여행 준비를 했지요.

저는 스웨덴을 더 돌아보지 못하고 예테보리를 떠나는 것이 아쉬웠습니다. 인구가 희박한 낭만적인 나라, 가난에 허덕이는 주민들만 보게 될 거란 예상을 빗나간 여행이었어요. 대체로 독립적인 노르웨이 농민들의 태도에는 좀 거칠어 보이는 솔직함이 있습니다. 반면에 가난으로 더 비참해진 스웨덴 사람들의 응대에는 나름의 정중함이 있습니다. 이따금 무성의로 비치기도 하는 정중함은 종종 상심의 결과이기도 한데, 비참함에 의해 변질되기보다 오히려 부드러워진답니다.

노르웨이에서는 스웨덴 은화보다 가치가 떨어지는 지폐는 유통되지 않습니다. 작은 은화는 보통 1페니 정도의 가치가 있고 2펜스에는 턱없이 못 미쳐 거스름돈으로나 쓰입니다. 그러나 스웨덴에는 6펜스밖에 되지 않는 지폐들도 있습니다. 스웨덴에서는 은화를 구경조차 못했습니다. 여기서는 웃돈을 주는 수고를 들이고서야 1릭스달러에 해당하는 커다란 구리 동전을 얻어 성문을 열어주는 가난한 사람들에게 나누어줄 수 있었습니다.

스웨덴의 가난을 보여주는 또 하나의 예를 들자면요, 스웨덴에서 상당한 재산을 모은 외국 상인들은 왕국을 떠날 때 재산의 6분의 1을 예치해야 한다는 겁니다. 예상이 되겠지만 이 법은 종종 기피되지요.

사실 스웨덴도 노르웨이와 마찬가지로 법망이 매우 느슨해서 부정행위를 단속하기보다 오히려 선호한답니다.

제가 예테보리에 있는 동안 주인의 서랍을 부수고서 5천인가 6천 릭스달러를 훔쳐 달아난 죄로 수감된 남자가 있었습니다. 그가 받은 형량은 고작 빵과 물만 먹으면서 40일만 감옥에 있으면 되는 것이었어요.

이런 가벼운 형벌조차 친척들이 맛있는 사식을 넣어주어 무용지물이 되었지요.

　스웨덴 사람들의 가족간의 애정은 끈끈한 편입니다. 그러나 부부 중 어느 한쪽이 상대의 불륜을 증명하거나 당사자가 인정할 경우에는 이혼이 성사될 수 있습니다. 여성들이 이런 특권에 자주 의지하진 않습니다. 그보다는 자신들의 생각대로 남편들에게 보복을 하거나 아니면 비굴한 복종을 부르는 폭압에 지쳐 단순하기 짝이 없는 가사일에 빠집니다. 젊음이 날아간 후에는 남편은 술고래가 되고 아내는 하인들을 꾸짖는 것으로 기분전환을 합니다. 이렇게까지 말하다니, 좀 가혹한가요. 사실, 청춘의 아름다움과 혈기가 취향과 정신 수양으로 대체되지 않는 나라라면 무엇을 기대할 수 있을까요? 애정은 동정보다 토대가 더 단단해야 합니다. 감정을 정직하게 내보일 수 있을 만큼 안정된 행동 원칙을 가진 사람은 잘 없습니다. 의무에 대한 일탈을 정당화하는 주장들도 있지만 저는 아무리 자발적인 감각도 나약한 인간들이 허용하는 것보다 더 많이 원칙의 지배를 받는다고 믿는답니다.

　설교는 이만 안녕할게요. 이 편지는 엘시노어에 있는 여관에서 쓰고 있답니다. 말들을 기다리는 중이에요. 말들이 아직 준비되지 않았으니, 예테보리에서 여기까지 오는 동안의 여정을 짧게 들려줄게요. 저는 트롤하테 운하에서 돌아온 다음날 아침 출발했답니다.

　첫날 마주한 스웨덴의 모습은 아주 황량했어요. 노르웨이만큼 바위가 많지만 면적은 작아 노르웨이만큼 그림같이 아름답지도 않았지요.

우리는 적당히 작은 마을인 팔켄베리*에서 괜찮은 여관에 묵었습니다.

다음날에는 너도밤나무와 오크나무 들이 전망을 아름답게 장식했고, 이따금 바다가 등장해 위엄까지 더해주었답니다. 듣기로는 이 지역이 스웨덴 최악의 불모지 중 한 곳이라던데, 경작지가 노르웨이보다 더 많았습니다. 다양한 작물이 자라는 평야가 멀리까지 뻗어나가다 해안에 이르러 경사가 지면서 멋진 풍광은 끊어졌어요. 마차를 타고 가면서 대충 훑어본 바로 판단하자면, 농업은 노르웨이보다 한층 발달했지만 거주지는 스웨덴이 가난의 면모가 더 짙었어요. 오두막들은 종종 불편하기 짝이 없어 보였지만 스트룀스타로 가는 길에 보았던 오두막들만큼은 초라하지 않았어요. 여기 마을들은 웨일스의 작은 마을들이나, 칼레에서 파리까지 가는 길에 지나쳤던 마을들보다는 아니어도 그만큼 근사했습니다.

영국과 비교만 하지 않는다면 여관들은 갈수록 불평할 것이 없었습니다. 사람들은 정중했고, 노르웨이 사람들보다 요구하는 태도가 훨씬 온건했어요. 그런데 서쪽으로 갈수록 사람들이 당신이 먹지도 않은 것에 뻔뻔하게 돈을 청구하고, 파산이라도 당한 것처럼 이방인을 합법적인 먹잇감은 아니어도 반드시 붙잡아야 하는 호구로 여기는 것 같습니다.

---

*　스웨덴 할란드주 팔켄베리 자치단체의 중심 도시이다. 도시 이름은 스웨덴어로 '매 사냥하는 산'이란 뜻이다.

우리가 해협을 지날 때 엘시노어의 경치는 쾌적했어요. 저는 마실 것을 포함해 제가 타고 갈 보트에 3릭스달러를 주었습니다. 금액을 밝히는 까닭은 여기 사람들이 이방인들을 속여 먹기 때문이랍니다.

안녕히! 코펜하겐에 도착할 때까지.

.

인생은 한 편의 익살극!

코펜하겐

엘시노어에서 코펜하겐까지 거리는 22마일입니다. 도로는 잘 닦여 있고, 너도밤나무가 대부분인 숲과 괜찮은 저택들로 풍광이 다양해진 평지 위로 이어집니다. 옥수수 재배지가 꽤 넓어 보이더군요. 토양은 바다 인근의 비옥한 땅보다 훨씬 비옥해 보였습니다. 둔덕은 거의 없다시피 했지요. 코펜하겐 주변은 완벽한 평원이에요. 달리 말하면 장식물은 없고 경작지 외에 볼거리가 없다는 뜻이지요. 집들의 경우에는 눈에 거슬리지 않았다는 것만 기억납니다. 집들을 보고 기분 좋은 느낌이 들었다는 기억은 없습니다. 자연물에든 인공물에든 마음을 빼앗긴 기억도 없습니다. 도시에 가까워질수록 경관이 다소 웅장했지만 오솔길에 그늘을 드리운 나무들 말고는 상상력을 자극하는 두드러진 특징은 없었습니다.

코펜하겐을 얼마 남겨두지 않은 지점에서 드넓은 평원에 많은 텐트

173

가 세워져 있어, 저는 야영 열풍이 이 도시까지 불어닥친 것인가 짐작했습니다. 그러나 확인 결과 그 텐트들은 최근의 화재*로 주거지에서 쫓겨난 가난한 가족들의 피난처였습니다.

곧이어 그 화재가 남긴 먼지와 쓰레기 더미 사이를 지나게 되었는데, 참상의 정도를 보고 경악했습니다. 이 도시의 최소 4분의 1이 파괴되었더군요. 무너져 내린 벽돌들과 무더기로 쌓인 굴뚝들을 보니 상상력으로도 우울한 몽상이 달래질 것 같지 않았습니다. 심미안을 끄는 것은 없고 자비심을 괴롭히는 것만 많았지요. 시간의 약탈은 그 속에 상상력을 동원하게 만드는, 다시 말해 감각의 대상들에서 물러나 정신에 새로운 위엄을 부여하는 것 같은 주제들을 사색하게 만드는 힘을 지니고 있습니다. 그러나 이곳에서 제가 밟고 있는 것은 살아 있는 재였습니다. 이재민들은 이 끔찍한 대화재로 불행에 짓눌리고 있었어요. 그들은 고통 *받았다. 그러나 이제는 아니다!*라는 생각도 위안이 되지 않았어요. 이것은 연민이 번민으로 차오를 때면 제가 마음을 진정시키려고 자주 소환하는 생각이지요. 그래서 저는 마부가 어서 빨리 추천 받은 호텔로 가주기를 바랐어요. 그러면 눈길을 돌려 집 없는 사람들을 찾아 도시 구석구석으로 저를 보내버린 생각의 고리를 끊어낼 수 있을 것 같았거든요.

이날 아침은 마을을 돌아보다 참상을 관찰하는 것에 지치고 말았지요. 저는 덴마크 사람들이, 심지어 파리와 런던에 가본 적이 있는 사람

---

* 1795년 6월에 발발한 큰 화재는 코펜하겐의 4분의 1을 집어삼켰다.

들조차 코펜하겐이라면 좋다고 떠들어대는 소리를 종종 들었습니다. 제 경우에는 아주 불리한 여건에서 코펜하겐을 본 셈이었어요. 세계 최고의 거리들이 불타버리고, 모든 곳이 혼란에 빠져 있을 때 말이죠. 그럼에도 찬사를 섞어 말할 수 있거나, 말해졌을 법한 최상의 표현은 몇 마디면 족할 겁니다. 거리는 넓고, 집들은 크다. 그러나 왕과 왕세자가 살고 있는 궁전 광장(circus)*을 제외하고는 우아하거나 웅장하다는 생각이 들게 하는 건물은 없었어요.

약 2년 전 전소된 궁전은 번듯하고 널찍한 건물이었을 겁니다. 석조물은 건재합니다. 최근의 화재로 많은 가난한 사람들이 새로운 거처를 구할 때까지 이 폐허에 피신해 있었습니다. 이재민들이 추위를 피해 기어올라간 으리으리한 계단의 층계참에는 침대들이 버려져 있었고, 구석진 곳들은 판자를 둘러 집을 잃은 불쌍한 이들의 피난처로 쓰였습니다. 지금은 지붕만 쳐도 밤공기를 차단할 수 있을 거예요. 그러나 날이 쌀쌀해지면 정부 차원에서 아무리 노력을 해도 재난의 강도는 점점 가혹하게 느껴질 겁니다. 시도 때도 없이 끼어드는 불행을 조금이라도 덜어보고자 민간 자선단체도 많은 일을 했을 겁니다. 그럼에도 이 땅에는 공공성이 그리 살아 있지 않아 보입니다. 공공성이 존재했다면 화재는 조기에 진압되었을지 모릅니다. 가옥 몇 채만 불타 없어지고 불길이 크

---

* 크리스티안보르 궁전이 불에 탄 뒤 왕과 왕세자가 옮겨간 아말리엔보르 궁전을 말한다. 1794년 여왕의 겨울 궁전으로 지어진 이 궁전은 4채의 로코코풍 건물이 팔각형의 광장을 둘러싸고 있어 원문의 'circus(궁전 광장)'으로 불린 것으로 추정된다.

게 번지지 않았을 겁니다. 주민들은 이 생각에 동의하지 않겠지요. 왕세자의 경우에는 절대 권력을 행사할 줄 아는 기개가 부족해 주민들의 자의에 맡김으로써 결국 도시 전체를 파멸의 위험에 빠뜨리고 만 듯합니다. 왕세자는 스스로 부과한 규범, 바르게 행동해야 한다는 규범에만 어린애처럼 고지식하게 집착함으로써 한 번의 단호한 조치로 멈출 수 있었을 피해 규모를 들으면서 안일하게 통탄만 하는 잘못을 저지른 거지요. 이후에는 폭력적인 조치에 의존할 수밖에 없게 되었고요. 하지만 누가 그를 탓할 수 있을까요? 비난을 피하기 위해 약한 정신의 소유자들은 어떤 희생이든 치르지 않나요!

화재 당시 현장을 목격했다는 한 신사도 비슷한 증언을 하더군요. 돈 많은 인간들이 귀중품과 가재도구를 지키려고 들인 수고의 반만이라도 불을 끄는 데 쏟았다면 화재가 금방 진압되었을 거라고요. 그러나 당장 위험에 처하지 않은 사람들은 전력을 다하지 않았고, 결국은 공포가 전기 충격처럼 전주민에게 보편적인 악감정을 불러일으켰지요. 심지어 소방 펌프까지 작동하지 않았다고 해요. 궁전이 불탄 일이 있었음에도 소방 펌프를 항시 점검해둘 필요성을 깨닫지 못했던 거지요. 당장에 상관이 없는 일에는 무심한 이런 나태함이 덴마크인들의 특성 같습니다. 내면을 살피는 데는 나태하고 대신 재산을 지키는 데만 연연한 나머지, 이들은 재산을 불리는 모험은 위험의 그림자가 도사리고 있어 시도하려 들지 않습니다.

저는 코펜하겐이 덴마크와 노르웨이의 수도라고 여긴 탓에 산업이나 취향이 크리스티아니아만큼 발달해 있지 않아 놀랐습니다. 제가 지금까지 관찰한 바로는 덴마크인들은 받는 혜택에 비해 치르는 희생은 거의 없는 민족입니다.

사업가들은 본인들 일에만 냉정하게 몰두하는 가정의 폭군들이고, 다른 나라 사정에는 무지몽매해 덴마크가 세계에서 가장 행복한 나라라고 독단합니다. 덴마크 왕세자가 전 세계 왕자들 중에서 가장 훌륭하고, 베른슈토르프 백작이 대신들 중에서 가장 현명하다고 말하지요.

여자들의 경우 주부로서만 보면 훌륭합니다. 삶을 더욱 진보적으로 가꾸는 소양이라든가 매력은 없지요. 이런 절대 무지가 여자들이 부엌일을 잘하게 만들지는 모르나 더 나은 부모가 되는 일에서는 멀어지게 합니다. 반대로 아이들은 응석받이로 자라지요. 마음 약하고 관대한 어머니들의 손에 맡겨진 아이들이 대개 그렇듯이요. 자기 감정을 통제하는 행동 원칙이 없는 어머니들은 잘못된 애정으로 몸과 마음을 다치고 유아들의 노예가 되고 맙니다.

잠깐 본 인상만으로 글을 쓰고 있어 제 생각이 편향적일 수 있습니다. 다루기 힘든 아이들한테 지금까지 시달린 데다 불행한 마틸다*의 모성을 두고 쏟아진 욕설에 화가 나 있거든요. 마틸다 왕비는 아들의 양육에 대해 무자비한 비난을 들어야 했습니다. 그러나 제가 긁어모은 정

---

* 캐롤라인 마틸다, 1751~75. 영국왕 조지 3세의 누이이자 덴마크 크리스티안 7세의 왕비이다. 크리스티안 7세는 정신병을 앓고 있었고 결혼생활 내내 아내에게 냉담했다.

보에 의하면 왕비는 아들을 돌보는 일에서 다정함과 분별력을 고루 갖추고 있었습니다. 그녀는 매일 아침 아들을 직접 씻겼지요. 왕자의 옷을 헐렁하게 입히도록 했고, 시종들이 왕자의 식욕을 맞춰주려다 소화장애를 일으키는 일이 없도록 주의를 주었어요. 또한 아들이 거만한 태도를 갖지 않도록, 지시를 할 때는 폭군처럼 행동하지 않도록 신경 썼어요. 황태후는 왕비의 모유 수유를 허락하지 않았습니다. 그러나 두 번째 아이는 왕실의 후계자가 아닌 딸이어서 왕비가 어머니로서의 의무를 다하는 것에 반대하는 목소리가 적었어요.

가련한 마틸다! 이 나라에 도착한 후로 그대가 내 머리에서 떠나질 않습니다. 이 나라의 관습이 어떻다는 것을 알기에 연민과 더불어 그대의 사후 평판에 더욱 관심이 생겼어요!

저는 마틸다 왕비가 자신이 밀어낸 파벌의 희생양이었다고 확신합니다. 왕비의 연인이 실용을 목표로 삼아 기존의 폐해를 뒤엎으려고만 하지 않았어도 반대파는 왕비의 사랑을 눈감아주거나 응원했을 겁니다. 당시는 백성들이 자신들을 대신해 싸우고 있는 왕비의 연인을 지지해 줄 만큼 변화의 시기가 무르익지 않았었지요. 왕비에게 쏟아지는 평가는 얼마나 가혹한지 이렇게 많은 시간이 흘렀는데도, 왕비는 대중 풍속의 품격을 높이려 했고 자선 사업을 했다는 이유로 부도덕하다는 비난을 받습니다. 왕비가 하고많은 시설들 중 고아들을 수용하는 보육원을 세웠기 때문이었어요. 왕비는 형식 준수에 지나지 않는데도 종종 진리까지 들먹여가며 미덕으로 통하는 많은 관습을 혐오한 나머지, 오직 시간만이 해결할 수 있는 일을 단번에 해결하고 싶은 마음에 개혁가들이 흔히 저지르는 오류에 뛰어든 것 같습니다.

슈트루엔제에 대한 애정이 왕비의 영향력을 두려워한 자들에 의해 그녀에게 불리하게 이용될 정도까지는 아니었다는 것을 증명하기 위해 여러 설득력 있는 이유들이 왕비의 옹호자들에 의해 제기되고 있습니다. 어쨌거나 왕비는 부도덕한 여인은 아니었어요. 그리고 왕비가 주치의를 좋아했다고는 하나 왕이 악명 높은 난봉꾼에다 멍청이여서 그 문제가 그녀의 양심이나 지성을 더럽히지는 않았습니다. 왕의 행위는 늘 일부 가신이 쥐락펴락하고 있어 왕비와 주치의도 칭찬할 만한 야망에다 보신(保身)의 원칙에 입각해 왕을 좌지우지하려 했습니다. 하지만 두 사람은 자신들이 맞닥뜨리게 될 적대감은 생각지 못했어요. 두 사람이 채택한 제도는 사려분별보다 자비로운 마음을 더 많이 보여주었지요. 그들이 왕에게 지적 능력을 해치는 약을 먹였다는 혐의에 대해서는, 믿는 사람들도 있지만, 너무 터무니없어 반론도 하고 싶지 않습니다. 차라리 그들이 마법을 썼다고 비난하는 편이 설득력이 있었을 거예요. 강력한 주술은 지금도 왕의 분별력을 마비시키니까요.

베른슈토르프 백작이 꼭 쥔 줄에 매달려 움직이는 왕의 꼭두각시를 보았을 때의 제 기분을 여러분에게 전달하기는 힘들어요. 그 꼭두각시는 존경하는 척하면서 조롱하는 신하들의 인사를 받으며 멍한 눈으로 반듯이 앉아 있습니다. 그는 사실 정부의 법령에 왕의 이름이나 기입하는 국가기구에 지나지 않지요. 그 법령도 위험을 피하기 위해서지만 왕세자가 부서를 하지 않으면 무효합니다. 왕은 무조건 바보천치여야 합니다. 이따금 감시의 눈, 속임수에서 벗어나는 경우가 아니면요. 왕의 바보짓은 우둔함보다 광기에 가깝답니다.

인생은 한 편의 익살극이에요! 꼭두각시 왕은 천수를 누리는 반면 불운한 마틸다는 때 이른 무덤으로 황급히 들어갔으니까요.

"개구쟁이들이 파리 다루듯, 신들은 인간을 대한다네;

신들은 우리를 장난 삼아 죽이지."*

안녕히!

---

* 셰익스피어 『리어왕』 4막 1장 37-8절. 두 눈이 뽑힌 글로스터 백작이 거지 분장을 한 아들 에드거에게 자신의 처절한 운명을 빗대 한 말이다.

열아홉 번째 편지

．

도덕과 관습의 현주소를 찾아서

오늘 아침 사업 때문에 도심을 몇 마일쯤 벗어났을 때 많은 사람이 운집해 있는 모습을 보고 깜짝 놀랐습니다. 프랑스어를 할 줄 아는 하인에게 이유를 물으니 두 시간 전에 누가 처형을 당해 시신을 불태웠다고 하더군요. 저는 경악하여 주위를 둘러보았는데, 들판의 풀들이 불타 없어졌어요. 옷을 잘 차려입은 여자들이 처형 장면을 본 후 아이들과 함께 돌아가는 모습이 얼마나 혐오스럽던지, 저는 고개를 돌려버렸어요. 이런 게 구경거리라니요! 그런 무신경한 구경꾼들을 본 탓에 잘못된 정의 개념이 어떤 악영향을 낳을 수 있는지에 대해 꼬리에 꼬리를 무는 사색에 빠져들었지요. 저는 사형제도가 전면 폐지되기 전까지 처형이 드러낼 수 있는 공포를 낱낱이 보여주어야 한다고 믿습니다. 동정은 순식간에 호기심에 잠식되는 만큼, 지금처럼 입 벌리고 구경하는 군중을 위한 오락의 장이 되어서는 안 된다고 생각합니다.

배우들이 관객들 앞에서 죽는 연기를 하는 건 비도덕적이기는 해도 현실을 연극처럼 보는 이들의 잔인함과 비교하면 사소하다는 것이 제 생각입니다. 왜냐하면 어느 나라건 보통 사람들이 처형장에 가는 것은 그 가련한 인물의 운명을 동정해서도, 그자를 그런 비참한 결말로 이끈 범죄를 생각해서도 아니고, 그 인간이 어떤 태도를 보일지 궁금해서예요. 그렇기 때문에 처형은 산 사람들에게 유용한 본보기가 되기보다 처형을 무서워해야 하는 마음을 둔감하게 만들어 오히려 역효과를 낳는다고 봅니다. 게다가 불명예스러운 죽음이 무서워 범죄를 유보하는 사람은 없을 거예요. 범죄를 저지르는 순간은 그때 상황에서 그런 마음이 들고 일어나는 것이니까요. 파멸은 오게 마련인데, 그 가능성을 전혀 염두에 두지 않고 세상이 자신에게 유리하게만 돌아갈 거라고 기대하는 건 위험한 도박과도 같지요. 사실 노르웨이의 요새에서도 보았지만, 사회구조만 잘 정비되어 있었어도 한 사람을 대담한 악당으로 만드는 그 에너지가 같은 사람을 사회의 인재로 만들었을 거라고 저는 확신합니다. 강한 정신은 계몽이 되지 않으면 불공평이 그 정신을 옳지 못한 쪽으로 이끕니다.

그러나 코펜하겐에서는 처형이 거의 일어나지 않습니다. 관대함보다 소심함이 현 정부의 모든 활동을 마비시키고 있지요. 오늘 아침 죽은 범인도 다른 때 같았으면 사형까진 당하지 않았을 겁니다. 그러나 방화라면 모두가 고개를 절레절레 흔들지요. 최근의 대화재로 주민들 대다수가 여전히 고통 받고 있어 반드시 본보기를 보여줄 필요가 있다고 생각되었거든요. 그러나 제가 모은 정보에 의하면 그 화재는 우발적이었어요.

제가 대단한 정보통은 아니지만요, 피트 수상*의 밀사들이 가연성 물질을 적당한 간격으로 놓아두었다는 소문이 돌았답니다. 그 사실을 입증하기 위해 많은 사람들이 도심 여기저기서 불길이 동시에 터졌다고 주장합니다. 바람도 손을 쓸 수 없게 말이지요. 음모론은 여기까지만요. 그러나 전 세계의 음모론자들은 "상상이라는 근거 없는 뼈대"** 위에 자신들의 억측을 쌓아 올리는 법이죠. 영국 수상이 자신이 꾸며낸 음모로 국내에서 탄압을 일삼는 동안 유럽 대륙과 북쪽 지역에서는 별 근거도 없이 그가 온 세상을 불태우고 싶어한다고 비난하는데, 일종의 인과응보 같습니다.

아 참, 제가 믿을 만한 사람으로부터 들은 이야기를 해드릴게요. 범죄자의 피가 중풍 치료에 그만이라고 해서 그 피를 마시기 위해 처형장을 찾아온 두 사람이 있었대요. 앞에서 등장한 그 모임에서 제가 자연을 거스르는 끔찍한 짓이라고 비판하자 한 덴마크 여성이 중풍에 좋은지 안 좋은지 당신이 어떻게 아느냐며 저를 혹독하게 질책했어요. 그러면서 건강을 위해서는 무슨 짓이든 용납될 수 있다고도 하더군요. 짐작하겠지만 그런 지독한 편견의 노예와는 논쟁을 하지 않았지요. 제가 이 얘기를 하는 것은 덴마크 국민의 무지를 보여주는 특성이기도 하거니와, 인류에

---

* William Pitt the Younger. 24세의 나이로 수상직에 오른 영국의 정치가로 소(小)피트로 불린다.
** 셰익스피어 『템페스트』 4막 3장 151절에 등장하는 표현이다.

대한 증오를 뿌리는 처형장을 막지 않은 정부를 비난하기 위해서예요.

경험주의가 덴마크에서만 볼 수 있는 현상은 아닙니다.[*] 경험주의가 타파된 마법의 잔재라고는 하나 사람 몸의 구성 요소가 무엇인지를 학교에서 가르치지 않는 한 그것을 뿌리뽑을 방법을 저는 모르겠어요

화재 이후 주민들은 혼란 중에 은닉된 재산을 찾는 데 부지런히 동원되고 있습니다. 덕망 있다고 일컬어지던 사람들 가운데 재난을 이용해 불길에 살아남은 물건을 훔치는 자들이 얼마나 많은지 놀라울 뿐이에요. 쓸데없는 구별 짓기에 도통한 사람들은 아무데서나 약탈하는 건 주저하면서도 폐허 속에서는 주인이 누군지 애써 묻지 않고 발견하는 족족 숨겼어요.

법의 잣대보다 더 정직하면 대부분의 사람들은 공덕(功德)을 쌓는 거라고 생각합니다. 법망을 빠져나가려면 최단시간에 부자가 되고 싶어 하는 투기꾼들의 능력을 발휘해야 합니다. 신변의 위험이 없는 사기는 정치가들과 협잡꾼들에 의해 완벽에 이르게 된 기술이지요. 더 야비한 사기꾼들은 그자들의 선례를 지체없이 따른답니다.

전쟁의 와중에도 상업적 사기가 행해진다는 사실을 알게 되면 울화가 치밀어요. 다시 말해, 제가 사회를 어떤 관점으로 보든 제게는 재산 숭배가 모든 악의 근원으로 보입니다. 이 나라에서는 재산 숭배가 미국처럼

---

[*] 울스턴크래프트가 말하는 경험주의(Empiricism)는 '돌팔이 치료법'을 뜻하다. 경험주의가 실험과 관찰에 기반한 실용주의라는 현대적 의미를 갖게 된 것은 19세기 후반에 들어서였다.

사람을 진취적이 아니라 검소하고 신중한 유형으로 만들어요. 그래서 저는 산업이 거의 활성화되지 않은 수도에는 절대 머물지 않았어요. 쾌활함으로 말할 것 같으면, 노르웨이인들 같은 씩씩한 걸음걸이를 찾아보았지만 헛수고였지요. 노르웨이인들은 모든 면에서 덴마크인들보다 나아 보입니다. 노르웨이인들이 더 많은 자유—권리는 천부적이라고 생각하는 자유—를 누리기 때문에 그런 것 같아요. 반면에 덴마크인들은 자신들의 소극적 행복을 자랑할 때조차 베른슈토르프 백작의 초지일관한 지혜를 따르는 왕세자의 은혜 덕분이라고 말합니다. 그러나 봉신 계급은 전 왕국에 걸쳐 사라지고 있습니다. 더불어 노예제도가 수정될 때마다 생길 수 있는 더러운 탐욕도 사라질 거예요.

재산의 주된 용도가 가진 자에 대한 존경으로 드러나는 권력이라면 남의 부러움을 살 만큼 우쭐대는 것이 위험할 줄 알면서도 사람들이 궁핍 때문에 훔친 재물로 재산을 비축하는 데서 즐거움을 찾는 것은, 인간 본성의 모순들 중에서도 가장 이해할 수 없는 점이지 않나요? 모든 나라의 농노들이 이렇지는 않을 겁니다. 그러나 돈을 모아봤자 소용이 없을수록 돈을 모으려는 탐욕은 더 강해지는 것 같습니다.

덴마크 사람들이 기품 있는 사치품을 구하려고 부를 추구하는 것 같지는 않습니다. 왜냐하면 코펜하겐에서는 취향의 부재가 눈에 띄거든요. 그런 탓에 가련한 마틸다 왕비가 융통성 없는 루터교도들의 취미를 세련되게 다듬어주려다 빈축만 샀다는 이야기를 들었을 때도 저는 놀라지 않았어요. 그녀가 소개하고 싶어한 기품을 사람들은 음란하다고 했습니다. 그러나 정사가 없다고 해서 아내들이 더욱 정숙해지고 남편들이 더욱 충실해지는 것 같지는 않습니다. 이 나라에서는 정욕이 가정생활의 결속이자 매력인 믿음과 진실을 없애 예절은 깎아내리고 도덕은 타락시키는 것 같아요. 이 도시에 머문 지 얼마 되지 않았다는 한 신사는 하층민들이 빠져 있는 상스러운 방탕함을 어떤 말로 전해야 할지 모르겠다고 하더군요. 중산층 남자들이 하녀들과 벌이는 문란한 정사는 두 사람의 인격을 떨어뜨림과 동시에 어떤 식의 가족애든 약화시키고 만답니다.

어디를 막론하고 남녀의 행동에서 목격되는 한 가지 두드러진 차이가 있습니다. 여자들은 대체로 윗사람들의 유혹을 받고, 남자들은 자신들보다 못한 여자들에게 차입니다. 여자들은 지위와 관습에 눌리고, 남자들은 교활함과 음탕함에 예속 당합니다. 야망은 여성들의 정열에 비위를 맞추고, 폭정은 남자들의 정열에 힘을 실어줍니다. 대부분의 남자는 왕들이 총신을 대하듯 자신의 정부(情婦)를 대합니다. 그러니 남자가 우주만물의 폭군이 아니고 뭐겠어요?

또 그 소리냐고, 여러분은 소리치겠지요. 그러나 파란만장한 인생의 대다수 투쟁이 제 성이 억압당했을 때 일어났는데 어떻게 그냥 넘어갈 수 있겠어요? 느낌이 강렬할수록 사고도 그만큼 깊어지는 법이죠.

그러나 앞서 했던 논평으로 돌아가자면요. 널리 퍼져 있는 육욕은 제가 보기에 삶의 충만함보다 정신의 나태함과 둔감함에서 비롯되는 것 같습니다. 젊은 영혼들의 활기가 가라앉아 정신력이 될 때 충만함은 인격을 살찌워줍니다.

앞서도 말했지만 남자들은 아버지, 오빠, 남편 노릇을 하는 가정의 폭군들입니다. 그러나 아버지와 남편의 지배를 받는 기간 중에 여성이 자유와 유희를 즐길 수 있는 유일한 시기가 있습니다. 서로를 사랑하는 두 젊은이는 친구들이 보는 앞에서 반지를 교환하고, 제가 어떤 나라에서도 본 적 없는 얼마간의 자유를 함께 누립니다. 자연히 연애 기간은 늘어나지요. 결혼이 무르익을 때까지, 즉 친밀함의 표현이 아주 부드러워질 때까지 말이죠. 연인이 남편의 특권을 얻게 되면 가족의 의도적인 묵인 아래 어느새 반쪽으로만 불리지요. 이런 도의적인 약속이 깨지거나 묵살되는 경우는 잘 없습니다. 그러면 범죄까지는 아니지만 결혼 서약 위배라는, 더욱 불명예스럽게 여겨지는 약속 위반의 낙인이 따라붙게 됩니다.

잊지 말아주세요, 이 대략적인 논평에서 저는 국민성을 개괄하려는 것이 아니라, 세계의 발전 과정을 추적하면서 도덕과 관습의 현주소에 주목하려는 것일 뿐이랍니다. 왜냐하면 다른 나라에 머무는 동안 제 주된 목표는 인간의 본성이 무엇인지 생각하도록 이끌어줄 사상가들의 냉철한 견해를 취하는 것이거든요. 여러분에게 솔직히 말하면요. 제가 여기 북쪽 땅을 먼저 둘러본 후 프랑스를 방문했다면 프랑스인들의 허영과 타락에 대해 그렇게까지 가혹하게 논평하지는 않았을 것 같아요.

봉기한 민중의 덕목들에 대해 곧잘 그려지는 흥미로운 묘사는 제가 생각하기에 오류투성이입니다. 다양한 대중 투쟁이 낳은 열정을 기술한 대목들만 빼고 말이죠. 우리는 프랑스인들의 타락에 대해 말하고, 그 나라의 늙은 나이를 강조합니다. 그러나 프랑스의 평민들과 그들의 시민군이 지난 2년 동안 보여준 열정보다 더 고결한 것을 어디서 찾을 수 있을까요? 저는 당시의 공포를 서술해놓은 글과 대조해보기 위해 제가 목격했거나 진짜라고 들었던 무수한 사례를 떠올려보곤 합니다. 슬프게도! 얼마나 들어맞는지. 저는 이제까지 추잡한 악이 태도의 단순함과 관련이 깊다 여겼는데, 지금은 무지의 부수물이라는 생각으로 기울고 있답니다.

가령, 이교도나 기독교 체제하에서의 신앙은 이성의 원리에 반하는 것들에 대한 맹목적 믿음이 아니고 무엇이었나요? 또한 이성의 지시를 거역하는 것이 최고의 미덕으로 간주되던 때는 이성이 얼마나 발전할 수 있었겠어요? 종교개혁을 설파하는 루터교도들은 가톨릭과 같은 기반 위에서 신앙심이 깊다는 평판을 쌓아왔습니다. 그러나 예배나 다른 종교의식에 규칙적으로 참석한다고 해서 루터교도들이 더 돈독한 정을 나누고 더 정직한 상거래를 한다고는 생각하지 않습니다. 이성을 행사하는데도 사람들이 타인들로부터 받아들이는 모든 것의 기준이 되는 원칙을 스스로 습득하지 못할 때는 종교의 명령을 인간의 법으로 얼버무리기 쉬운 것 같습니다.

여행을 교양 교육의 완결로서 합리적인 근거로 채택하고자 한다면 유럽의 더 고생한 지역들에 앞서 북쪽 국가들부터 방문하는 것이 좋습니다. 여행은 다른 나라의 다양한 응답을 탐색해야만 습득할 수 있는 관습의 학습터가 되어줄 겁니다. 그러나 기후가 다른 지역을 방문했을 때는 한순간 공감대가 형성되었다고 모든 걸 이해했다는 결론에 이르면 곤란합니다. 환대는 여행자들에게, 특히 즐거움을 찾아 여행을 하는 이들에게 한 나라의 미덕을 잘못 평가하도록 만드는 경우가 비일비재하니까요. 저는 한 나라의 미덕이 그 나라의 과학 발전과 정확히 비례한다고 믿는답니다.

안녕히.

．

섬세함은 성취의 동력이자
불행의 원인

저는 프랑스인들의 지나친 연극 사랑을 늘 곱지 않은 시선으로 보았어요. 그 사랑이 프랑스인들을 허영심 많고 가식적인 성격으로 만들었다고 생각했거든요. 그러나 이제서야 인정하자면요, 파리의 연극 무대에는 우리 극장처럼 매춘부들이 등장하지 않는 만큼 일주일간 모은 돈을 정신을 취하게 하거나 마비시키는 흑맥주나 브랜디에 쓰기보다는 주일마다 극장에서 쓰는 편이 더 유용할 거예요. 이 점수만큼은 프랑스 국민들이 어떤 나라의 국민들보다 훨씬 높습니다. 파리 사람들이 휴일을 훨씬 재미있게 보내는데도 그 흥겨움이 역겨워지거나 위험해지지—술이 돌면 으레 그러잖아요—않는 것은 술에 취하지 않기 때문이에요. 만취는 야만인들의 쾌락이자, 일로써 능력을 발휘하기보다 일에 치여 심신이 지쳐버리는 사람들의 쾌락입니다. 만취는 사실, 영국이든 북유럽 국가들이든 사회 발전의 최대 걸림돌이 되는 악습이 아닐까요?

음주는 흡연과 더불어 남자들의 주된 심심풀이지만, 여자들은 마땅한 놀거리가 없는데도 절제를 잘합니다. 극장의 경우에는 하나만 있으면 됐지 더 이상은 불필요해 보입니다. 그도 그럴 것이 제가 갔을 때 극장이 반도 차 있지 않았고, 화려한 드레스를 뽐내는 귀부인이나 여배우도 보이지 않았거든요.

제가 본 연극은 『가짜 의사(Mock Doctor)』* 이야기에 바탕을 둔 작품이었습니다. 최고의 배우들이 연기하는 하인들의 몸짓을 보고 유머를 상상해야 합니다. 발레라고 하는 이 익살극은 일종의 팬터마임(무언극)으로, 유치한 사건들이 덴마크 극예술의 현주소와 관객들의 저속한 취향을 유감없이 보여준답니다. 땜장이로 변장한 마술사가 여자들이 부지런히 바느질을 하고 있는 오두막으로 들어가 더러운 프라이팬을 아마포로 문지릅니다. 여자들이 도둑이야 소리지르면서 춤을 추고 도둑을 쫓고 남편들을 깨우면, 남편들도 얼떨결에 같이 춤을 추다 추격에 앞장섭니다. 땜장이는 프라이팬을 방패 삼아 남편들을 꼼짝 못하게 해놓고 얼굴을 검댕이로 만듭니다. 남자들은 자기 얼굴이 까만 줄은 모른 채 서로의 얼굴을 보고 깔깔거립니다. 한편 여자들은 뒤따라 일어나는 사건들과 더불어 '희대의 재미"인 그 유희를 즐기기 시작합니다.

노래와 춤의 수준은 비슷했습니다. 노래는 세련미가 떨어졌고, 춤은

---

* 18세기 영국 소설가 헨리 필딩이 쓴 작품이다. 17세기 프랑스의 극작가이자 배우인 몰리에르의 익살극 『억지 의사(Le Médecin malgré lui)』(1666)를 참고해 쓴 작품으로 알코올 중독자 나무꾼이 박식한 의사 행세를 하는 이야기다.

표현력이 떨어졌지요. 그러나 오케스트라 구성은 아주 좋았고, 악기 연주는 성악보다 훨씬 훌륭했어요.

저는 공공도서관과 박물관, 그리고 로젠보르그 왕궁*도 방문했습니다. 지금은 버려져 있는 이 왕궁은 음울한 웅장함이 건물 전체를 관통합니다. 넓은 방의 적요는 언제나 그런 느낌이 들게 하지요. 적어도 제게는 그렇답니다. 저는 한밤중에 빗살수염벌레의 째깍거리는 울음소리를 들을 때처럼 제 발자국 소리에 귀를 기울이며 상상 속에나 나올 법한 미신을 떠올려보았습니다. 모든 물건이 저를 과거로 데려가 그 시대의 관습을 제 머리에 새겨넣더군요. 이런 점에서 고궁들과 빛바랜 가구들의 보존은 중요하답니다. 그들 자체가 역사의 문서가 될 수 있으니까요.

과거의 위대함이 남긴 공백도 곳곳에서 발견되었습니다. 벽에 그려진 전투 장면과 행렬은 누가 살육에서 벗어나 흥청망청 놀았는지, 누가 화려한 행사를 거부하고 쾌락을 찾았는지를 말해줍니다. 이 왕궁은 놀다가 혹은 일하다가 태피스트리 뒤로 파묻힌 이들의 그림자 유령들로 가득한 거대한 무덤 같았습니다. 태피스트리는 사랑이나 전쟁의 승리를 기려놓았더군요. 유령들이야, 제 상상력이 생명을 불어넣지 않고서야 어디에 있겠어요? 이렇게 많은 흔적을 남긴 그때의 생각들이 완전히 사라질 수 있을까요? 또한 생각과 느낌이라는 고귀한 물질로 이루어진

---

* 크리스티안 4세를 위한 여름 궁전으로 1710년 무렵까지 왕실 가족의 주된 거처로 사용되었다.

이 존재들이, 거대한 생명체를 움직이게 하는 원소들로 녹아 없어지기만 했을까요? 그럴 리가요! 차라리 연회장 꼭대기에 있는 커다란 은색 사자들이 생각하고 추론한다고 믿겠어요. 그러나 물러가라! 꿈을 깨우는 너희들! 이 신기함을 여러분에게 말할 수가 없네요.

값싼 보석과 보물과 거인의 손이 휘둘렀을 법한 검들이 진열되어 있는 장식장들이 있었습니다. 대관식 장신구들은 이곳에서 조용히 때를 기다리고 있고, 옷장에는 대관식 공연을 빛냈던 의상들이 들어 있습니다. 그 의상들을 불명예스럽게 닳아 없어지게 하는 대신 배우들에게 대여해주지 않은 것은 애석한 일이에요.

저는 히르숄(Hirsholm)* 외에 다른 궁전은 가본 적이 없습니다. 그곳의 정원은 아취 있게 설계가 되었고, 덴마크에서 가장 멋진 전망을 자랑합니다. 정원이 현대적인 영국 스타일로 꾸며져 있어 마틸다의 발자취를 따라가고 있는 것만 같았습니다. 왕비는 자신이 사랑한 조국의 이미지를 다각화하고 싶어했습니다. 노르웨이의 풍경을 축소해놓은 모형도 만족스러웠는데, 덴마크왕의 정원 중 일부는 아주 그럴 듯했습니다. 오두막은 정말로 비슷하더군요. 전체적으로 흡족했는데, 제가 노르웨이—평화로운 농장들과 드넓은 황야—를 사랑해서 더 그랬던 것 같아요.

공공 도서관은 제가 기대한 것 이상으로 서적이 많습니다. 정리도 잘

---

* 마틸다 왕비가 가장 좋아한 궁전의 터.

되어 있어요. 아이슬란드 사본들의 진가는 가늠할 수 없었지만, 거기 쓰인 글자들을 보니 전세대가 후세대에게 자신들의 생각을 전하기 위해 얼마만큼의 노고를 쏟았을지 느껴져 흐뭇했지요. 저는 사람이 섬세한 감정을 가지게 되면 매우 불행하겠다고 생각하곤 했습니다. 섬세하면 일상다반사에 쉽게 싫증을 느끼게 되거든요. 하지만 느낌과 생각의 그런 섬세함이 인류를 이롭게 만든 대부분의 성취를 이루게 했을 겁니다. 더 적절한 표현을 빌자면 천재 병이라 할 수 있겠지요. 이 특이한 우울의 원인은 "커질수록 커지고, 강해질수록 강해집니다."*

왕실 박물관에는 좋은 그림이 몇 점 있었습니다. 지레 겁먹지들 마세요. 지루한 목록을 늘어놓거나 시간이 명예의 전당에 자리를 마련한 대가들에 대해 비평을 늘어놓는 식으로 여러분을 괴롭히지는 않을 테니까요. 이 나라의 현존 화가들이 그린 작품이 있었다면 알아보았어야 했는데, 이제야 박물관의 상태를 스케치해보고 있답니다. 구색을 갖추려고 한 건지 좋은 그림과 나쁜 그림이 마구잡이로 섞여 있었습니다. 파리에 새로 생긴 웅장한 미술관에도** 그와 같은 결함이 눈에 띄지요. 그러나 예술의 점진적 발견과 발전을 보여주기 위해서는 예술가들을 위한 공간은 그런 식으로 배치되어야 한다고 굳게 믿는 것 같습니다.

---

* 18세기 영국 시인 알렉산더 포프의 장편 철학시 『인간론(An Essay on Man)』의 제2서간 133-6절을 인용한 것이다.
** 1703년 8월에 공공 박물관으로 문을 연 루브르박물관을 말한다.

저는 라플란드 사람들*의 드레스며 무기며 도구들에 눈길이 갔습니다. 정신의 이해보다 꾸준한 인내의 증거에 가까운 최초의 독창성이 엿보여서요. 박물학의 표본들이나 진기한 예술품들은 과학적 체계 없이 모아놓기만 해 유용해 보이지가 않더군요. 물론 그렇게 된 데는 화재가 났을 때 왕궁에서 그것들을 급하게 옮겨놓아야 했기 때문이었겠지만요.

이 나라에는 존경할 만한 과학자는 더러 있지만, 문학가는 거의 없고 예술가는 더더욱 없습니다. 그들도 대우를 받고 싶겠지만 지금 돌아가는 모양새로는 오랫동안 주목을 받지 못할 것 같습니다. 부의 허영심이나 상업의 진취성이 아직은 그 방면으로 눈길을 주지 않기 때문입니다.

게다가 왕세자는 검소하다 못해 구두쇠로 전락하고 있습니다. 그는 신하들을 억압하지는 않을지언정 우울하게 만들고 있을지 모릅니다. 왜냐하면 그의 의도는 언제나 선해 보이니까요. 그러나 정신 활동을 좀먹는 것이 지루함이라고 한다면 장엄함이나 우아함이라곤 없는 왕궁의 무미건조한 일상보다 더 지루한 것도 없을 거예요.

제가 수집한 정보에 따르면 왕세자의 능력이 보통 수준은 된다고 합니다. 하지만 그는 성품이 착해 베른슈토르프 백작이 주무르기 쉬운 사람이에요. 저는 베른슈토르프 백작이 막후 실세, 진짜 군주라고 생각합니다. 왕자에게는 성격 결정의 전조 격인 젊은이의 고집 센 자만이란 것

---

* 유럽 최북단 지역에 사는 원주민들.

이 조금도 없습니다. 왕세자와 왕세자비는 식탁을 두 번 차리는 비용을 아끼기 위해 날마다 왕과 식사를 같이합니다. 왕을 인간의 위엄을 잃은 존재로 취급하는 건 익살극에서나 있는 일이죠! 그러나 베른슈토르프 백작의 도덕성은 이런 판에 박은 사기극을 따릅니다. 왕에게는 의지도 기억력도 없다는 사실을 모두가 아는데도, 백작은 이따금 이런 사기극을 이용해 나의 주인인 왕의 뜻이 그러하다 말함으로써 자신에 대한 거부감을 순화시킵니다. 백작은 괄괄한 아내들이 남편들을 이용해 먹듯 왕자를 이용해 먹습니다. 이런 아내들도 결정권이 전혀 없는 불쌍하고 수동적인 남편들에게 복종할 필요성을 느낄 때가 있지요. 바로 자신들의 횡포를 감추고 싶을 때입니다.

이 나라에서는 왕이 개를 고문관으로 삼은 적이 있다는 소문이 돌더군요. 왕의 식탁에서 같이 밥을 먹던 개가 늙은 신하의 접시에 있던 고기를 낚아채자 그 신하가 익살맞게도, 그대 견공은 폐하와 식사를 할 자격—개와 인간을 구별하는 자격—이 없다고 꾸짖었다고 합니다.*

왕궁의 화재는 사실 불행 중 다행한 일이었습니다. 왕가의 세입에 지나친 비중을 차지하는 왕실 시설을 줄이는 구실이 되어주었으니까요. 왕세자는 현재 정반대의 극단을 달리고 있습니다. 인색까지는 아니지만 왕실의 절약이 사회 곳곳으로 뻗어나가고 있는 듯합니다. 저도 목격

---

* 정신분열증을 앓은 크리스티안 7세는 자신의 개를 시종으로 삼게 해달라고 부탁했다는 이야기가 있다.

할 기회가 있었지요. 물론 이방인들을 대할 때는 여전히 환대가 우세하답니다.

오늘은 여기서 펜을 놓을게요. 제가 좀 편향된 사람이라 우울이라는 삐딱한 시선으로 세상을 보는지도 모르지만, 그게 다 슬퍼서 그런 거랍니다.

신의 축복이 있기를!

스물한 번째 편지

·

세상에서 가장 행복한 사람들

저는 베른슈토르프 백작을 만났습니다. 대화를 해보니 전부터—그러니까 코펜하겐에 도착한 후부터—가지고 있던 제 생각이 확고해지더군요. 그는 네케르*처럼 자신의 미덕을 약간 자랑하는 괜찮은 사람입니다. 좋을 일을 하고 싶어하기보다는 나쁜 짓을 하지 않으려 애쓰는데, 그래야 비난을 피하기 때문이에요. 아무리 좋은 일이라도 변화가 요구되면 더욱 그렇지요. 간단히 말해 신중함이 그의 성격의 바탕 같습니다. 덴마크 정부의 성격으로 볼 때 소심함 뒤를 바싹 따르는 조심스러운 용의주도함에 가깝다고나 할까요. 그는 상당한 정보통이고, 수완도 좋습니다. 그렇지 않고서야 어찌 수상이 될 수 있었겠어요. 그는 평판을 주시하는

---

* 스위스 제네바 출생의 프랑스 은행가이자 정치가로 루이 16세 당시 재무총감을 지낸 자크 네케르를 말한다.

사람이라 자신의 인기를 위협하는 모험을 하지 않을 것이기에 슈트루엔제처럼 명예롭게 실패하지도, 정체되어 있는 민심을 천재의 기세로 교란하지도 않을 겁니다.

2년 전 백작의 초대로 덴마크를 방문한 라바터*는 백작의 얼굴에서 최고의 정치가임을 입증하는 선들을 찾았을 겁니다. 혹자는 왕세자의 마음에 기독교의 교리를 확고히 다지기 위해 초대했다고도 합니다. 라바터는 고위층의 얼굴을 보고 큰 인물인지 아닌지를 가늠하는 재주가 있어, 그들은 라바터가 하는 일에 주목해왔지요. 게다가 프랑스혁명을 보는 백작의 견해는 라바터의 견해와 일치해 그의 박수도 끌어냈을 겁니다.

덴마크인들은 대체로 개혁을 극도로 싫어하는 것 같습니다. 행복이 생각 속에만 존재한다면 덴마크인들이 세상에서 가장 행복한 사람들일 겁니다. 저는 자신들의 처지를 이들만큼 만족해하는 경우를 본 적이 없어요. 그러나 기후만큼은 정말 고약하답니다. 건조하면서 후텁지근하거나 습하면서 쌀쌀하지요. 노르웨이처럼 그 혹독한 추위에 맞설 준비를 해야 하는, 그런 정신 번쩍 들게 하는 매서움은 찾아볼 수 없습니다. 이곳 주민들은 노르웨이인들의 일상 주제인 겨울의 기쁨에 대해서는 이야기하지 않더군요. 오히려 이들은 겨울의 낙 없는 냉혹함을 두려워하는 듯해요.

* Johann Kaspar Lavater. 스위스의 프로테스탄트 신학자이자 문필가로 얼굴 특징으로 성격을 파악하는 인상학의 창시자이다. '질풍노도'시대의 특색 있는 인물로서 취리히 대관의 부정을 공격해 유명해졌다.

성벽은 쾌적한데, 화재가 나기 전에는 훨씬 쾌적했겠더군요. 폐허에서 산들바람이 불어와 먼지구름이 이는데도 보행자들은 짜증을 내지 않았습니다. 풍차들, 방앗간 주인들의 안락한 집들, 그리고 군인들과 선원들이 기거하는 넓은 막사들은 산책을 더욱 기분 좋게 해주는 것들이었지요. 덴마크의 풍경은 넓은 땅덩이와 경작지 외에는 볼거리가 많지 않습니다. 그러나 우리 같은 대도시 주민들에게는 푸른 초원을 보는 것만으로도 눈요기가 되는 만큼 이런 그늘진 곳을 산책할 수 있는 것도 정부가 주민들을 위해 공을 들인 혜택에 포함되어야 합니다. 저는 일반인에게 개방은 되었지만 도시 한복판에 파묻혀 안개를 끌어모으는 것 같은 왕실 정원들보다 이런 산책로가 더 좋답니다.

길들과 교차하는 운하들도 마찬가지로 편리하고 깨끗합니다. 그러나 제 기억 속에는 이제껏 보았던 여러 선명하고 그림 같은 해안들이 생생하게 남아 있어 도시에서 내려다보이는 바다의 풍경이 그다지 매력적이지 않았습니다. 그렇다 해도 부유하지만 다른 나라는 좀처럼 가지 않는 주민들은 자신들의 시골 대저택이 자리한 곳이 바다에 인접해 있다는 이유만으로 훨씬 쾌적하다는 사실을 알 필요가 있답니다.

코펜하겐 최고의 거리들 중 하나는 정부에서 세운 병원들로 즐비합니다. 이런 시설들이 들어선 여느 나라들 못지 않게 정돈이 잘 돼 있지요. 그러나 병원이나 구빈원이 어느 곳에서든 인도적으로 잘 관리되고 있는지는 의심이 자주 듭니다.

가을 날씨가 흔치 않게 너무 좋아 행여 날씨가 돌변해 으스스한 겨울

전령이 발목을 잡지나 않을까 싶어 함부르크로 가는 여행을 미루고 싶지 않더군요. 이 도시에는 제가 추천장을 줄 가족들의 환대 말고는 저를 붙잡아둘 것이 없습니다. 저는 군인들이 훈련도 하고 시장도 열리는, 넓고 탁 트인 광장에 자리한 호텔에 묵었습니다. 방들은 훌륭했어요. 화재 때문에 숙박비가 비쌀 거라고 들었는데, 청구서를 받아 보니 요금이 노르웨이보다 훨씬 저렴했습니다. 그런데도, 저녁 식사는 모든 면에서 더 나았답니다.

저는 코펜하겐에 도착한 후로 어떤 타지에서도 느껴보지 못한 편안함을 느꼈습니다. 물론 제 머릿속이 언제나 정보를 찾아 부산을 떨지는 않습니다. 그럼에도 제 답답한 마음은 종종 한숨을 쉽니다.

"이 세상 모든 관습이 내게는 얼마나

지루하고, 맥 빠지고, 무익한가.

이 지경에 이르다니!"*

안녕히! 여러분 안녕, 이라고 말할게요. 할 수 있다면 여러분도 어조를 달리해 안녕을 반복해보세요.

---

* 셰익스피어 『햄릿』 1막 2장 133-7절을 잘못 인용한 것이다. 원문은 이렇다. "이 세상 만사가 내게는 얼마나, / 지겹고, 진부하고, 맥 빠지고, 무익해 보이는가! / 싫다(에잇), 아 싫다, 싫어! 세상은 볼품없어진 / 잡초투성이 정원. 역겹고 조잡한 것들만 / 정원을 차지하고 있구나. 이 지경에 이르다니!

.

낯선 언어 속에서
혼자임을 느낄 때

코펜하겐을 떠난 다음 날 밤 코르쇠르*에 당도했습니다. 날씨가 좀 사나웠지만 이튿날 아침 그레이트벨트 해협**을 건너기로 했지요. 거리가 대략 24마일입니다. 저나 제 어린 딸은 뱃멀미에 시달린 적은 없지만, 지루함은 어찌 견딜까요? 저는 말을 갈아타듯이 무심히 배에 오릅니다. 위험에 대해서는, 언제 닥치든 얼마나 공포스러울지 예상할 수가 없어 두렵습니다.

코펜하겐에서 여기까지 오는 도로는 아주 좋았습니다. 경작지를 제외하곤 눈에 띄는 볼거리가 거의 없는 탁 트인 평지를 지나쳤는데, 눈은 말할 것도 없고 마음까지 흡족했지요.

---

* 오늘날의 코소르.
** 덴마크의 셸란 섬과 퓐 섬 사이의 해협으로 스토레벨트 해협이라고도 한다. 1997년에 해협의 두 섬을 연결하는 스토레벨트 다리가 건설되었다.

바지선에는 독일 남작이란 사람이 타고 있었습니다. 그는 덴마크를 둘러본 뒤 바삐 돌아가는 길이었는데, 프랑스군이 라인 강을 차지한 지략에 많이 놀라더군요.[*] 그와의 대화는 시간 가는 줄을 모르게 했고, 예테보리로 돌아온 후로 점점 늘어지고 있던 제 정신—여러분도 아는 이유로—에도 일종의 자극제가 되었습니다. 저는 지금 지나가고 있는 곳이 두 번 다시 못 볼 풍경일지 모르니 한눈 팔지 말자고 다짐하며 관찰로 눈을 돌리려 얼마나 애를 썼는지 모릅니다. 그럼에도 자꾸만 몽상으로 빠져들었지요. 변명을 좀 하자면요, 정신의 확장과 정제된 감정은 우리의 마음을 안전하게 지키는 보호막이기도 하지만, 어디선가 불쑥 나타나 지혜의 그물망을 뚫고 원칙들을 소용없게 만드는 슬픔의 화살에 걸려버리면 무용지물이 된답니다.

순풍이 불지 않았는데도 우리가 물에 묶여 있던 시간은 세 시간 반을 넘지 않았습니다. 저녁을 먹고 싶은 시장기가 느껴질 때까지였지요.

이 날의 나머지 시간과 다음날 밤까지 우리는 같은 일행과 함께 있었어요. 앞서 말한 독일 신사와 그의 친구와 하인이요. 역사에서의 만남은 대체로 낯선 언어밖에 들리지 않는데도 저는 즐거웠습니다. 마르그리트와 제 아이는 종종 잠이 들었지요. 그들이 깨어 있을 때도 우리 사이에는 생각의 공통분모가 존재하지 않아 저는 여전히 혼자라고 느껴졌습니다. 사실 마르그리트는 여자들의 의상, 특히 상단과 치맛단을 장식

---

[*] 프랑스혁명군이 1795년 프로이센으로부터 라인 강을 빼앗았다.

한 패니어*를 무척 재미있어했지요. 그녀는 가족을 위해 소중히 간직해 두었던 이야기들, 그리운 파리의 장벽 안에 있었던 때의 이야기를 신이 나서 제게 들려주었습니다. 조롱이 반쯤 섞인 프랑스인 특유의 장난기 어리고 유쾌한 허영을 곁들여, 자신이 했던 바다 여행과 육지 여행을 친구들에게 알려줄 때처럼 자신이 중요하게 여기는 것을 제게 상기시키는 것도 잊지 않았습니다. 마르그리트는 자신이 모아두었던 돈도 보여주고, 외국어도 몇 마디 더듬거렸는데, 파리 사람 억양으로 반복하더군요. 그 행복한 무심함이란! 아, 그 부럽고 무해한 허영심이란! 제 인생관에 뒤지지 않는 마음의 기쁨을 낳는 것들이었습니다.

제가 코펜하겐에서 고용했던 일꾼이 충고하길, 역풍이 불 때는 연락선을 타고 가는 게 아니면 리틀벨트**는 피해 가는 게 좋으니 20마일 정도를 우회하라고 했습니다. 그러나 신사 양반들이 그의 말을 귓등으로 흘려 나중에 얼마나 후회를 했는지 모릅니다. 알고 보니 우리 배가 해안에 닿기 위해 끊임없이 침로를 바꾸면서 열 시간 동안이나 리틀벨트에 묶여 있지 않겠어요.

한 가지 부주의가 이 항해를 지루하다 못해 견디기 힘든 것으로 만들었습니다. 그레이트벨트에서 승선했을 때는 지체될 경우를 대비해 먹을 것을 준비해두었더랬지요. 그때는 손도 대지 않아 이번 항해에는 그

---

* 프랑스어로 이 말은 바구니와 고리를 뜻한다.
** 덴마크 유틀란트 반도와 핀섬 사이에 있는 해협.

렇게까지 준비할 필요를 못 느꼈습니다. 가장 긴 항해가 될 수 있다는 말을 듣고서도 '작은'이라는 이름(Little Betl)에 잘못 판단을 한 거지요. 이 실수가 얼마나 큰 애를 먹였는지 모릅니다. 아이가 배가 고파 미친 듯이 울기 시작했거든요. 어찌나 울어대던지 자신의 굶주린 아이들과 함께 있었던 가련한 우골리노*의 모습이 눈앞에 그려질 정도였습니다. 아이가 흘리는 눈물 때문에 제 자신도 말 그대로 공포에 휩싸였지요. 그 공포는 우리가 육지에 도착해 빵과 우유 한 대접의 오찬이 상상의 유령들을 몰아낸 뒤에야 사라졌답니다.

저는 일행과 저녁 식사를 했습니다. 그들과는 영원한 이별―생각하면 늘 우울하고 죽을 맛인―을 앞두고 있는데, 이별은 일종의 영혼의 이탈입니다. 운명이 갈라놓는 만남 뒤에 남는 아쉬움은 제 안의 무언가가 찢겨 나가는 느낌이라서요. 이들은 제게 이방인들이었습니다. 그러나 생김새가 남다르면 뇌리에 남는 법입니다. 여행 중에 누군가를 만나면 관심이 생기는 그 순간부터 헤어짐을 아쉬워하게 되지요. 그런 신사들 중에 얼굴에서나 대화에서 지성이 엿보이고 감성은 훨씬 풍부한 어떤 사람과 남은 여정을 함께할 수 없다는 사실이 아쉽기만 했습니다. 그 신사는 프랑스군이 당도하기 전에 자신의 사유지에 도착하고 싶어 길을 재촉해야 했답니다.

---

* 우골리노 게라르데스카(Ugolino della Gherardesca). 13세기 이탈리아 피사의 독재 영주를 지낸 인물로 동맹자였던 밀라노의 비스콘티 가문과 싸워 대주교와 충돌하였다. 이 때문에 반역자로 기소되어 두 아들 및 두 손자와 함께 구알란디 탑에 갇혀 굶어 죽었다.

이번 여관은 지금까지 묵었던 여느 여관들만큼 편안했습니다. 그러나 도로는 얼마 전 스웨덴과 덴마크에서 휙휙 지나왔던 좋은 길들과 달리 모래가 많아 아주 피곤했습니다. 이 나라는 영국의 최대 평야를 닮았습니다. 방목보다 옥수수 재배지로 좋더군요. 쾌적한 나라지만 노르웨이처럼 제정신을 앗아가곤 했던 이국의 독특한 특징들, 호기심을 자극하는 경치는 거의 없었습니다. 나무들로 아름다운 것도 아니요, 나무들 때문에 조금이나마 생기를 띠는 것도 아닌, 탁 트인 허허벌판도 자주 등장했습니다. 완공이 덜 된 도로들은 여행자들이 길을 벗어나 지루한 모래밭을 터덜터덜 걸어가는 일이 없도록 황야에 이정표를 세워두는 게 좋겠더군요.

황야는 황량했고, 스웨덴이나 노르웨이처럼 눈요기를 할 만한 야생의 매력은 보이지 않았습니다. 거리의 지루함을 잊게 하는 근사한 바위도, 보면 기분 좋아지고 멀리서 향이 실려오는 청명한 목초지도 없었습니다. 그런데도 이 나라의 인구가 훨씬 많아 보이더군요. 농가들은 아니었지만 마을들은 노르웨이의 마을들보다 더 좋아 보였습니다. 이곳 주민들의 지능이 더 높겠다는 생각마저 들었어요. 다른 건 몰라도 얼굴만큼은 제가 북쪽 땅을 여행하는 동안 보았던 그 어떤 국민들보다 생기 넘칩니다. 이들의 오감은 상업과 유희에 열려 있는 듯했어요. 낮에는 부지런한 사람들의 활기찬 콧노래가, 저녁에는 흥에 겨운 기쁨의 소리가 들려 흐뭇했습니다. 아직은 날씨가 좋아 여자들과 아이들이 문앞에서 즐거운 시간을 보내거나 동네 여기저기 세워져 있는 나무들 아래에서 산책을 즐기고 있었지요. 눈에 띄는 마을들은 주로 발트해의 작은 만이나 지류에 인접해 있어 마을에 가까워질수록 그림같이 아름다웠습니다. 마을에 들어서니 풍요로운 환경의 우아함까진 아니어도 편안함과 청결함이 있었습니다. 그러나 무엇보다 좋았던 건 거리를 다니는 사람들의 쾌활함이었어요. 덴마크에서는 어떤 집이건 무덤이 연상되는 죽음과도 같은 정적 때문에 우울했었거든요. 소작농들의 복장은 여기 기후에 잘 맞습니다. 그러니까, 보기만 해도 속이 메스꺼워지는 빈곤함이나 불결함이 보이지 않습니다.

말을 교환하고, 피로를 풀고, 잠만 자려고 들른 곳이어서 이 나라에 대해 눈으로 긁어 모은 정보로 끌어낼 수 있는 판단 이상의 것은 알 기회가 없었습니다. 그럼에도 스웨덴이나 덴마크에서 보았던 마을들보다 지금 통과하고 있는 마을들에 머물렀더라면 더 좋았겠다는 생각은 들더군요. 여기 사람들은 자기 능력을 마음껏 펼쳐 보일 수 있는 시대에 도달한 듯한 인상을 풍겼습니다. 다시 말해, 나태함에 묶여 있거나 노예 근성으로 굽신거리거나 하지 않고 발전에 민감해 보입니다.

그런 인상을 어디서 받았는지는 기억나지 않지만 아무튼 저는 독일의 이 지역에서 일종의 편안함을 접하고서 놀랍기도 하고 유쾌하기도 했습니다. 제 상상 속 이미지는 옹졸한 지배자들의 폭정이 온 나라의 얼굴 위로 음울한 베일을 드리운 모습이었는데, 현실을 마주한 순간 그 베일은 태양과 마주친 밤의 어둠처럼 스르르 걷혔습니다. 저에게 요모조모 조사할 시간만 있었다면, 모르긴 해도 수없이 잠복해 있을 불행, 무지한 억압의 결과를 찾아냈을 거예요. 그러나 잠복한 불행은 나라 밖으로 새나가지도, 제 시야가 미치는 범위 밖으로 전파되지도 않았습니다. 그래요, 이 나라에는 상당한 수준의 일반 상식이 퍼져 있는 것으로 보입니다. 제가 이런 추론을 할 수 있는 것은 육체가 오직 정신 운동을 통해서만 얻는 활동 덕분입니다. 사실, 덴마크 지배령인 독일 영토 홀슈타인은 제 시야에 들었던 덴마크 왕국 중에서 가장 우수해 보였습니다. 강건한 시골 사람들은 덴마크 농민들처럼 축 늘어져 있지 않고 단단히 힘을 주고 삽니다.

헤센-카셀의 찰스 영주*가 거주했던 슐레스비히**에 도착했을 때 군인들을 보니 독일 전제정치의 온갖 불쾌한 형상이 떠올랐지만, 시골로 들어갈수록 그 형상은 어느샌가 사라졌습니다. 저는 살육하거나 살육 당하기 위해 팔려가는 인간들을 연민과 공포가 뒤섞인 심정으로 보면서 오래된 생각 하나를 숙고하기 시작했습니다. 자연계를 통틀어 신의 설계로 보이는 것은 개인의 보존이 아니라 종족 보존이라는 것을요. 꽃들은 피었다가 시듭니다. 물고기는 알을 낳고 알들은 잡아 먹힙니다. 세상에 나서 너무도 일찍 스러져 가는 인간은 또 얼마나 많은지요! 생명의 꽃봉오리가 이렇게 버려지는 건, 우주의 원대한 계획을 완성하는

---

* 카셀 군주의 차남으로 나중에 프레데릭 2세가 되는 인물이다. 덴마크에서 군 경력을 쌓아 슐레스비히홀슈타인 주의 왕실 통치자가 되었다.
** 독일 슐레스비히-홀슈타인주에 속한 도시로 10세기부터 덴마크 왕의 통치를 받다 1864년 프로이센 왕국에 병합되었다.

데 필요한 것은 사람이 아닌 종족 보존이라는 사실을 강하게 뒷받침하는 것이 아닐까요? 아이들은 존재의 싹을 살짝 보였다 고통 받다 죽습니다. 어른들은 나방처럼 촛불 주위를 맴돌다 불길에 잠깁니다. 전쟁과 "육신이 물려받은 수천 가지 질병"*은 인간을 대량으로 살육합니다. 반면에 사회의 잔혹한 편견들은 비록 속도는 느리나 아주 확실한 쇠퇴를 이끌어 존재를 마비시킵니다.

헤센-카셀 성은 무겁고 침울했습니다. 반면에 주위 풍경은 운치가 있더군요. 키가 큰 나무들 아래 나 있는 구불구불한 산책로는 질서정연하면서도 활기찬 마을로 이어졌습니다.

저는 도개교를 건너 작은 궁정의 뼈대를 보기 위해 육중한 계단을 올랐습니다. 계단이라 말하기가 실례겠지만요. 이 계단을 병사들은 넓은 사격장에서 훈련을 하기 위해 화승총을 어깨에 메고 오르내렸을 거고, 헤센-카셀의 군주들은 전 세대에 걸쳐 병사들을 사격장으로 소집했을 겁니다. 물론 군주들이 나라를 지원하기 위해 팔아넘긴 불쌍한 이들의 혼령들까진 소집하지 못했겠지요. 이 공기 같은 혼령들이 밀턴의 악마들처럼 상황에 맞추어 줄어들고 늘어날 수 있지 않다면요.**

알현실이며 안락의자 위에 천개를 달아 왕좌를 흉내 낸 모습을 보니

---

* 『햄릿』 3막 1장 64-5절을 잘못 인용했다. 원문은 "육신이 물려받은 가슴앓이와 / 수천 가지 마음의 동요"이다.

** 밀턴의 『실락원』 1장에는 반란군 천사들이 지옥으로 들어가기 위해 몸을 줄인다는 표현이 등장한다.

코웃음이 나더군요. 온 세상이 무대구나, 라는 생각이 들었습니다. 무대에서는 대개가 자신이 맡은 역을 기계적으로 외워서들 하지요. 그렇게 못하는 이들은 운명의 습격을 받도록 세워진 표적들이거나 다른 사람들에게는 길을 알려주지만 정작 자신은 흙먼지 속에 박혀 있어야 하는 표지판 같겠지요.

말들을 기다리는 동안 우리는 여자들의 드레스를 구경하며 시간을 보냈습니다. 우스꽝스럽고 거추장스러운 드레스더군요. 덴마크와 마찬가지로 여기서도 미를 보는 잘못된 관념이 여자들의 여름을 아주 불편하게 만듭니다. 신체의 특정 부위를 가장 날씬하게가 아니라 풍만하게 보이게 하는 쪽으로 말이죠. 그게 자연스러운 거라면서요. 이런 네덜란드식 편견이 여자들을 열 개 내지 열두 개의 페티코트 무게에 짓눌리게 합니다. 페티코트는 말 그대로 거대한 바구니 모양으로 치수가 큰 보닛이나 밀짚모자처럼 보여줄 가치가 있는 신의 얼굴뿐 아니라 인간의 형체를 거의 가려버립니다. 그럼에도 여자들은 깨끗해 보였고, 저 같으면 들어올리지도 못했을 장치의 무게에 바람 앞 등잔불처럼 발을 헛디디곤 하더군요. 제가 만난 시골 여인들은 대부분 예뻐 보였습니다. 그러니까 안색은 밝고, 눈은 반짝거리고, 마을의 요부와는 다른 깜찍한 말괄량이 끼가 보였지요. 시골 젊은이들은 주일 나들이복 차림으로 이런 아름다운 여인들을 수행하며 자신들의 복장은 그만큼 거추장스럽지 않지만 느릿느릿 보조를 맞춰줍니다. 여자들은 어디에서나 솔선해서 태도를 품위 있게 가주는 것 같습니다. 그렇게 해야 그들의 사정이 나아지기 때

211

문에요.

이번 여행을 통해 제가 느낀 것은 영국의 가난한 사람들의 처지가 세계 다른 나라들의 가난한 사람들의 처지보다 조금 낫다고는 해도, 월등히 낫지는 않다는 거예요. 물론 아일랜드의 경우에는 훨씬 못하지만요. 영국도 전에는 그랬습니다. 지금은 나라의 곳간이 쌓여도 가난한 사람들의 근심은 늘어만 가고, 자선이 큰 칭송을 받는데도 부자들의 마음은 냉담하기만 합니다.

제가 자선이라는 걸 못마땅해한다는 건 여러분도 알 겁니다. 자기 죄를 덮으려고 애쓰는 소심하고 편협한 인간들이 정의를 위반하고, 끝내는 자신이 인간이라는 사실도 잊은 채 스스로를 신격화하기 때문입니다. 하늘에 보물을 쌓을* 생각조차 하지 않는 인간들, 그자들의 자비는 변장한 폭정에 지나지 않습니다. 그들은 굽신거리기를 가장 잘한다는 이유로 가장 쓸모없는 자들을 돕고, 아첨에 비례해서만 구제불능이네 뭐네 떠들지요.

슐레스비히를 떠난 후 우리는 예쁜 마을을 몇 군데 지나왔습니다. 그중 이츠콜이 제일 마음에 들더군요. 전체적인 모습은 비슷했지만 나무와 울타리가 더 많은 것이 개선된 점이었습니다. 그러나 가장 만족스러웠던 건 주민들이었어요. 저는 마차는 말할 것도 없고 사람도 거의 마주

---

* 마태복음 6장 20절. 오직 너희를 위하여 보물을 하늘에 쌓아두라 거기는 좀이나 동록이 해하지 못하며 도적이 구멍을 뚫지도 못하고 도적질도 못하느니라.

치지 못한 채 네다섯 시간을 달려오느라 지쳐 있었어요. 그런 상태에서 스웨덴에서 보았던 것 같은 초라한 오두막에 묵게 되면 기분이 나쁘고, 동정심도 생기고, 제가 가장 좋아하는 사색의 주제, 세상의 발전 가능성 위로 어둠의 그늘이 드리워졌습니다.

우리 일행이 묵은 농가들은 아주 깨끗하고 널찍했고 말들이 들어가서 먹이를 먹는 대형 마굿간들이 있었어요. 창고 구실도 겸하는 마굿간에는 홀처럼 방들과 통하는 문이 있고, 방들은 말쑥했습니다. 온 가족이 한 지붕 아래 조밀하게 오붓이 누워 있는 모습은 원시시대를 떠올리게 했습니다. 왕성한 상상력으로 원시시대의 두드러진 특징을 포착한다해도 그 시대가 상상만큼 황금빛으로 빛나지는 않았을 거예요.

가족 구성원들 중 우수에 잠긴 하늘색 눈을 가진 예쁜 처녀가 우리를 깔끔한 응접실로 안내했습니다. 그녀는 제 아이의 뺨이 발그레하니 건강한데도 아이가 옷을 너무 헐렁하고 가볍게 입은 모습을 보고는 싹싹한 말투로 아이를 동정했어요. 멋과 교태를 겸비한 이 처녀는 자신의 좋은 혈색에 생기를 더하고 싶었던지 푸른색 리본을 단 면 재킷을 입고 있었습니다. 마침 일요일이었거든요. 모든 동작이 얼마나 우아한지 멍하니 감탄하며 바라보았답니다. 마을 사람들 사이에서 그녀는 곡초와 수레국화들 사이로 얼굴을 쑥 내민 한 송이 백합과도 같았습니다. 집이 좁아 앉아보라고도 할 수 없어 저는 그녀에게 여자 종업원들에게 으레 주는 돈보다 많은 돈을 주었습니다. 그녀는 미소 띤 얼굴로 돈을 받았지요. 그런데 그 돈을 제 면전에서, 제 아이에게 빵을 갖다 주었던 소녀에게 주지 않겠어요. 그제야 저는 그녀가 이 집의 주인이거나 딸이자, 이 마을의 최고 미인이겠다고 여겼지요. 짧게 말하면요, 함부르크에 가까워질수록 작은 마을마다 쾌활한 근면함과 불행을 차단할 만큼의 편안함이 있었습니다. 그 점이 놀라우면서 기분 좋았어요.

프랑스처럼 이곳에서도 여자들이 입는 짧은 재킷은 당사자에게 잘 어울리기도 할 뿐더러 영국 여자들이 입는, 흙밭에 닿을락말락하는 긴 겉옷보다 농사일이나 가사일을 해야 하는 여성들에게 안성맞춤입니다.

여행길에 만난 여관들은 하나같이 제 예상보다 좋았습니다. 물론 침대의 푹신함이 여전히 불쾌하고 다음날의 피로를 견딜 수 있도록 제게 필요한 휴식을 방해하긴 했지만요. 요금은 적당했고, 사람들은 솔직한 유쾌함과 자유로운 태도로 손님을 정중히 대했습니다. 그래서 누가 주인이고, 누가 고용인—종업원, 여지배인, 객실청소부, 말구종에 이르기까지—인지 잊어버릴 정도였어요. 영국에서는 고용인들의 교활한 노예 근성이 특히 거슬렸는데 말이지요.

나무 그늘이 드리워진 예쁜 도로와 조금만 더 가면 함부르크를 보게 될 거란 사실에 제가 생각한 것보다 훨씬 쾌적한 도시를 보게 될 거란 기대가 생기더군요.

요즘은 여행자들이 함부르크 같은 중심지를 자주 찾아서 숙소를, 심지어 여관조차 구하기 힘들 거라는 판단이 들어 다음날에는 알토나*로

---

* 엘베 강 유역에 있는 자유 무역항으로 당시엔 슐레스비히-홀슈타인주 덴마크 영토였고

가기로 결정하고서 지금은 쉬고만 싶어 숙소를 찾아보았어요. 그러나 고작 하룻밤인데도 이집저집을 전전하다 겨우 빈 방을 구했는데, 선택의 여지만 있었다면 넌더리를 내며 박차고 나왔을 거예요.

이런 식의 사소한 재앙이 불러일으키는 감정보다 불쾌감을 주는 것이 뭐가 또 있을까요. 그러니까 시간이 흐른 뒤에야 즐겁게 추억할 수 있는 일시적 근심들이요. 방향을 정해놓고 긴 여정 끝에 당도했는데 있어야 할 것이 없으면 부아가 치밀고 들뜬 기분은 가라앉고 말지요. 그러나 작년 봄 고국으로 돌아갔을 때 가장 잔혹한 절망감을 맛본 저로서는 이런 일은 일시적 근심에 지나지 않습니다. 여러분은 심장을 만든 물질이 무엇인지 아시나요? 아이와 놀 때면 그때의 기억에 눈물이 나지만—지금도 어젯일처럼 가슴이 아프고 망연자실해지는 슬픔이라서요—이런 고뇌의 눈물방울이 어린아이의 순진한 뺨을 적시지는 않았어요. 죄의식으로 붉게 달아오른 적 없는 그 뺨이 왜 저의 것일까요? 아이 때는 순수하고 곧이곧대로 믿건만, 지금은 왜 그런 행복한 무심함을 가지지 못할까요?

안녕히!

현재는 독일 함부르크에 속한 자치구이다.

환경은 인간의 성격이
형성되는 거푸집

제가 알토나로 바로 갔더라면 신선한 공기가 소음과 먼지에 묻히는 함부르크에 도착한 첫날 밤 겪어야 했던 불쾌한 감정을 피할 수 있었을 거예요. 알토나에는 여행 중에 제게 많은 호의를 베푼 신사가 준비해둔 숙소가 있었거든요. 지적인 데다 친절하기까지 해서 코펜하겐에 있을 때부터 같이 다니고 싶었지만, 그는 사업상 먼저 떠나야 했지요. 저와 제 아이가 묵을 곳을 찾기가 어려울 수 있다는 얘기를 듣자마자 저는 숙소 문제와 관련해 그에게 편지를 썼답니다.

함부르크에서 알토나까지는 걸어서 갈 수 있는 짧은 거리이고, 가로수들이 그늘을 드리우고 있습니다. 울퉁불퉁한 포장도로가 끝난 후라 이 산책로는 한층 쾌적해 보입니다.

함부르크는 사람들로 득실거리는, 인구 밀도가 높은 불쾌한 도시입니다. 제가 모은 정보에 따르면 이 도시도 여느 자유 도시들처럼 가난한 사람들은 힘들게 만들고 부자들은 속 좁게 만드는 방식으로 행정이 돌아가는 도시예요. 함부르크에서는 인간의 성격이 길을 잃습니다. 함부르크 사람들은 이웃한 덴마크의 침범을 두려워해요. 다시 말해 교역으로 거둔 황금 수확을 덴마크 사람들과 나누어 가지거나, 교역의 일부라도 자신들의 손을 빠져나갈까 노심초사합니다. 그들은 수완이 좋은 것 못지않게 가진 것이 많은데도 경계를 늦추지 않습니다. 그 결과 그들의 눈은 의심의 번득임 외에 다른 표정을 잃고 말았지요.

함부르크의 성문들은 겨울이면 일곱 시, 여름이면 아홉 시에 닫힙니다. 함부르크로 장사를 하러 오는 이방인들이 눌러앉기라도 해서 계산이 빠른 만큼 함부르크 담장 밖으로 돈을 빼돌리지 못하도록 하기 위해서예요. 함부르크는 명목상으로는 고작 2센트 반이지만 은밀한 무역 공작으로 최소 8센트에서 10센트에 달하는 수수료를 차곡차곡 쌓아 막대한 부를 획득했어요. 이 부에는 계약자들이 흔히 그러듯 물건을 도매로 구입해, 만지작거리지는 못해도 수중에 많은 돈을 남기는 이점은 들어 있지도 않습니다. 정말이에요. 전쟁 기간에 벼락부자들이 생겨났어요. 그런 사람들은 정말이지 곰팡이와 비슷합니다. 이 도시에는 부의 갑작스런 유입이 인간 정신에 흔히 초래하는 거만한 저속함이 팽배합니다. 이런 현상은 "높은 지위에서 추락하고 또 추락한"—운명의 수레바퀴처럼!—많은 이민자들*의 곤경과는 대조를 이룹니다. 많은 이민자가 무

---

* 프랑스혁명을 피해 도망친 귀족들을 말한다.

엇과도 비견하기 힘든, 전혀 달라진 환경—대저택에서 외딴 숙소로 전락—에 의연하게, 위엄 있게 대처하고 있습니다. 하지만 그보다 더 많은 수가 귀족 훈장을 여봐란 듯이 달고서 "하늘과 땅이 소원하는 바를 거스를지라도" 희망의 끈을 놓지 않은 채 위대함이라는 유령 주위를 맴돌지요. 좋은 가정교육은 신사를 키웁니다. 명예심과 섬세함은 한 푼 두 푼 긁어 모으는 탐욕스러운 축재자들의 천박함과 비교하면 영혼의 위대함이 낳은 자손으로 보입니다.

환경은 인간의 성격이 형성되는 거푸집 같습니다. 제가 최근까지 관찰한 바를 토대로 환경의 영향을 추론해볼게요. 제가 지난번에 왜 성직자들은 대체로 교활하고 정치가들은 기만적일까라고 물었을 때만큼 심각하진 않습니다. 상업에만 전념하는 인간은 심미안과 정신의 위대함을 전혀 습득하지 못하거나 모조리 잃어버립니다. 기품이 빠진 부의 과시와 정서가 빠진 탐욕적 쾌락은 인간을 짐승같이 만들어, 급기야 그들은 영웅적인 성향의 모든 미덕을 우리의 본성 너머 무언가에 대한 낭만적인 도전이라 부릅니다. 사실 우리는 타인의 행복을 걱정하거나 불행을 탐색하는 것에는 관심이 없습니다. 제가 점점 신랄해진다고, 어쩌면 주관적이라고 말할지도 모르겠네요. 아! 그럼 저도 험담을 해볼까요. 여러분은, 여러분 자신은요, 상업에 발을 깊이 들여놓은 이후로 이상하게 변했습니다. 여러분이 알고 있는 이상으로요. 반성이라고는 없이, 여러분의 정신, 더 정확하게는 감정을 지속적으로 불안한 상태로 둡니다. 자연이 여러분에게 준 재능이 잠들어 있거나 수치스러운 활동에 낭비되고 있습니다. 그러니 정신 차리고 여러분을 덮고 있는 더러운 먼지를 털어내십시오. 아니면 제가 잘못 느끼고 판단한 걸까요, 얼토당토않게? 그렇다면 언제든 말만 하세요. 그런데 이야기가 또 산으로 가버렸군요.

제가 도착한 날 마담 라파예트*는 떠나고 없었습니다. 빈에서 남편의 석방을 얻어내거나, 아니면 감옥살이를 같이 할 생각으로 말이지요. 그녀는 하인도 없이 3층에 세를 얻어 살았고, 두 딸이 기꺼이 살림을 도왔습니다. 부인 자신이나 두 딸이나 불필요한 도의를 앞세우기보다 어떤 것에든 몸을 낮추었고요. 마담 라파예트는 풍족해서 하릴없이 지낼 때는 수시로 신경질환을 앓아 건강을 누리지 못했다고 해요. '권태'라는 의미심장한 말이 아니고는 딱히 붙일 이름이 없는 이 신경질환은 프랑스 상류사회에 존재하던 병이었어요. 그러나 역경과 고결한 노력이 이 질환을 날려버려 군대라고도 칭할 만한 악마를 몰아내주었답니다.

마담 장리스**도 가명으로 알토나에 얼마간 머물렀습니다. 그녀보다 신분은 높으나 명성은 떨어지는 많은 수난자들과 함께 말이지요. 사실, 이들의 흥미로운 얼굴을 보게 되면 거의 어김없이 마음의 동요가 일지요. 생김생김이 그들이 얼마나 호시절을 보냈는지 말해주거든요.

---

* 미국 독립전쟁의 영웅이자 프랑스혁명의 주도자로 알려진 라파예트 후작(Marquis de Lafayette)의 아내이다. 자코뱅당이 권력을 잡아 라파예트 후작이 오스트리아로 도망쳤다가 체포되었을 때 마담 라파예트도 남편과 포로생활을 함께 했다.

** Madame Genlis(1747~1830). 프랑스의 극작가이자 소설가이자 교육자이다. 지롱드 당원인 남편이 단두대에 희생된 후 스위스로 도망쳤다.

이것도 들은 이야기인데, 함부르크에서 자신의 요리사와 동업을 하게 된 공작이 있었답니다. 요리사가 레스토랑 경영자로 일을 해 생긴 수익으로 두 사람 모두 안락한 삶을 살고 있다고 해요. 하인이 불운해진 주인을 떠나지 못하는 여러 미담을 이곳에서도 프랑스에서도 듣곤 했는데, 들을 때마다 뭉클합니다. 저의 최고 기쁨은 인간의 미덕을 발견하는 거랍니다.

알토나에는 전직 의장이었던 사람이 프랑스식으로 음식을 만들어 정가에 판매하는 식당이 있습니다. 그의 아내는 사람들이 좀처럼 편견을 버리지 않는 나이에 이르고서도 명랑한 위엄으로 자신의 운명을 받아들입니다. 이 식당에서 일하는 한 여성은 프랑스에서 올 때 죽을 각오를 하고 루이도르* 열두 개를 옷 속에 숨겨 왔대요. 그녀의 표현을 빌면 "고생이라고는 모르고 산" 안주인에게 병이나 다른 곤경이 닥칠 때를 대비해 보관하고 있다더군요. 이 집은 여러분의 지인이자 『미국 농부의 편지들』의 저자**가 추천해준 곳입니다. 대개는 그 사람과 식사를 같이하지요. 앞에서도 언급한 적 있는 이 신사는 함부르크 사람들의 특징에 대해 의견을 나눌 때면 상업에 반대하는 열변을 토하며 즐거워합니다. 하

---

* 대혁명 때까지 통용된 프랑스의 금화, 20프랑.

** 제이 헥터 세인트 존(J. Hector St. John de Crèvecoeur, 1735-83). 프랑스 태생의 미국 작가이다. 1769년부터 미국에 정착해 살면서 미국에서의 목가적 삶과 영국의 식민주의에 반대하는 에세이를 썼다. 원제는 『미국 농부에게서 온 편지들(Letters from an American Farmer)』이다. 미국을 대표하는 유명한 문구 "melting pot(용광로)"이라는 표현이 처음 등장한 책이기도 하다.

루는 이렇게 말하더군요. "있잖습니까 부인, 장딴지가 남아나는 사람을 보기 힘들 겁니다. 육체와 영혼, 근육과 심장이 이윤에 목말라 똑같이 쪼그라들었거든요. 함부르크 사람들은 열정은 가득하나 관대함이 없습니다. 이익만이 유일한 자극제고, 계산에만 재능들을 씁니다. 틈만 나면 끼어들어 인격을 더욱 떨어뜨리는 추잡한 동물적 희열도 빼놓을 수 없겠군요. 함부르크 사람들은 걸음이 빠른 신*의 마법 지팡이에 살짝 닿기만 했는데도 기교만 빼고 모든 기술을 습득했답니다."

이번에도 우리 두 사람이 지나치다고 생각되시나요. 그러나 함부르크 사람들을 보면 볼수록 광범위한 투기는 도덕성에 악영향을 끼친다는 제 생각이 더욱 확고해지더군요. 인간은 이상한 기계 같습니다. 인간의 도덕 체계는 일반적으로 하나의 대원칙으로 통합됩니다. 그 원칙도 인간이 제 자존심을 지키는 한계를 태연히 깨부수도록 내버려두면 힘을 잃고 말지요. 인간은 부를 좇으면 좇을수록 인류애를, 다음에는 개개인에 대한 사랑을 저버리게 됩니다. 어떤 건 이해와 충돌하고, 어떤 건 쾌락과 충돌합니다. 다들 그러더군요. 모든 걸 사업에 양보해야 한다고요. 아니 사업에 바쳐야 한다고요. 시민, 남편, 아버지, 오빠의 모든 사랑스러운 자선은 공허한 이름이 되게 하라고요. 하지만, 하지만 어째서요? 아, 생각의 고리를 끊어내려면 여기서 작별을 고해야겠네요. 경고

---

* 여행자, 장사꾼, 도둑, 사기꾼, 거짓말쟁이의 신인 헤르메스를 말한다.

의 목소리를 묵살당한 예언자가 카산드라*만은 아니었어요. 이 세상에서 사랑하는 이를 만났어도 애정을 구하기란 얼마나 어려운지!

　그럼 안녕히.

---

* 　트로이의 마지막 왕 프리아모스 왕과 헤카베의 딸로 아폴론에게 예언의 능력을 받았지만 그의 사랑을 거절한 대가로 설득력을 빼앗긴 불행한 예언자이다. 트로이 목마를 성안으로 들여놓아서는 안 된다는 그녀의 절규에 귀를 기울이지 않은 트로이는 결국 멸망한다.

·

돈벌이의 소용돌이 속에서 빚진 눈물

알토나에서 구한 숙소는 지불한 금액만큼은 아니지만 그럭저럭 편안합니다. 그러나 시국이 시국인지라 모든 생필품이 턱없이 비쌉니다. 또한 숙소야 잠시 머물다 가면 그만인데, 제가 불평할 수밖에 없는 큰 불편은 마르그리트와 제 아이가 평탄한 도로에 이르기 전까지 지나쳐야 하는 울퉁불퉁한 길이랍니다.

함부르크는 볼거리가 다양하지 않은데 인근의 엘베 강 풍경은 쾌적합니다. 걸어서 물가까지 내려가보려 했지만 길이 없더군요. 모래사장까지 대규모 제조소가 들어서 있고, 말리려고 걸어둔 아교 냄새가 코를 찔렀습니다. 그러나 교역을 위해선 이 모든 걸 감수해야겠지요. 투기만이 이윤에 이윤을 더해주니까요. "곱으로—곱으로, 고역과 고통을"* 그

---

* 셰익스피어의 『맥베스』 4막 1장 10절을 인용해 현 세태를 풍자했다.

늘이 진 산책로는 들어서자마자 밧줄을 꼬는 사람들에게 양보하기 위해 비켜줘야 했습니다. 심미안을 가진 손이 심은 듯한 나무 한 그루가 교회 묘지에 서서 시인 클로프슈토크의 아내*의 무덤 위로 그늘을 드리우고 있었습니다.

상인들 대부분은 여름 동안 조용히 지낼 시골 별장을 소유하고 있습니다. 많은 별장이 엘베 강가에 들어서 있지요. 이곳에서 상인들은 우편선이 도착하는 모습—일주일을 나누는 가장 중요한 시간—을 보며 흐뭇해합니다.

조류에 따라 위치가 계속 바뀌는 대형 선박들과 작은 배들로 이루어진 움직이는 그림은 함부르크의 젖줄인 이 웅장한 강을 대단히 흥미롭게 만듭니다. 굽이굽이 흐르는 강은 두세 번 눈에 띄게 꺾어졌다가 동시에 평평한 초원을 가로지르며 이따금 멋진 풍경을 연출합니다. 그러니까 급격히 굽이질 때마다 강의 폭이 넓어지곤 하지요. 드넓은 은빛 강은 심장부에 무수한 보물을 품고서도 미끄러지는 듯한 미동조차 없어 한순간 잔잔한 호수처럼 보인답니다.

이곳의 평지와 강은 제가 얼마 전 머물렀던 곳의 산들과 바위투성이 해안과는 현격한 대비를 보였습니다. 상상 속에서는 저는 제가 좋아하는 곳으로 돌아갑니다. 사내와 비참함을 더는 모를 곳으로요. 그러나 이

---

* 독일 현대시의 아버지라 불리는 프리드리히 고틀리프 클로프슈토크의 아내 메타 묄러 (Meta Möller)를 말한다.

런 도도한 기분에 빠져 있을 때 장사치들의 소음이 제가 밀쳐놓은 온갖 근심을 도로 끌고 옵니다. 하늘을 향해 우뚝 솟아 슬픔을 차단하고 있는 암벽들에 둘러싸여 있으니, 평화가 제 가슴을 진정시키려고 이웃한 포플러나무들을 뒤흔드는 바람을 조절하며 호수를 따라 슬그머니 다가오는 것만 같았습니다. 지금 제 귀에 들리는 소리는 장사치의 속임수들뿐인지라 야망에 희생된 비참한 이야기에 귀가 솔깃해지네요.

함부르크에서 받은 환대는 앞서 말한 시골 별장들에 일요일에 초대받은 것이 전부랍니다. 식탁 위로 요리가 연이어 올라오고 대화가 사업이라는 진흙탕으로 흘러가면 마음에 맞는 정보를 얻기가 쉽지 않습니다. 제가 이곳에 머물 마음이 있었거나, 조사를 더 해볼 생각이 있었다면, 상업적인 것에만 매몰돼 있지 않은 사람들을 소개받으려 했을 겁니다. 그러나 돈벌이의 소용돌이 속에서는 비열하거나 거만한 이주민이 아닌 사람을 찾기란 하늘의 별 따기와도 같습니다. 도박만큼 부도덕한 활동에 종사하지 않는 사람들은 말이지요. 국가의 이익이 투기를 일삼는 장사꾼들에 의해 사고 팔립니다. 세상에! 교활한 부패 집단은 얼마나 철면피기에 각 나라의 사정 따윈 무시한 채 돈벌이가 되는 거래를 특정 권력에 갖다 바칠까요? 또한 서로간의 신용을 사기로 얻는다면 정직이라는 걸 얼마나 기대할 수 있겠어요? 하지만 이건 우리끼리 하는 얘기랍니다.

이번 여행 때, 그리고 프랑스에서 지낼 때, 통상 위대한 일이라고들 하는 사건들의 이면을 볼 기회가 있었습니다. 제가 발견한 것은 많은 중요한 거래를 지시하는 비열한 조직이었어요. 도급업자들과, 자신들이 해외에 퍼뜨린 폐해로 살을 찌우는 메뚜기떼 같은 탐욕자들이 인간의 삶에 저지른 약탈에 비하면, 검은 자비로운 편입니다. 흑인 노예선의 주인들 같은 이런 인간들은 돈을 벌어들일 때 묻힌 피 냄새는 맡지 않고, 그런 활동을 합법적인 소명이라 칭하며 침대에서 조용히 잠을 청합니다. 그런데도 그들의 죄를 호통치기 위해, 또한 "인간에 대한 하나님의 법을 정당화하기 위해"*, 번개가 그들의 지붕을 겨냥하는 법은 없습니다.

왜 제가 제 자신을 위해 울어야 하나요? "받아들여라, 세상이여! 그대의 많은 빚진 눈물이여!"**

안녕히!

---

* 밀턴의 『실락원』 1권 26절 인용.
** 18세기 영국 시인 에드워드 영의 시집 『밤의 상념(Night Thoughts)』(1797) 1권 304절에서 인용.

.

못 다한 이야기

알토나에는 꽤 작은 프랑스 극장이 있습니다. 배우들이 코펜하겐에서 본 배우들보다 연기력이 뛰어났지요. 함부르크에선 극장들이 아직 문을 열지 않았지만 조만간 연다고 해요. 그때도 일곱 시면 성문이 닫히기 때문에 시민들은 어쩔 수 없이 시골 별장을 떠나야 합니다. 그러나 함부르크와 관련해 더 이상은 정보를 구하기 힘들겠네요. 첫 순풍이 불면 영국으로 출항하기로 결심했거든요.

날이 점점 추워져 여행 계획을 변경하지 않았다면 프랑스군의 주둔으로 스위스로 가는 길에 독일에 잠시 머무는 것이 불가능했을 겁니다. 또 하나, 스위스는 몇 년 전부터 특히 가보고 싶었던 나라지만 올해는 그만 돌아다니고 싶어졌어요. 더 솔직히 말하면요, 이제는 무대를 바꾸는 것도, 정이 들었다 싶을 때 사람과 장소를 떠나야 하는 것도 지겹답니다. 이것 또한 허영이겠지요!

도버(영국 동남부의 항구도시)

급하게 승선하느라 편지를 마무리짓지 못했네요. 여러분에게 못다한 애기가 있어요. 도버 해안의 암벽들을 보니 저런 바위들을 두고 어떻게 웅장하다 말을 할 수 있었나 싶더군요. 스위스와 노르웨이에서 보았던 암벽들과 비교하니 도버 암벽은 아주 시시해 보였거든요.

안녕히! 이제는 관찰하고 싶은 마음이 달아나고 있어요. 말 그대로 시간이나 때우려고 이 더러운 곳을 얼마나 돌아다녔는지 모르겠어요. 런던행 여행 준비만 제외하고 제 가슴에 찰싹 달라붙어 그 무엇으로도 쉽게 떨쳐지지도, 달래지지조차 않는 생각들을 날려버리고만 싶답니다.

신의 축복이 여러분과 함께하길!

메리 씀.

맺음말

·

여행을 돌아보며

종종 개인적인 일과 근심에 사로잡혀 여행 중에 얻을 정보를 놓치곤 했습니다. 주의만 지속적으로 기울였어도 새로운 풍경들이 선사했을 정보들을 말이지요. 출판을 위해 이 편지들을 정리하는 동안 제가 대상에 얼마나 무심했던지를 깨닫고 여러 번 애석해했습니다. 그러나 생각이 있는 사람이면 낯선 나라의 이전 관습과 현재 관습을 대조하기 위해 역사를 살펴보는 만큼, 그런 비교 성찰의 결과 제가 거쳐온 왕국들에 대한 견문과 만족이 커졌다는 확신은 들었답니다.

스웨덴은 가난한 이들의 빈곤으로 문명화가 일부만 이루어졌고, 덴마크는 노예제로 계층의 진화가 지연되고 있지만, 두 나라 모두 발전하고는 있습니다. 또한 전제주의와 무정부주의의 거대한 해악이 상당수 사라지면서 유럽의 관습도 개선되고 있습니다. 인도적인 연구자를 괴롭히고 박애주의적인 개혁가를 오류의 미로로 재촉하는 무수한 악이 여전히 남아 있는 것도 사실입니다. 여론이 이성에 예속되는 만큼 시간만이 뿌리뽑을 수 있는 편견들을 개혁가는 빨리 없애려고만 하기 때문입니다.

인류를 향한 애정이 깊을수록 열정적인 인물들은 법과 정부를 조급하게 뜯어 고치고 싶어하지요. 법이든 정부든 쓸모있고 오래 지속되려면 각 나라의 토양에 맞게 성장하고 부자연한 억지 발효가 아닌 국가에 대한 성숙한 이해로 시간 속에서 서서히 무르익는 열매가 되어야 합니다. 이러한 변화가 가속화되면서 점점 강력해지고 있다는 사실을 확신하는 데는 북유럽을 여행하는 동안 가지게 된 사회관만이 아니라 인류를 전진시키고 인간 불행의 총량을 줄이기 위해 결합되는 대의들을 돌아보는 것도 필요했답니다.

옮긴이의 말

·

새로운 족속의 시조

"독자가 책을 읽고 나서 저자와 사랑에 빠지게 만드는 책이 있다면, 바로 이 책일 것이다." 6년 전 리베카 솔닛이 쓴 『멀고도 가까운』에서 이 문장을 읽었을 때 나는 궁금했다. 무엇을 얼마나 잘 썼기에? 이 강렬한 한 줄 평은 18세기 영국의 정치평론가이자 소설가인 윌리엄 고드윈이 미래의 아내가 될 메리 울스턴크래프트의 북유럽 여행기에 대해 쓴 글이었다. '여성 권리 옹호론자께서 여행기를 썼다고?' 1796년 『스웨덴, 노르웨이, 덴마크에서 짧게 체류하는 동안 쓴 편지들』이 출간되었을 때 독자들이 보인 첫 반응은 이런 의외성이었다. 220년 후의 독자인 나 역시 다르지 않았다. 솔닛이 두 면의 짧은 지면에 소개한 울스턴크래프트의 여행기는 매혹적이었다. 실연, 아이, 자살, 도둑 맞은 상선, 북유럽, 인연, 메리 셸리가 키워드였다. 이 책의 번역 구상은 여기에서 출발했다.

1795년 6월 36세의 메리 울스턴크래프트는 돌을 갓 넘긴 어린 딸과 다소 겁 많은 젊은 보모와 함께 스칸디나비아 반도로 향하는 배에 올랐다. 그 배는 영국의 항구 도시 헐(Hull)에서 출발해 프랑스, 이탈리아, 독일의 라인 강 유역과 스위스를 거쳐 스웨덴에 상륙할 예정이었다. 18세기 말 북유럽은 사업상이나 외교상의 업무가 아닌 한 남성들도 여간해선 방문을 하지 않던 낯선 땅이었다. 그런 시대에 이름 있는 전업 작가이자 선구적인 페미니스트였던 울스턴크래프트는 남성 보호자도 없이 북유럽 세 개국을 돌아보는 대담한 모험을 왜 하게 되었을까. 인간은 습성의 동물이라 대체로 살아온 대로 산다. 서른여섯 해를 살아오는 동안 울스턴크래프트는 뭇 여성들과는 다른 선택들을 해왔고, 이 여행 또한 그가 걸어온 범상치 않은 길의 연장선에 있는 행보였다.

"나는 평범한 길을 가려고 태어나지 않았습니다."

메리 울스턴크래프트의 삶을 이보다 더 간명하게 표현해주는 문구도 없을 것이다. 이 말은 북유럽 여행기가 출간된 후 울스턴크래프트가 자신을 찾아온 젊은 작가 지망생이자 앞으로 친구가 될 아멜리아 앨더슨에게 한 말이었다. 그는 훨씬 전에도 동생 에베리나에게 자신은 평범하지 않은 길을 걸을 것이며 "새로운 족속의 시조"가 될 것이라고 말한 바 있다. 그가 꿈꾼 새로운 족속은 일정한 수입과 자기만의 방을 가진, 즉 경제권을 가진 자립 여성이었다. 그랬기에 그 길의 후발 주자인 버니지아 울프는 울스턴크래프트의 삶을 "하나의 실험"이라 불렀다.

메리 울스턴크래프트는 1759년 런던 근교 스피탈필즈에서 칠남매 중 둘째이자 장녀로 태어났다. 나서 보니 아버지는 다혈질에 폭력적인 남성우월자였고, 어머니는 장남을 편애하는 순응적인 여자였다. 아버지의 사업으로 가족은 이사를 자주 다녔고, 사업은 실패에 실패를 거듭했다. 그런 탓에 울스턴크래프트는 경제적으로나 정서적으로 불안정한 가정환경에서 자랄 수밖에 없었다.

다행히 메리는 열정과 의지와 끈기에다 재능까지 겸비한 아이였다. 가족은 선택할 수 없지만 앞날의 삶은 선택할 수 있다. 자신의 무능을 화와 매로 푸는 아버지와 그런 남편에게 기 죽어 사는 엄마를 보고 자라는 딸들이 하는 생각이 있다. '내게는 아버지가 없어.' '나는 절대 엄마처럼 살지 않을 거야.' 사춘기에 접어든 메리는 일찌감치 독립을 꿈꾸었고 그 길을 꾸준히 모색한다. 메리는 학구열이 강하고 지적인 대화를 즐기는 소녀였다. 통학 학교를 잠시 다닌 것 외에 정규 교육을 받지 못했지만 그 공백을 독학으로 메웠다. 책, 신문, 잡지 등 각종 인쇄물을 통해 당대의 사회상과 변화의 물결의 읽고 여러 사회 문제들을 고찰했다. 운 좋게도 그런 열정을 공감하고 이해해주는 지적인 친구와 이웃을 만나 메리는 자립의 길을 조금 앞당길 수 있었다.

1778년 울스턴크래프트는 열아홉의 나이에 집을 떠나 바스에 사는 한 미망인의 컴패니언(말동무)으로 2년간 일했다. 이 일은 가정교사와 더불어 1700년대부터 가진 것 없는 중간계급 여성이 구할 수 있는 직업이었다. 그러나 기대와 달리 그 일은 고용주에 매인 또 다른 예속적 삶에 불과했다. 27세에 가정교사로 일할 때도 울스턴크래프트는 비슷한 비참함을 맛보아야 했다. 무도회와 다과회로 점철된 상류 사회의 일상은 그가 지향하는 삶과는 거리가 멀었고, 상류층 여성들조차 남성의 부속물에 지나지 않는다는 사실에 눈을 떴다.

메리는 일찍부터 세상의 불공정에 의문을 가졌다. 왜 딸은 재산을 물려받지 못하는가? 왜 여자아이들은 학교에 보내지 않는가? 왜 여성은 남성의 그늘에 가려져 있어야 하는가? 여성이 누군가의 소유물이 아닌 자기 자신으로 살기 위해 무엇보다 필요한 것이 교육이라 여긴 울스턴크래프트는 스물다섯의 나이에 친구 패니 블러드와 합심하여 뉴잉턴그린에 학교를 세운다. 지금으로 보자면 일종의 교육 창업이었다. 교사 세 명, 학생 스무 명 남짓의 소규모 학교였지만, 여성의, 여성에 의한, 여성을 위한 공동체였다. 여러 가지 어려움으로 학교는 2년 반만에 문을 닫게 되지만, 메리의 주도 아래 네 젊은 여성(메리와 패니, 두 여동생)의 생계를 해결하고 여성들의 유대 의식을 높였다는 점에서 대단한 실험이자 성취였다. 또한 이 경험은 또한 울스턴크래프트에게 자신의 첫 작품인 『딸들의 교육에 관한 고찰』을 쓰게 하고, 진보적인 출판업자 조지프 존슨을 만나 제3의 대안인 생계형 작가의 길로 들어서는 문을 열어준다.

"저는 단지 약간의 평화와 독립을 갈망한답니다."

스물여덟. 한창 일할 나이에 가정교사 자리를 잃은 울스턴크래프트는 존슨에게 도움을 요청하는 편지를 쓴다. 존슨은 사업 파트너로서 메리의 재능을 알아보았기에 템스 강 남쪽에 거처를 마련해준다. 울스턴크래프트는 드디어 자기만의 방과 고정적인 수입처를 갖게 되었다. 『메리, 한 편의 소설』을 시작으로 『여성의 권리 옹호』까지 8년간은 울스턴크래프트가 가장 왕성한 저술 활동과 사교 활동을 한 시기였다. 집필로 자신의 생계뿐 아니라 동생들도 부양해야 했기 때문에 그는 소설, 아동 교육서, 번역, 비평에 이르기까지 자신이 쓸 수 있는 거의 모든 종류의 글을 썼다. 존슨이 창간한 정기간행물 《분석비평(Analytical Review)》의 보조 편집자이자 검토자로 날마다 한 편의 비평문을 썼다. 그는 말할 거리가 많았고, 무수한 편지 쓰기를 통해 글을 빨리 쓸 줄도 알았다. 무엇보다 그의 강점은 논쟁적인 산문 쓰기였다. 이 재능을 십분 살린 저작물이 에드먼드 버크의 『프랑스혁명에 관한 고찰』을 반박하는 『인간의 권리 옹호』와 합리주의 관점으로 성적 차이를 논한 『여성의 권리 옹호』였다.

울스턴크래프트가 『여성의 권리 옹호』를 쓴 이유는 자칭 진보주의자라는 남성 지식인들의 모순, 그들이 부르짖는 '인간의 권리'라는 인간 속에 여성은 포함되어 있지 않다는 문제의식 때문이었다. 남성 계몽사상가들, 그중에서도 루소의 "여성은 남성을 즐겁게 하기 위해 태어난 존재"라는 인식을 울스턴크래프트는 받아들일 수 없었고 그가 쓴 불합리한 주장들을 조목조목 비판했다. 이 작품은 폭넓은 반향을 불러일으켜 울스턴크래프트를 당대의 '여자 논객'으로 자리잡게 만들었다. 그러나 호레이스 월폴은 그를 "페티코트를 입은 하이에나"라고 비아냥거렸고, 고드윈은 이 작품을 "매우 고르지 못한 완성도"를 가진 작품이라고 지적했다. 실제로 울스턴크래프트는 책을 빨리 내고 싶은 욕심에 교정을 꼼꼼히 보지 않아 오자 투성이에 문장은 정교하지 않았다. 그럼에도 책은 그 해가 지나기 전 재판을 찍고 미국, 프랑스, 독일에서도 번역되었다. 울스턴크래프트는 한 권의 문제작으로 돈과 유명세를 얻었고 앞으로 잘 나갈 일만 있어 보였다. 그런 때에 그는 자신의 인생에 대변화를 가져올 모험에 뛰어들게 된다.

혁명의 나라 한복판에서 만난 인연

1792년 바다 건너 프랑스에서는 혁명이 공포 정치라는 새로운 국면으로 접어들고 있었다. 프랑스혁명을 자기 눈으로 직접 보고 싶었던 울스턴크래프트는 함께 가기로 한 일행과의 일정이 어긋나자 그 해 12월 홀로 파리로 떠난다. 6주 정도의 정치 투어를 예상하고 나선 그 여정은 예기치 못한 인연으로 2년 반이라는 장기 체류로 이어진다. 파리에 도착한 후 울스턴크래프트는 충격에 휩싸였다. 그는 혁명에 거의 필연적으로 수반되는 혼란과 폭력을 예견하지 못했다. 어수선한 무질서를 틈타 사리사욕을 챙기는 사람들의 이기심에는 더욱 준비가 되어 있지 않았다. 프랑스혁명이 도덕성을 향상시키거나 부정한 세상을 정화시키는 일에서 멀어지고 있다는 두려움이 커져갔다. 설상가상 프랑스와 영국 간에 발발한 전쟁으로 울스턴크래프트는 1793년 4월 들어 잉글랜드에 있는 사람들과 연락이 완전 두절된다.

바로 이즈음 30대 후반의 훤칠하고 패기 넘치는 미국인 길버트 임레이가 그의 인생에 찾아든다. 불같은 기질과 고립된 상황이 맞물려 울스턴크래프트는 격정 속으로 빨려들고 급기야 혼전 임신에까지 이른다. 연인은 결혼을 차일피일 미루고 배는 점점 불러오는 불안한 상황에서 울스턴크래프트는 전부터 쓰고 있던 『프랑스혁명의 기원과 발전에 관한 역사적.도덕적 고찰』을 기어이 완성한다. 그러나 사랑의 완성은 기약이 없고 딸 패니가 태어난 후에도 임레이는 사업을 이유로 집을 비우기 일쑤였다. 결국 울스턴크래프트는 딸을 데리고 임레이를 쫓아 런던으로 돌아오지만 임레이의 변심에 약을 먹고 자살을 시도한다.

임레이는 사랑에 집착하는 이 여인을 잠시(혹은 영원히) 떼어놓을 필요성을 느꼈다. 때마침 프랑스에서 은괴를 싣고 예텐보리로 가던 배가 실종돼 임레이는 울스턴크래프트에게 자신을 대신해 도난 당한 보물선을 회수하기 위한 협상가 노릇을 해줄 것을 부탁한다. 유럽이 전쟁 중이었던 만큼 길고 위험한 여행이 될 수 있었지만, 여행이 소원해진 둘의 관계를 회복시켜줄지 모른다는 기대로 울스턴크래프트는 수락을 한다. 그러나 스칸디나비아에서 보낸 3개월 반 동안 울스턴크래프트는 연인에게 관계를 개선할 의지가 없다는 사실만을 느꼈고 런던에서 임레이가 여배우와 살림을 차린 것을 확인한 후 절망한다. 결국 장대비가 내리는 날밤 템스 강에 몸을 던져 또 한 번의 자살 시도를 하지만 이번에도 구조된다.

"좌절된 애정의 눈물바다"에서 생애 마지막 작품을 쓰다

다시 살기로 작정한 울스턴크래프트는 존슨에 대한 부채감과 어린 딸과 동생들의 생계에 대한 책임감에 다시 펜을 든다. 스칸디나비아 여행에서 그는 단 한 푼의 돈도 받지 못했지만 여행기를 쓰면 돈을 벌 수 있었다. 연인은 잃었지만 독자는 얻을 수 있었다. 사실 이 책의 서문에도 등장하듯 울스턴크래프트는 "출판을 목적으로" 한 여행기를 염두에 두고 있었기에 출발 전 이 지역에 대한 해설서인 윌리엄 콕스의 『항해와 여행』을 비롯해 로렌스 스턴의 『풍류여정기』, 루소의 『고독한 산책가의 명상』, 길버트 임레이의 『이주자들』까지 읽었다. 그리고 길 위에서 여행 일지를 꾸준히 썼다.

울스턴크래프트가 출간을 위해 선택한 형식은 편지였다. 영리한 발상이었다. 독자들이 저자의 편지를 받는 느낌을 주어 흡입력과 친근감을 높일 수 있기 때문이었다. 사실 서간체 여행기는 18세기 출판계에 흔한 장르였지만 무엇보다 울스턴크래프트 자신에게 가장 익숙한 장르이자 그가 가장 잘 쓸 수 있는 형식이었다. 열네 살부터 편지를 쓰기 시작해 죽기 전까지 많은 양의 편지를 남긴 울스턴크래프트는 편지 쓰기를 통해 작가로서의 역량을 키웠다고도 볼 수 있었다.

25통의 편지로 이루어진 이 여행기는 울스턴크래프트가 거쳐가는 경로를 따라 이야기가 진행된다. 여행의 시기는 6월에서 10월 초까지이며, 여행 경로는 영국의 헐을 기점으로 스웨덴, 노르웨이, 덴마크, 함부르크, 영국 도버로 이어진다. 서문에서 울스턴크래프트는 자신이 "각 이야기의 작은 주인공"이 되어 "거쳐가는 나라들의 현주소를 있는 그대로 보여주"겠다고(5쪽) 밝힌다. "관찰과 사색에 입각해"(46쪽) "느낌을 판단의 기준으로 삼고"(105쪽) 자신의 "소견이나 감상을 구속하지 않고"(5쪽)서 말이다. 그리하여 독자들은 이 여행기에서 『여성의 권리 옹호』를 쓴 작가와는 색깔이 다른 사람을 만날 수 있다.

거친 바다 위에서 피폐한 열하루를 보냈다는 고백으로 시작되는 이 여행기의 내용은 크게 세 갈래로 나뉜다. 스칸디나비아 반도의 자연 풍광, 각 나라의 사회 풍토 그리고 저자의 우울한 속풍경이다. 울스턴크래프트는 타고난 문장가는 아니어서 묘사에 다소 취약하지만, 그럼에도 그가 전하는 북유럽의 자연은 장엄하고 때로 그림처럼 아름답다. 강렬한 빛만이 가득한 북쪽의 여름밤, 햇빛이 비스듬히 스며든 너무밤나무숲, 절벽에 둘러싸인 "자연의 바스티유", 맹렬한 기세로 떨어지는 웅대한 폭포, 유유히 흐르는 트롤하테 운하, 덴마크의 화려한 궁전을 눈에 보이듯이 그려 보인다.

그러나 이 여행기에서 가장 큰 비중을 차지하는 것은 저자의 논평이다. 울스턴크래프트는 각 나라의 "현주소를 있는 그대로" 전하겠다고 했지만, 늘 그랬듯 자신의 관찰과 경험과 지식을 바탕으로 이국의 정치, 사회, 문화, 경제 전반에 대해 과감히, 때론 지나치게 분석하고 비판한다. 언급하는 주제들은 놀랍도록 광범위하고 논쟁적이다. 교도소 개혁, 사형제도 반대, 자유와 평등 옹호, 숭고함과 아름다움에 관한 미학 이론, 여성의 해방과 교육, 프랑스혁명이 유럽 대륙에 끼친 영향, 상거래가 사회에 미치는 해로운 영향, 산업 자본주의와 도시 빈민의 상관성, 사생아 부양에 대한 책임, 감정과 이성의 관계, 자연 신학에 대한 논고까지 담겨 있다.

　현지인과 대화를 나눌 때도 이런 주제를 아무렇지 않게 꺼내놓아 그는 한 집주인으로부터 "남자들이나 하는 질문들"을 잘하는 "여자 논객"이라는 소리까지 듣게 된다. 한 명의 독자로서 내게 흥미로웠던 논평은 "약삭빠르고 이기적"인 변호사들, 사실을 부풀리고 왜곡하는 언론, 법의 허점을 이용하는 법조계, 일시적 동정에 기댄 근시안적인 자선에 대한 비판이었다. 울스턴크래프트가 앞선 저서들에서 제시한 생각과도 맞닿아 있는 이 논평들은 그때로부터 200년을 훌쩍 넘긴 오늘날의 칼럼으로 실어도 손색이 없어 보인다. 그런 관점으로 보자면 세상은 그닥 변하지 않은 듯하다. 덴마크 크리스티안 7세의 왕비 마틸다 이야기는 슬프고 아픈데, 불행한 왕비를 감싸는 울스턴크래프트의 항변은 아름답다.

　이런 정치적이고 사회적인 논평 사이사이 울스턴크래프트는 자신이 사랑에 버림 받아 "불행에 매여 사는" 여인이라는 암시를 내비친다. 여행의 진짜 이유나 아이 아버지의 정체는 드러내지 않고 독자의 궁금증만 간질일 뿐이다. "제가 좀 편향된 사람이라 우울이라는 삐딱한 시선으로 세상을 보는지도 모르지만, 그게 다 슬퍼서 그런 거랍니다." 그는 슬픔뿐 아니라 분노로도 가득 차 있다. 책 속 울스턴크래프트는 감성적이고, 열정적이고, 의존적이며, 때로 미성숙해 보이기까지 한다. 사랑을 받지 못해 칭얼거리는 아이 같다. 감정의 과잉으로 독자들에게 쓰는 편지가 연인인 임레이에게 보내는 편지인가 싶은 대목들도 눈에 띈다.

『여성의 권리 옹호』를 쓴 강인하고 독립적이며 이성적인 작가와는 달라 독자들을 당황스럽게 할 만한 면모였지만 그 시대 독자들의 반응은 달랐다.

씀으로써 한 사랑을 버리고 한 사랑을 취하다

'스웨덴, 노르웨이, 덴마크에서 쓴 편지들'이라는 제목으로 출간된 여행기는 울스턴크래프트의 작품들 중 최고의 호평을 받았고 가장 잘 팔렸으며, 스웨덴을 비롯 유럽 몇 개국에서 번역되고 미국판도 출간되었다. 물론 저자 자신의 허약함과 침울함을 드러낸 것에 불만을 토하는 여성 독자들도 있었다. 그러나 스칸디나비아 반도는 영국인 독자들에게 미지의 지역이었기에 저자가 묘사하는 북유럽 풍경은 독자들의 가슴을 설레게 하기에 충분했다. 그 대표적인 독자가 고드윈과 시인 로버트 사우디였다. 사우디는 "그녀 덕분에 추운 날씨, 서리와 눈, 북구의 달빛과 사랑에 빠졌다"라고 썼지만, 울스턴크래프트가 여행을 한 기간은 여름이었으니 이 리뷰는 시인의 상상력이 빚어낸 소망이었던 셈이다. 북구의 설원 풍경이 빠졌다고는 하나 이 책은 그 시대 스칸디나비아를 여행하는 문학가들의 여행 필독서였다. 또한 윌리엄 워즈워스와 새뮤얼 콜리지 같은 낭만파 시인들에게도 영향을 끼친 것으로 알려져 있다.

『길 위의 편지』는 울스턴크래프트에게 작가로서의 자존감을 회복하고 재정 문제도 해소할 수 있는 길을 터주었다. 무엇보다 큰 성과는 앞서 "저자와 사랑에 빠지게" 되었다고 말한 고드윈과 저자가 실제로 사랑에 빠져 실연의 상처를 딛고 오랫동안 소망한 행복한 가정을 꾸리게 되었다는 점이다. 그러나 고약한 것이 또한 인생이다. 평등하고 독립적인 부부 관계를 지향한 사람들답게 서로의 삶을 간섭하지 않는 두 사람의 이상적인 결혼 생활은 오래가지 못했다. 울스턴크래프트는 열여덟 시간의 진통 끝에 둘째 아이 메리 고드윈을 낳았지만, 자궁 속에 남아 있던 태반 조각이 부패해 패혈증과 그에 따른 산욕열로 출산 후 열흘 만에 숨을 거두고 만다. 울스턴크래프트의 평탄하지 않은 38년 일생 중 가장 편안했던 그 시기는 고작 16개월이었다.

"저는 당신이 새로 알게 된 사람처럼 좋습니다"

고열과 오한과 경련으로 죽음과 사투를 벌이는 그 열흘 동안 울스턴크래프트는 무슨 생각을 했을까. 유서를 써두기도 하고 두 번의 자살 시도도 했지만 사실 그는 죽음을 무척 두려워했다. "소멸에 대한 공포는 내가 유일하게 두려워하는 거예요. 실존한다는 사실이 종종 불행만을 뼈아프게 느끼게 할지라도 나는 존재하지 않는다—나를 잃는다—는 생각을 더 견딜 수 없어요."(88쪽) 생과 사의 기로에 처할 때 그간 살아온 인생이 주마등처럼 지나간다고들 한다. 어쩌면 울스턴크래프트는 자신보다 먼저 아이를 낳고 세상을 뜬 영혼의 단짝 패니 블러드를 떠올렸을지 모른다. '이번엔 내 차례인가봐. 기다려 친구.'라고 생각했을지도. 작가는 육신은 죽지만 작품으로 존재를 증명한다. 작품은 어떻게든 저자 자신을 드러내기 마련이다. 울스턴크래프트의 저서들 중 그를 총체적으로 보여주는 것이 『길 위의 편지』라고 나는 생각한다. 그는 이성적이면서 감상적이었고, 강인하면서 나약했으며, 다정하면서 난폭했고, 독단적이면서 반성적이었다. 또한 열정과 우울이라는 양 극단을 끊임없이 오가며 번민했다. 흥미로운 점은 그런 모순성이 그를 더욱 움직이게 부채질을 해주었다는 것이다. 그의 괴로움은 삶의 프로펠러이기도 했다.

1814년 프랑스를 거쳐 스위스의 장엄한 풍경으로 향할 때 퍼시 셸리는 울스턴크래프트의 딸이자 장차 『프랑켄슈타인』이라는 불후의 걸작을 쓰게 될 17세의 메리 셸리에게 『길 위의 편지』를 읽어주었다. 그 책은 메리 자신이 전혀 알지 못하는 엄마라는 사람을 들여다보게 만든 감격적이고도 강력한 입문서였다. 메리는 정치적 패배와 개인적 절망 속에서도 탐구의 자유와 미래에 대한 희망의 끈을 놓지 않은 실험 정신의 한 본보기를 엿보았을지 모른다. 이 여행기가 오늘날의 독자들에게도 울스턴크래프트를 오롯이 들여다보게 해주는 창이 되기를 바란다. 나아가 희극 작품 속 멋쟁이가 한 대사처럼 "당신이 새로 알게 된 사람처럼 좋습니다"(128쪽)라고 말할 수 있게 되기를.

번역을 마치며

지난해 11월 영국 북부 뉴잉턴그린에 세워진 동상으로 영국 여성계와 문화계에서 뜨거운 논쟁이 붙은 적이 있다. 동상의 주인공은 '페미니즘의 선구자'로 불리는 메리 울스턴크래프트였다. 뉴잉턴그린은 울스턴크래프트가 여성의 유토피아를 꿈꾸며 학교를 세운 곳이다. 그곳에 223년 만에 처음 세워진 페미니스트 전신상이 논란의 중심에 선 까닭은 동상의 모습이 나체였기 때문이다. 동상을 만든 원로 조각가 매기 햄블링은 울스턴크래프트를 시대를 초월한 "보통의 여성"으로 상징하고자 의미를 구속하는 복장을 입히지 않은 것이라고 주장했다. 그러나 비판을 가라앉지 않았고 동상을 찾은 한 여성이 '여성'이란 단어가 적힌 검은 옷을 알몸상에 입히는 웃지 못할 해프닝이 벌어지기도 했다. '예술 작품 속 여성들은 왜 항상 나체여야 하는가'라는 해묵은 논쟁은 둘째치고 내 눈에는 이 동상의 어디에도 울스턴크래프트의 면모가 보이지 않는 것이 아쉬웠다. 그는 토론과 논쟁을 즐기는 사람이었다. 동상의 기획자나 조각가가 논쟁의 촉발을 노린 것이라면 절반의 성공이겠으나 나는 차라리『여성의 권리 옹호』를 들고 열변을 토하는 형상이 더 낫지 않았을까 하는 생각이 들었다.

무덤 속 울스턴크래프트로서는 기뻐할 일이다. 작품으로만이 아니라 동상으로도 존재할 수 없게 되었으니까. 울스턴크래프트는 영국 문단에서 100년 넘게 지워진 작가였다. 고드윈의 의도와 다르게 그가 쓴『회고록』이 울스턴크래프트의 사생활을 드러내 평단의 외면을 받았기 때문이었다. 그러나 20세기 들어 등장한 울스턴크래프트 전기들은 하나같이 고드윈의『회고록』에 빚을 지고 있다. 이 후기 또한 재닛 토드가 쓴『세상을 뒤바꾼 열정』(서미석 옮김/한길사)에 많은 빚을 졌다. 번역을 끝내기까지는 오랜 시간이 걸렸고 후기를 쓰기까지는 긴긴 생각이 따랐다. 끝에 다다른 지금, 영화를 찍고 글을 쓰는 이길보라 작가의 말을 빌어 이 글을 맺고 싶다. "내 앞에 서서 먼저 말하고 선언하고 행동해왔던 당신의 용기로 이어"(『당신을 이어 말한다』 73면) 말하는 동안 꽤 힘들었지만 이따금 벅차올랐다.

메리 울스턴크래프트가 걸어온 길

1759년 4월 27일	런던 스피탈필즈에서 존 에드워드 울스턴크래프트와 엘리자베스 딕슨의 칠남매 중 둘째이자 장녀로 출생했다.
1765년(6세)	가족이 런던 외곽의 다른 곳으로 이주했고 그 후로 이사를 자주 다녔다. 존 에드워드는 에핑과 훼일본, 에식스 등지에서 농장을 경영하려고 시도했다.
1768년(9세)	가족이 요크셔주 베벌리에 있는 농장으로 이주했고, 이곳에서 메리는 여학생을 위한 통학 학교의 보통 과정을 이수했다. 제인 아든과 친구가 되었는데, 재야철학자이자 과학자를 아버지로 둔 아든 집안의 학구적 분위기를 즐겼다.
1775년(16세)	가족이 런던 외곽의 혹스턴으로 이주했다. 은퇴한 성직자 클레어 부부와 친해지면서 지적으로 발전하기 시작했다. 이들을 통해 프랜시스 패니 블러드(18세)를 만나 그녀가 죽을 때까지 가장 절친한 친구이자 동반자로 지냈다.
1776년(17세)	가족이 웨일스 남부 카마던셔주 론으로 이주했다.
1777년(18세)	가족이 런던 외곽 월워스로 돌아왔다. 메리는 친구인 패니 블러드의 집 근처에 공부할 수 있는 조용한 방을 달라고 아버지에게 요청했다.
1778년(19세)	집을 떠나 바스에 사는 상인의 미망인 도슨 부인의 말동무로 2년간 보수를 받고 일했는데, 우울증을 앓기 시작했다.
1781년(22세)	어머니의 병세가 악화되어 집으로 돌아갔다.
1782년(23세)	봄에 어머니가 세상을 떠나고 10월에 여동생 엘리자가 메러디스 비숍과 결혼했다. 메리는 패니 블러드의 집으로 옮겨갔다.
1784년(25세)	첫딸 출산 후 산후우울증에 걸린 엘리자를 돌보러 갔다가 동생을 남편의 집에서 데리고 나왔다. 패니 블러드와 함께 여성의 유토피아를 꿈꾸며 런던 외곽 뉴잉턴그린에 학교를 세웠다. 리처

드 프라이스 박사와 새뮤얼 존슨을 비롯 여러 자유주의자들을 알게 되었다.

1785년(26세) 패니 블러드가 포르투갈 리스본에서 휴 스케이즈와 결혼했다. 울스턴크래프트는 출산에 임박한 패니를 돌보기 위해 리스본으로 갔다. 조산에 따른 합병증으로 패니와 신생아가 사망했다.

1786년(27세) 패니와 세운 학교를 정리했는데 이때 우울증도 계속 앓았다. 학교를 정리하고 첫 작품인 소책자 『딸들의 교육에 관한 고찰』을 썼다. 킹스버러 자작 딸들의 가정교사 자리를 받아들여 아일랜드로 가서 그 가족과 더블린에서 겨울을 보냈다.

1787년(28세) 조지프 존슨(Joseph Johnson)의 도움으로 『딸들의 교육에 관한 고찰』을 출간했다. 킹스버러 가족과 브리스틀 핫웰즈에서 지내면서 『메리, 한 편의 소설』를 쓰기 시작했다. 자신의 딸이 가정교사에게 집착한다는 이유로 킹스버러 미망인이 울스턴크래프트를 해고했다. 존슨의 정기간행물 『분석 비평』의 보조 편집자이자 검토자가 되었다. 화가, 작가, 지식인 들로 구성된 존슨의 모임에 합류했다.

1788년(29세) 『메리, 한 편의 소설』과 이야기 형식으로 쓴 아동 교육서 『실생활 속의 독창적 이야기들』을 출간했다. 자크 네케르의 『종교적 견해의 중요성에 관하여』를 번역했다. 존슨의 친구이자 스위스 화가인 헨리 푸젤리를 만났다.

1789년(30세) 조지프 존슨이 울스턴크래프트의 문학 선집 『여성 독자』를 출간했으나 한 부도 현존하지 않는다. 존슨 그룹은 프랑스혁명을 환영했다.

1790년(31세) 에드먼드 버크의 『프랑스혁명에 관한 고찰』에 맞서 『인간의 권리 옹호』를 썼다. 존슨이 익명으로 출간했다가 좋은 평을 받자 재판부터 울스턴크래프트의 이름을 표지에 넣었다.

1791년(32세) 존슨의 그룹에서 톰 페인과 윌리엄 고드윈을 만났다. 푸젤리에게 지적으로 심취했으며, 리버풀 은행가이자 개혁가이며 지식인인 윌리엄 로스코와 우정을 쌓았다.

1792년(33세) 존슨이 울스턴크래프트의 『여성의 권리 옹호』를 출간해 호평을 받았다. 푸젤리 부부와 존슨과 계획한 파리 정치 투어가 파리 폭동으로 미뤄지자 12월에 홀로 파리로 떠났다.

1793년(34세) 파리에서 존슨의 친구 토마스 크리스티가 결성한 영국인 망명자 모임에 합류했다. 영국인 소설가이자 시인인 헬렌 마리아 윌리엄스와 프랑스 정부와 사업을 하거나 정치 저널리즘에 종사하는 사람들을 만났다. 프랑스와 영국 간에 전쟁이 발발해 울스턴크래프트는 위기에 처했다. 미국인 사업가 길버트 임레이와 연애를 시작했다. 적국인으로 체포될 위험 때문에 신변의 안정상 미국 대사관에 임레이의 아내로 등록했다. 파리 외곽으로 이주했으며, 임레이의 아이를 임신했다.

1794년(35세)	5월 14일에 딸 패니를 출산했다. 사업차 종종 집을 비우는 임레이와의 관계가 삐걱거리기 시작했다. 임레이에게 다른 여자가 생겼다고 의심했다. 존슨이 울스턴크래프트의 『프랑스혁명의 기원과 발전에 관한 역사적,도덕적 고찰』을 출간했으나 큰 반향을 일으키지 못했다.
1795년(36세)	딸을 데리고 임레이를 쫓아 런던으로 갔다. 임레이의 변심을 깨닫고 자살을 시도하지만 임레이에 의해 저지되었다. 임레이와의 관계를 회복하고 임레이가 동업자들에게 받아야 할 돈을 되찾기 위해 스칸디나비아로 여행을 떠났다. 여행지에서 관찰한 것을 책으로 펴낼 계획을 세웠다. 여름에 딸 패니와 프랑스인 보모를 데리고 노르웨이, 스웨덴, 덴마크, 독일 북부를 여행했다. 런던으로 돌아와 임레이가 여배우와 살고 있는 것을 목격하고 푸트니 다리에서 자살을 시도하나 어부들에 의해 구조되었다.
1796년(37세)	존슨이 울스턴크래프트의 여행기 『길 위의 편지(스웨덴, 노르웨이, 덴마크에서 짧은 체류 기간에 쓴 편지들)』를 출간해 호평과 찬사가 이어졌다. 『분석 비평』에 기고를 재개했다. 윌리엄 고드윈과 그의 친구 토마스 홀로크로프트, 애너 리티셔 바볼드, 사라 시든을 비롯해 여러 예술가와 작가와 배우 들을 만났다. 고드윈과 재회하여 연인 관계로 발전했다.
1797년(38세)	대중의 비난을 피하고 작가로서의 명성에 피해를 주지 않기 위해 고드윈과 결혼했다. 두 사람은 낮에는 독립적으로 생활하고 저녁에는 폴리곤 29번지의 집에서 함께 생활했다. '아이들 관리에 관한 편지들'을 작업함. 8월 30일에 딸 메리가 태어났다. 울스턴크래프트는 출산 후 열흘 만인 9월 10일 산욕열로 세상을 떠났다. 고드윈과의 평화로운 결혼 생활은 울스턴크래프트의 38년 생애 중 16개월에 불과했다.

에디션 **F 11**
메리 울스턴크래프트

길 위의 편지

1판 1쇄 찍음 2021년 8월 12일
1판 1쇄 펴냄 2021년 8월 25일

지은이 메리 울스턴크래프트
옮긴이 곽영미

주간 김현숙 | **편집** 김주희, 이나연
디자인 이현정, 전미혜
영업 백국현, 정강석 | **관리** 오유나

펴낸곳 궁리출판 | **펴낸이** 이갑수

등록 1999년 3월 29일 제300-2004-162호
주소 10881 경기도 파주시 회동길 325-12
전화 031-955-9818 | **팩스** 031-955-9848
홈페이지 www.kungree.com
전자우편 kungree@kungree.com
페이스북 /kungreepress | **트위터** @kungreepress
인스타그램 /kungree_press

ISBN 978-89-5820-737-5   04840

책값은 뒤표지에 있습니다.
파본은 구입하신 서점에서 바꾸어 드립니다.